东方智慧丛书

学术顾问：张葆全
主　　编：汤文辉　刘志强

编辑委员会：
主　　任：虞劲松　郭玉贤
　　　　　尤晓澍
委　　员：才学娟　王　专
　　　　　王　燕　杨远义
　　　　　陈丕武　施　萍
　　　　　梁嗣辰　梁鑫磊
　　　　　邹旭勇　原野菁

翻译委员会：
主　　任：黎巧萍　刘志强
　　　　　覃秀红
委　　员：王海玲　吴思远
　　　　　沈　菲　张　蔚
　　　　　欧江玲　徐明月
　　　　　谈　笑　陶　红
　　　　　黄兴球　覃海伦
　　　　　韩艳妍

美术委员会：
主　　任：柒万里　尹　红
委　　员：卫阳虹　王雪峰
　　　　　吕　鹏　刘　荣
　　　　　关婷月　郑振铭
　　　　　俞　崧　陶朝来
　　　　　黄建福　蓝学会
　　　　　戴孟云

កម្រងសៀវភៅគតិបណ្ឌិតតំបន់បូព៌ា

东方智慧丛书

និពន្ធនាយក ៖ ចាំង វ៉ិនហុយ លីវ ជឺឈាង

主编：汤文辉　刘志强

ទីប្រឹក្សា ៖ ហ្ស៉ាំង បៅឈុន

学术顾问：张葆全

ភាសាចិន - ខ្មែរ

汉柬对照

កម្រងកំណាព្យសម្រាំង

诗经选译

រៀបរៀង ៖ ឈិនភិអ៊ូ

选释：陈丕武

បកប្រែ ៖ វ៉េ លាវយូ ឈិន វ៉ិនជៀ

翻译：韦柳宇　陈纹洁

ពិនិត្យនិងកែសម្រួល ៖ ជិន សុធា

柬埔寨语审读：秦硕

គូរគំនូរ ៖ យិន ហុង ក្វាន់ធីងយេ លីវរ៉ុង

绘图：尹红　关婷月　刘荣

· 桂林 គូយលីន ·

GUANGXI NORMAL UNIVERSITY PRESS

广西师范大学出版社

© 2023 by Guangxi Normal University Press.
All rights reserved.

图书在版编目（CIP）数据

诗经选译：汉柬对照 / 陈丕武选释；韦柳宇，陈纹洁译；尹红，关婷月，刘荣绘. -- 桂林：广西师范大学出版社，2023.3
（东方智慧丛书 / 汤文辉等主编）
ISBN 978-7-5598-3401-0

Ⅰ. ①诗… Ⅱ. ①陈… ②韦… ③陈… ④尹… ⑤关… ⑥刘… Ⅲ. ①《诗经》－译文－汉、柬 Ⅳ. ①I222.2

中国国家版本馆 CIP 数据核字（2023）第 025063 号

广西师范大学出版社出版发行

（广西桂林市五里店路 9 号　邮政编码：541004）
网址：http://www.bbtpress.com
出版人：黄轩庄
全国新华书店经销
广西广大印务有限责任公司印刷
（桂林市临桂区秧塘工业园西城大道北侧广西师范大学出版社集团有限公司创意产业园内　邮政编码：541199）
开本：880 mm × 1 240 mm　1/32
印张：10.5　字数：200 千　图：50 幅
2023 年 3 月第 1 版　2023 年 3 月第 1 次印刷
定价：78.00 元

如发现印装质量问题，影响阅读，请与出版社发行部门联系调换。

总 序

文化交流对人类社会的存在与发展至关重要。季羡林先生曾指出，文化交流是推动人类社会前进的主要动力之一，文化一旦产生，就必然交流，这种交流是任何力量也阻挡不住的。由于文化交流，世界各民族的文化才能互相补充，共同发展，才能形成今天世界上万紫千红的文化繁荣现象。[1]

中国与东盟国家的文化交流亦然，并且具有得天独厚的优势。首先，中国与东盟许多国家地理相接，山水相连，不少民族之间普遍存在着跨居、通婚现象，这为文化交流奠定了良好的地理与人文基础。其次，古代中国与世界其他国家建立起的"海上丝绸之路"为中国与东盟国家的经济、文化交流创造了有利的交通条件。

中国与东盟诸多使用不同语言文字的民族进行思想与文化对话，

---

[1]季羡林：《文化的冲突与融合·序》，载张岱年、汤一介等《文化的冲突与融合》，北京大学出版社，1997年，第2页。

自然离不开翻译。翻译活动一般又分为口译和笔译两类。有史记载的中国与东盟各国之间的口译活动可以追溯至西周时期，但笔译活动则出现在明代，至今已逾五百年的历史。

在过去五百年的历史长河中，东盟国家大量地译介了中国的文化作品，其中不少已经融入本国的文化中。中国译介东盟国家的作品也不在少数。以文字为载体的相互译介活动，更利于文化的传承与发展，把中国与东盟国家的文化交流推上了更高的层次。

2013年9月，国务院总理李克强在广西南宁举行的第十届中国—东盟博览会开幕式上发表主旨演讲时指出，中国与东盟携手开创了合作的"黄金十年"。他呼吁中国与东盟百尺竿头更进一步，创造新的"钻石十年"。2013年10月，习近平总书记在周边外交工作座谈会上强调要对外介绍好我国的内外方针政策，讲好中国故事，传播好中国声音，把中国梦同周边各国人民过上美好生活的愿望、同地区发展前景对接起来，让命运共同体意识在周边国家落地生根。于是，把中华文化的经典译介至东盟国家，不仅具有重要的历史意义，同时还蕴含着浓厚的时代气息。

所谓交流，自然包括"迎来送往"，《礼记》有言："往而不来，非礼也；来而不往，亦非礼也。"中国与东盟国家一样，既翻译和引进外国的优秀文化，同时也把本国文化的精髓部分推介出去。作为中国最具人文思想的出版社之一——广西师范大学出版社构想了《东方智慧丛书》，并付诸实践，不仅是中国翻译学界、人文学界的大事，更是中国与东盟进行良好沟通、增进相互了解的必然选择。广东外语外贸大学和广西民族大学作为翻译工作的主要承担方，都是国家外语非通用语种本科人才培养基地，拥有东盟语言文字的翻译优势。三个单位的合作将能够擦出更多的火花，向东盟国家更好地传播中华文化。

联合国教科文组织的官员认为,"文化交流是新的全球化现象"。[1] 我们希望顺应这一历史潮流与时代趋势,做一点力所能及的事。

是为序。

刘志强
2015 年 1 月 25 日

---

[1]《联合国教科文组织文化政策与跨文化对话司司长卡特瑞娜·斯泰诺的致辞》,载《世界文化的东亚视角》,北京大学出版社,2004 年,第 3 页。

បុព្វកថា

ការផ្លាស់ប្ដូរវប្បធម៌មានសារៈសំខាន់ក្នុងអត្តិភាពនិងការវិវត្តនៃសង្គមមនុស្ស។ លោកសាស្ត្រាចារ្យ ជី សានលីន ធ្លាប់កត់សម្គាល់ថា ការផ្លាស់ប្ដូរវប្បធម៌ជាកម្លាំង ចលករដ៍សំខាន់មួយសម្រាប់ជំរុញឱ្យសង្គមមនុស្សបោះជំហានទៅមុខ។ អោយ តែមានវប្បធម៌កកើតឡើង ប្រាកដមានការផ្លាស់ប្ដូររាងឯកត្តាឬឯកត្តាជាពុំខាន គ្មាន កម្លាំងអ្វីមួយ អាចរារាំងនូវការផ្លាស់ប្ដូរបែបនេះឈ្មេះបានទេ។ ព្រោះតែមានការ ផ្លាស់ប្ដូរគ្នាទៅវិញទៅមកនេះ ទើបវប្បធម៌នៃគ្រប់ជាតិសាសន៍ក្នុងលោក អាច ជួយបំពេញបន្ថែមគ្នា រីកចំរើនរួមគ្នា និងមានវិបុលភាពនៃវប្បធម៌ដ៏សម្បូរបែបក្នុង លោកនាសព្វថ្ងៃនេះ។[1]

ការផ្លាស់ប្ដូរវប្បធម៌រវាងចិននិងបណ្ដាប្រទេសអាស៊ានក៏ដូចគ្នាដែរ ហើយក៏ មានលក្ខខណ្ឌអំណោយផលពិសេសថែមទៀតផង។ ចិននិងប្រទេសមួយ ចំនួននៃអាស៊ានមានព្រំដែនជាប់គ្នា។ ការធ្វើចំណាកស្រុក តាំងទីលំនៅនិងការ

---

[1] ជី សានលីន៖ បុព្វកថានៃសៀវភៅ ការបេះទន្ទិចនិងចុះសម្រុងគ្នានៃវប្បធម៌ បោះពុម្ពដោយគ្រឹះស្ថាន បោះពុម្ពផ្សាយសកលវិទ្យាល័យប៉េកាំង ឆ្នាំ១៩៩៧ ទំព័រទី២។

ភ្ជាប់ចំណងសាច់ញាតិ រៀបអាពាហ៍ពិពាហ៍រវាងជនជាតិមួយចំនួន ជាមូលដ្ឋាន គ្រឹះខាងភូមិសាស្ត្រនិងមនុស្សសាស្ត្រដ៏ល្អប្រសើរសម្រាប់ការផ្លាស់ប្ដូរវប្បធម៌។ ទី ពីរ៖ វិថីសូត្រសមុទ្រ ដែលបង្កើតឡើងដោយប្រទេសចិននិងបណ្ដាប្រទេសផ្សេង ៗទៀតតាំងពីដើមមកបានផ្ដល់នូវផ្លូវចរាចរណ៍ដ៏មានសារៈប្រយោជន៍មួយក្នុងការ ផ្លាស់ប្ដូរសេដ្ឋកិច្ចនិងវប្បធម៌រវាងចិននិងបណ្ដាប្រទេសអាស៊ាន។

ចិននិងអាស៊ាន បើកិច្ចសន្ទនាខាងមនោគមវិជ្ជានិងវប្បធម៌ ដោយប្រើនូវ ភាសានិងគួអក្សរខុសប្លែកពីគ្នា មិនអាចជៀសផុតពីការបកប្រែនោះទេ។ ការបក ប្រែភាសាចែកចេញជាពីរប្រភេទ គឺការបកប្រែផ្ទាល់មាត់ និងការបកប្រែដោយ សំណេរ។ ប្រវត្តិបកប្រែផ្ទាល់មាត់រវាងចិននិងអាស៊ាន ដែលមានកត់ត្រាទុកក្នុង ឯកសារប្រវត្តិសាស្ត្រ បានចាប់ផ្ដើមពីរាជវង្សស៊ីចូរមកម្ល៉េះ ប៉ុន្ដែការបកប្រែដោយ សំណេរវិញ ទើបតែចាប់មានកាលពីរាជវង្សម៉េងនេះដែលមានប្រវត្ដិជាង ៥០០ ឆ្នាំ មកហើយ។ ក្នុងរយៈកាលជាង ៥០០ ឆ្នាំចុងក្រោយនេះ បណ្ដាប្រទេសអាស៊ាន បានបកប្រែអក្សរសិល្ប៍ចិនជាច្រើន ហើយស្នាដៃទាំងនោះ បានជ្រាបចូលក្នុង វប្បធម៌ជាតិនៃបណ្ដាប្រជាជាតិអាស៊ាន។ ការបកប្រែស្នាដៃអក្សរសិល្ប៍អាស៊ាន ទៅជាភាសាចិន ក៏មានចំនួនមិនតិចដែរ។ ការបកប្រែទៅវិញទៅមកដោយមាន អក្សរជាភ្នាក់ងារអំណោយផលដល់ការស្ដែងបន្លឺសូរឪ្យឮ និងការអភិវឌ្ឍវប្បធម៌ នេះ ជំរុញការផ្លាស់ប្ដូរវប្បធម៌រវាងចិននិងអាស៊ានឱ្យឈានឡើងដល់កម្រិតកាន់ តែខ្ពស់មួយថែមទៀត។

នៅក្នុងពិធីបើកសម្ពោធពិព័រណ៌ចិន-អាស៊ានលើកទី១០ដែលរៀបចំធ្វើឡើង នៅទីក្រុងណាននីង ខេត្ដក្វាងស៊ី ប្រទេសចិនកាលពីខែកញ្ញា ឆ្នាំ ២០១៣ លោកលី យ៉ឹជៀង នាយករដ្ឋមន្ត្រីចិនបានថ្លែងសុន្ទរកថាជាគន្លឹះថាៈ ចិននិងអាស៊ានព្រាត ដៃគ្នា បង្កើតឡើងនូវទសវត្សរ៍យុគសម័យមាស។ តាក់តែងពារវ័យចិននិងអាស៊ាន បន្ទខិតខំប្រឹងប្រែង រួមម្ខាងកាយចិត្ត ដើម្បីឆ្ពោះទៅបង្កើតទសវត្សរ៍យុគសម័យ ត្បូងពេជ្រថ្មីមួយទៀត។ នៅក្នុងកិច្ចសន្ទនាគ្នាស្ដីពីការងារនៃការបរទេសសម្រាប់ ប្រទេសនៅជុំវិញខ្លួន លោក ស៊ី ជិនភីង ប្រធានាធិបតីចិនបានសង្កត់ធ្ងន់ថាយើង

គួរតែយោសនាផ្សព្វផ្សាយនូវគោលនយោបាយផ្ទៃក្នុងនិងក្រៅប្រទេស ពិណ៌នា អំពីចិនឱ្យគេបានដឹងៗ ផ្សព្វផ្សាយនូវទស្សនៈគំនិតមិនអោយរីកសព្វសាយ វេញ បញ្ចូលរវាងសុចិនចិននិងបំណងចង់បានជីវភាពល្អបរវរបស់ប្រជាជននៃបណ្តា ប្រទេសនៅជុំវិញ វេញបញ្ចូលរវាងសុចិនចិននិងទស្សនវិស័យសម្រាប់ការអភិវឌ្ឍ ក្នុងតំបន់ ដើម្បីធ្វើឱ្យគំនិតសហគមន៍ជាតាវាសនាតែមួយចាក់ឬសចូលក្នុងបណ្តា ប្រទេសនៅជុំវិញ។ ហេតុដូច្នេះ ការបកប្រែស្នាដៃដែលជាវណ្ណកម្មនៃវប្បធម៌ចិន ទៅជាភាសាអាស៊ាន មិនត្រាន់តែមានអត្ថន័យប្រវត្តិសាស្ត្រដ៏សំខាន់ប៉ុណ្ណោះទេ ថែមទាំងបង្ហាញនូវលក្ខណៈពិសេសនាសម័យបច្ចុប្បន្ននេះទៀតផង។

ទាក់ទងនឹងការរផ្តាស់ប្តូរ រួមបញ្ចូលទាំងការទៅមកវាប់វគ្នា ក្នុងតម្បីរលើជី មានឃ្លាមួយពោលថា "ការទៅមិនមក ពុំគួរសមទេ ការមកមិនទៅ ក៏ពុំគួរសម ដែរ"។ ចិនក៏ដូចបណ្តាប្រទេសនៃអាស៊ានដែរ បានធ្វើការបកប្រែនៅចូមកន្ទុវ វប្បធម៌នៃអរិយប្រទេសផង ផ្សព្វផ្សាយនូវវប្បធម៌ពិសេសនិងសំខាន់របស់ខ្លួនឯង សម្រាប់ឱ្យគេស្គាល់និងយល់ដឹងផង។ គ្រឹះស្ថានបោះពុម្ពផ្សាយសកលវិទ្យាល័យ គុរកោសល្យខេត្តក្វាងស៊ី ដែលជាគ្រឹះស្ថានបោះពុម្ពផ្សាយប្រកបដោយឯកត្តគំនិត មនុស្សសាស្ត្រជាងគេមួយក្នុងប្រទេសចិន បានផ្តួចផ្តើមនូវគំនិតរៀបរៀងចងក្រង កម្រងសៀវភៅវប្បធម៌ចិនសម្រាប់អាស៊ាន ហើយចាប់អនុវត្តភ្លាមៗ ដែលនេះមិន ត្រឹមតែជាកិច្ចការធំមួយ ក្នុងមជ្ឈដ្ឋានបកប្រែចិន និងមជ្ឈដ្ឋានមនុស្សសាស្ត្រចិន ប៉ុណ្ណោះ ថែមទាំងជាជំរើសមិនអាចបោះបង់បាន សំរាប់ទំនាក់ទំនងល្អប្រសើរ រវាងចិននិងអាស៊ាន ដើម្បីជំរុញឱ្យមានទំនាក់ទំនងល្អនឹងគ្នា កាន់តែយល់ដឹងគ្នា និងបង្កើនបំណងមិត្តភាពរវាងគ្នា។ សកលវិទ្យាល័យជនជាតិក្វាងស៊ី និងសកល វិទ្យាល័យភាសាបរទេសនិងពាណិជ្ជកម្មមុន្នជាតិខេត្តក្វាងទុង ជាមូលដ្ឋានជាតិ សម្រាប់បណ្តុះបណ្តាលនិស្សិតបរិញ្ញាបត្រជំនាញភាសាបរទេស (ភាសាមិនប្រើជា សកល) ជាអ្នកទូលបន្ទុកសំខាន់ក្នុងការបកប្រែលើកនេះ មានសមត្ថភាពលើស គេក្នុងការបកប្រែភាសាអាស៊ាន។ កិច្ចសហប្រតិបត្តិការនៃភាគីទាំងបី ប្រាកដជា មានការប៉ះទង្គិចខាងផ្នត់គំនិតកាន់តែច្រើន ហើយផ្សព្វផ្សាយវប្បធម៌ចិនសម្រាប់

បណ្ដាប្រទេសនៃអាស៊ានឱ្យកាន់តែច្រើនសម្បូរថែមទៀត។

មន្ត្រីអង្គការយូណេស្កូនៃអង្គការសហប្រជាជាតិកត់សម្គាល់ថា ការផ្លាស់ប្ដូរវប្បធម៌ជាបាតុភូតសកលភាវូបនីយកម្មដ៏ថ្មីមួយ។[1]យើងខ្ញុំមានបំណងធ្វើទៅតាមលទ្ធភាពខ្លួន ដោយស្របតាមទំនោរថ្មីនៃស្ថានការណ៍យុគសម័យនេះ។

ខ្ញុំសូមដាក់ជាបុព្វកថា។

លីវ ជីឈាង
ថ្ងៃទី ២៥ ខែមករា ឆ្នាំ ២០១៥

---

[1] សុន្ទរកថារបស់ប្រធាននៃនាយកដ្ឋាននយោបាយវប្បធម៌និងឆ្លើយឆ្លងអន្តរវប្បធម៌នៃអង្គការយូណេស្កូ ក្នុងសៀវភៅ ចក្ខុវិស័យអាស៊ីប៉ាស៊ីហ្វិកនៃវប្បធម៌លោក បោះពុម្ពដោយគ្រឹះស្ថានបោះពុម្ពផ្សាយសកលវិទ្យាល័យបេកាំង ឆ្នាំ២០០៤ ទំព័រទី៣។

诗经选译

前 言

　　《诗经》是中国最早的一部诗歌总集。它产生的年代,大约上起西周初年(约公元前1046年),下至春秋中叶(约公元前500年),历时五百多年。它产生的地域主要在黄河流域,但远及江汉流域。

　　《诗经》的编撰结集,有采诗、献诗、删诗三种说法。周代设有采诗的专官到民间采诗,目的是通过这些诗了解施政的得失和各地的风俗;当时大量的民歌和贵族的诗篇,就是依靠采诗献诗制度得以保存下来的;周代有乐官,这些乐官不但保管诗,且负担教授诗、乐的任务,诗都有乐调,诗乐不分,这些加工编辑工作,可能就是由乐官太师完成的。

　　《诗经》收录的诗歌分为风、雅、颂三大类。关于它的分类标准,后世学者有不同的看法,其中比较普遍的看法是按音乐分类。古人所谓"风",即指声调,有十五国风,就是十五个不同地方的乐调。有大雅、小雅。雅是秦地的乐调,周秦同地,这地方的乐调,被称为中原正音。有商颂、周颂、鲁颂。颂即古代的"容"字,就是表演的意思。颂不但配合乐器，用朝廷声调歌唱，而且是兼有扮演、舞蹈的艺术。古人将风、雅、颂和《诗经》赋、比、兴的表现手法并称为"诗之六义"。

《诗经》思想内容涉及社会生活的方方面面。国风诗，多为抒写人们恋爱、婚姻、家庭生活，也有的反映人民劳动生产，还有部分诗作表现反对剥削压迫、揭露讽刺统治者丑行以及战争；雅诗中还有叙述周人开国的诗篇，被后人称为"史诗"；颂诗都是歌功颂德的作品，它和雅诗中歌颂统治阶级和祭神祭祖的诗一样歌颂祖先、神明。

《诗经》作为一部乐歌总集，在中国文学史上占有极其重要的地位，在艺术上也取得巨大的成就。首先是它的现实主义精神，从各个方面描写了我国两周数百年的社会现实生活。其次是赋、比、兴的艺术表现手法。所谓"赋"，指的是一种铺陈直叙的表现方法。所谓"比"，即比喻或比拟，用形象的事物打比方，使被比喻的事物生动形象，真实感人。所谓"兴"，就是托物起兴，先用他物起头，然后借以联想，引出诗人所要表达的思想感情。再次是重章叠句和以四言为主的句式。重章叠句，即各章词句基本相同，只是更换中间的几个字，反复吟唱。《诗经》中的诗句，基本上是四言句式，少量诗句能突破此定格，在整齐中显现参差错落之美。最后是丰富生动、简练形象的语言。大量使用双声字、叠韵字、重叠字，丰富多彩、生动准确地表现了各种事物及其变化特征，也使诗歌富于形象美和音韵美，增强了诗歌语言的艺术魅力。

《诗经》在中国思想文化史上也具有重要的意义。大致表现在四个方面，即尊先祖、隆礼乐、崇道德、尚中和。中国文化是伴随着农耕经济的长期延续而形成的，农业文明重视经验，易于形成恒久的观念，培养起祖先崇拜的情怀。他们认为祖先的灵魂仍然存在，并且对子孙后代的生存状态有影响。因此有祭祀祖先以祈求福报、叙述先民艰辛以表彰功业的传统。周颂是周人祭祀、赞美祖先的诗歌，商颂是祭祀商朝祖先的诗作。这些崇拜祖宗和祭祀先祖的传统绵延至今。

礼乐的起源，与人类文明的演进是同步的。中国的文化，非常重视礼乐。礼就是指各种礼节规范，乐则包括音乐和舞蹈。隆礼是期待尊卑长幼有序，隆乐是希望人们关系和谐。《诗经》对礼乐的宣扬，有反映恋爱、婚姻的轻松乐曲，也有反映统治者违背礼乐的歌乐，但最显著的是事神、祭祖的典仪，这些赞颂祖先和神明的乐歌大多庄重肃穆。

殷人尊天事鬼，周人代殷后，强调以德配天，以德服众，追求君子人格。《诗经》中有大量篇幅称赞周人的德行，其中最有代表性的人物就是周文王。他修明德行、施行仁政、亲睦诸侯，为西周大业的形成奠定了基础。

中国人认为人类社会和自然界所组成的宇宙，是一个生生不已、有机联系的和谐生命统一体，事物内部贯通、和合、平衡才能发展，视"和"为宇宙的本然和内在精神。这种思想形成了中国人重视整体、讲求调和、崇尚中庸的思维方式。《诗经》尚中和思想较多表现为情感表达的"温柔敦厚"，有部分诗歌在情感表达上大胆直露、忿激怨怼，但许多诗作表达情感均能恰如其分、淳正平和，即使怨愤之情，也多用理性来化解，达到和谐淳美之境。

本书选录《诗经》有代表性的诗 100 句（章），原文以《毛诗正义》为据，进行释析、翻译，以期能反映这部经典的风貌。

អារម្ភកថា

តម្លៃកំណាព្យ ជាបណ្ដុំកំណាព្យចិនដ៏បូងបង្អស់មួយ ដែលបានកើតឡើង រយៈពេលប្រហែល៦០០ឆ្នាំ ចាប់តាំងពីដើមរាជវង្សស៊ីចូវនៅសតវត្សទី១១មុន គ.ស. រហូតដល់កណ្ដាលរាជវង្សឈុនឆ្នាំ៥០០មុនគ.ស.។ ទោះជាតម្លៃ កំណាព្យនេះ បានកើតឡើងនៅតាមតំបន់ដងទន្លេលឿងមែន ប៉ុន្តែបានសាយភាយ ទៅឆ្ងាយរហូតដល់តំបន់ដងទន្លេចាំងហាងណោះ។

ការចងក្រង ***តម្លៃកំណាព្យ*** មានដំណើរការណ៍បីគឺ ការប្រមូល ការនិពន្ធ និងការលុបចោលកំណាព្យ[1]។ រាជវង្សចូវចាត់តាំងនាហ៊ឺនជំនាញចុះទៅប្រមូល កំណាព្យនិងចម្រៀងប្រជាប្រិយ ក្នុងគោលបំណង ដើម្បីដឹងពីគុណសម្បត្តិនិង គុណវិបត្តិរបស់នយោបាយ និងដើម្បីស្វែងយល់ពីទំនៀមទម្លាប់តាមតំបន់ផ្សេង ៗ។ ដូច្នេះ ចម្រៀងរបស់ប្រជាជននិងកំណាព្យរបស់មន្ត្រីនៅសម័យបុរាណ ត្រូវ

---

[1] ការប្រមូល គឺស្តេចបញ្ជានាម៉ឺនចុះទៅប្រមូលចម្រៀងប្រជាប្រិយ ដើម្បីស្វែងយល់ស្ថានភាពប្រជានា។ ការនិពន្ធ គឺមន្ត្រីនិពន្ធកំណាព្យថ្វាយស្តេច។ ការលុបចោល គឺពេលខុងជឺចងក្រងតម្លៃកំណាព្យនេះបាន លុបចោលមួយចំនួន។

បានរក្សាទុកយ៉ាងល្អតាមរយៈការប្រមូលនិងការនិពន្ធ។ រាជវង្សចូវមាននាម៉ឺនតន្ត្រី ភារកិច្ចពួកគេមិនត្រាន់តែរក្សាទុកកំណាព្យប៉ុណ្ណោះទេ ថែមទាំងទទួលបន្ទុកក្នុងការបង្រៀនកំណាព្យនិងភ្លេងទៀតផង។ កំណាព្យសុទ្ធតែប្រកបដោយភ្លេង ភ្លេងអមកំណាព្យមិនអាចបែងចែកគ្នាទេ។ ហេតុនេះ ការវិចារប្រឌិតនិងរៀបរៀងកំណាព្យ គឺសម្រេចបង្កើយដោយនាហ៊ឺនតន្ត្រីទាំងអស់នោះតែម្តង។

គម្ពីរកំណាព្យ ដែលត្រូវប្រមូលផ្តុំ បានបែងចែកជាបីប្រភេទធំៗគឺ ហ្វឹង យ៉ា និងសុង។ ស្តង់ដានៃការបែកចែកនេះ អ្នកប្រាជ្ញជំនាន់ក្រោយមានយោបល់ខុសៗគ្នា នៅក្នុងចំណោមនោះគេចាត់ទុកថា បែងចែកដោយភ្លេងខុសៗគ្នា។ ជនជាតិចិនបុរាណយល់ឃើញថា **ហ្វឹង** ជាសំណៀង មាន១៥គូហ្វឹង គឺមានសំណៀងមកពីទឹកដី១៥ទីទេពផ្សេងគ្នា។ មានដាយ៉ា ស្យ៉ូវយ៉ា។ យ៉ា ជាសូរស័ព្ទនៅតំបន់លីនវជ្ឈកាលចូរនិងវជ្ឈកាលឈីននៅតំបន់ដូចគ្នា សូរស័ព្ទនៅតំបន់នេះត្រូវចាត់ទុកជាសូរស័ព្ទផ្លូវការ។ មានសាំងសុង ចូវសុង លូសុង។ សុង ជាពាក្យចិនបុរាណ **រង** មាននយចាសម្តែង។ សុងផ្ទុំជាមួយតន្ត្រី ច្រៀងដោយសំណៀងព្រះរាជវាំង បង្កើតជាសិល្បៈមួយរូបមានការរាំស្តែង ដើរតួ និងចាំ។ ជនជាតិចិនបុរាណចាត់ទុក ហ្វឹង យ៉ា សុង និងហ្វូ ប៊ី ស៊ីង របៀបតែងសេចក្តីក្នុង ***គម្ពីរកំណាព្យ*** រួមហៅថាទ្រឹស្តីទាំង៦របស់កំណាព្យ។

ទស្សនៈនិងអត្តន័យរបស់ ***គម្ពីរកំណាព្យ*** គឺពាក់ព័ន្ធនឹងជីវភាពសង្គម។ កំណាព្យគូហ្វឹង ភាគច្រើនបរិយាយអំពីប្រជាជនដែលស្រឡាញ់គ្នា រៀបការ និងការរស់នៅក្នុងគ្រួសារ។ ហើយខ្លះបានបង្ហាញផលិតកម្ម ខ្លះបង្ហាញប្រឆាំងការជិះជាន់ ខ្លះចង្អុលបង្ហាញអំពីអាក្រក់របស់វណ្ណៈគ្រប់គ្រង និងចម្រៀង។ កំណាព្យយ៉ា បរិយាយជនជាតិរវបង្កើតនិងកសាងប្រទេស ហើយនៅជំនាន់ក្រោយគេហៅថា**កំណាព្យប្រវត្តិ**។ កំណាព្យសុង សុទ្ធតែស្នាដែលសូត្រធម៌កោតសរសើរសមិទ្ធកម្ម ដូចគ្នាទៅនឹងកំណាព្យយ៉ាខ្លះដែរ កំណាព្យនេះបានកោតសរសើរវណ្ណៈគ្រប់គ្រងនិងបូជាចារ្យពទេវតានិងអ្នកតា។

គម្ពីរកំណាព្យ ជាបណ្តុំកំណាព្យចម្រៀងមួយ មានសារៈប្រយោជន៍យ៉ាង

សំខាន់នៅក្នុងប្រវត្តិអក្សរសិល្ប៍និងសង្ស្យ៖។ ទី១៖ ប្រាកដនិយម ក្នុងកំណាព្យ ពណ៌នាជីវភាពជាក់ស្តែងរបស់សង្គមរដ្ឋកាលសុីចូរនិងក្នុងចូរដែលមានរយៈពេល វាប់រយឆ្នាំ។ ទី២៖ ហូ ឈូ និងស៊ុង របៀបតែងសេចក្តី។ ហូ គឺរបៀបបរិយាយត្រង់ ៗ។ ឈូ គឺការរៀបធៀប យកអ្វីៗរូបមកប្រៀបធៀប ធ្វើឱ្យអ្វីដែលចង់សរសេរ នោះប្រៀបដូចជារស់រវើក ធ្វើឱ្យចិត្តរំភើប។ ស៊ុង គឺយកអ្វីផ្សេងៗសរសេរមុន រួច ស្រមៃស្រមេបង្ហាញមនោសញ្ចេតនារបស់ករវី។ ម្យ៉ាងទៀត គឺបែបទតែងដោយ សម្នួនដូចគ្នា១ឃ្លាមាន៤ព្យាង្គ។ ឃ្លាខាងមុខនិងខាងក្រោយ វគ្គខាងលើនិង ខាងក្រោមសរសេរដោយទម្រង់ដូចគ្នា គ្រាន់តែប្តូរពាក្យខ្លះ ច្រៀងសាចៈសាឡើង។ កំណាព្យនៅក្នុង **តម្រីរកំណាព្យ** ភាគច្រើនប្រើ៤ព្យាង្គជាឃ្លា១។ មានតិចណាស់ដែល មិនមែន៤ព្យាង្គជាឃ្លា១។ ទីបញ្ចប់ គឺពាក្យពេជន៍ដ៏សម្បូរបែបនិងរស់រវើក។ ក្នុង កំណាព្យ ប្រើពាក្យទាំង២មានព្យញ្ជនៈដូចគ្នា ពាក្យទាំង២មានស្រៈដូចគ្នា និងពាក្យ ទាំង២ដូចគ្នាបេះបិទ នេះគឺបង្ហាញលក្ខណៈបំប្រែម្រួលរបស់ហេតុការណ៍ដោយ ទៀងទាត់និងរស់រវើក ហើយធ្វើឱ្យកំណាព្យប្រកបដោយសភាពស្រស់បំព្រងទាំង រចនាបថនិងសួរសំឡេង ដើម្បីបន្ថែមលើភាពទាក់ទាញខាងសិល្បៈកំណាព្យ។

តម្រីរកំណាព្យ មានសារៈប្រយោជន៍យ៉ាងសំខាន់ក្នុងប្រវត្តិវប្បធម៌នៃ ទស្សនៈ។ ជាក់ស្តែងគឺមាន៤ផ្នែកៈ គោរពជីដូនជីតា អនុវត្តរបបនិងវប្បធម៌ភ្លេង តន្ត្រី ប្រកាន់សីលធម៌ និងនិយមភាពសុខដុមរមនា។ វប្បធម៌ចិន បានបង្កើតនិង រក្សាដោយសេដ្ឋកិច្ចកសិកម្ម អរិយធម៌កសិកម្មយកចិត្តទុកដាក់លើបទពិសោធ បណ្ដៈឧន្ទៈមិនងាយប្រែប្រែ និងបណ្ដៈមនោសញ្ចេតនាគោរពដូនតា។ ប្រជាជន យល់ឃើញថា វិញ្ញាណក្ខន្ធរបស់ដូនតាដែលស្លាប់ហើយនៅតែគង់នៅដោយមាន អនុភាពលើការរស់នៅរបស់កូនចៅទៅទៀតផង។ ដូច្នេះ ជនជាតិចូរបូជានិងបូងសួង ទៅដូនតា ដើម្បីប្រសិទ្ធពរ បំភ្លឺប្រពៃណីនៃបុព្វជនដែលបានសាងកុសល។ **ចូរសួង** ជាស្ថាដែកំណាព្យរៀបរាប់អំពីជនជាតិចូរបូជានិងកោតសរសើរដូនតា **សាំងសួង** ជាស្ថាដែកំណាព្យរៀបរាប់ពីការបូជាទៅដូនតារដ្ឋកាលសាំង។ ប្រពៃណីគោរពនិង បូជាទៅដូនតាបានអភិរក្សរហូតដល់សព្វថ្ងៃនេះ។

ប្រភពរបបនិងវប្បធម៌ភ្លេងតន្ត្រី មានដំណាលជាមួយនឹងវិត្តន៍នៃមនុស្សជាតិ។ វប្បធម៌ចិន ផ្តោតសំខាន់ទៅលើរបបនិងវប្បធម៌ភ្លេងតន្ត្រី។ របបគឺបញ្ញត្តិសុជីវធម៌។ ភ្លេងតន្ត្រី គឺភ្លេងនិងរបាំ។ គោរពរបប គឺសង្ឃឹមរក្សារបៀបលំដាប់តាមហានៈសង្គមនិងចាស់ក្មេង។ គោរពភ្លេងតន្ត្រី គឺសង្ឃឹមចាប្រជាជនមានទំនាក់ទំនងគ្នាដោយសុខដុមរមនា។ ក្នុង ***គម្ពីរកំណាព្យ*** បានផ្សព្វផ្សាយពីហានានុក្រមនិងវប្បធម៌ភ្លេងតន្ត្រី។ ហើយមានភ្លេងស្រស់ស្រាយបង្ហាញសេចក្ដីស្នេហានិងការរៀបការ មានបទភ្លេងបង្ហាញវណ្ណៈជីជាន់ល្អើសហានានុក្រមវប្បធម៌ភ្លេងតន្ត្រី ប៉ុន្តែគួរឱ្យកត់សម្គាល់ជាងគេបង្អស់នោះ គឺភ្លេងនៃពិធីការក្នុងការគោរពទេវតានិងច្បាយដូនតា បទភ្លេងទាំងនេះបានលើកតម្កើងដូនតានិងទេវតាយ៉ាងឧឡារិក។

ជនជាតិសាំងគោរពមេយបម្រើខ្មោចដូនតា ពេលជនជាតិចូរជំនួសជនជាតិសាំងហើយ បញ្ចាក់បង្ហាញថាតុណធម៌សំក្ដិសមនឹងព្រះមេយ គឺចរិយធម៌និងសុចរិតធម៌នាំឱ្យប្រជាជនស្ងើចសរសើរ ដូចទៅនឹងបុរកពាសុភាពបុរសនិងតស្សរជន។ ក្នុង ***គម្ពីរកំណាព្យ*** មានកំណាព្យមួយចំនួនធំ គឺកោតសរសើរគុណធម៌របស់ជនជាតិចូរច្រើនជាងគេ និងមានស្តេចចូរវីនវ័ង[1] ជាតំណាង។ ស្តេចវីនវ័ងសម្រួលកាយចិត្តខ្លួន គ្រប់គ្រងនយោបាយដោយចិត្តមេត្តា រាប់អានជាមួយនឹងចៅហ្វាយតំបន់ផ្សេងៗ បានចាក់បូសយ៉ាងម៉ាំដើម្បីកសាងរដ្ឋកាលស៊ីចូរ[2]។

ជនជាតិចិនចាត់ទុកថា ពិភពលោកមួយនេះដែលបង្កើតដោយសង្គមមនុស្សនិងធម្មជាតិ ជាជីវិតដែលមានទំនាក់ទំនងជាមួយគ្នាទៅវិញទៅមកតគណប់ឈរ។ ក្នុងន័យនេះមិនថាអ្វីមួយក៏ដោយ ក៏តែងតែមានការភ្ជាប់គ្នា ទើបមានសុខដុមរមនានិងមានតុល្យភាព ហើយអាចចម្រើនទៅមុខបាន។ ***សុខដុមរមនា***ត្រូវចាត់ទុកជាជាតិដើមនិងស្ថារតីខាងក្នុងរបស់ពិភពលោក។ ទស្សនៈនេះ បានបង្កើតជាគតិខ្លះ

---

[1] ស្តេចចូរវីនវ័ង ជាស្តេចមេភ្នំដំល្បីមួយអង្គ កំជាព្រះឱនៃស្តេចចូឡុងក្នុងរដ្ឋកាលចូរវ័យរា

[2] រដ្ឋកាលស៊ីចូរ(១០៤៦-៧៧១មុនគ.ស.)

ពិចារណារបស់ជនជាតិចិនដែលបានយកចិត្តទុកដាក់ទាំងស្រុងទៅលើកំណត់សម្គាល់នៃការសម្របសម្រួល និងប្រព្រឹត្តដោយសុភាពរាបសាមិនលម្អៀង។ ក្នុង គម្ពីរកំណាញ់ មនោសញ្ចេតនា គឺបង្ហាញដោយភាព**ទន់ភ្លន់និងស្ងួតហួត** មានកំណាញ់មួយចំនួនបង្ហាញដោយភាពមោះមុតត្រង់ៗនិងតួចិត្តក្តៅក្រហាយ តែភាគច្រើនគឺ ភាពសមរម្យនិងស្មោះស៊ត្រង់គតលម្អៀង។ ទោះជាមានសេចក្តីអន់ចិត្តនិងទោមនស្សយ៉ាងណាក្តី ក៏ត្រូវដោះស្រាយដោយការពិចារណាដែរ គឺត្រូវតែធ្វើឱ្យសមហេតុផលនិងសុខដុមរមនា។

សៀវភៅមួយនេះបានជ្រើស១០០វគ្គក្នុង ***គម្ពីរកំណាញ់*** អត្ថបទដើមយកសៀវភៅ ***ម៉ៅសឺចិងយី*** ជាសំអាង ធ្វើសេចក្តីពន្យល់និងការបកប្រែ ដើម្បីបង្ហាញបែបបទនិងលក្ខណៈសំខាន់របស់***គម្ពីរកំណាញ់*** ។

目　录

1. 关雎 ……………………………………………… 2
2. 卷耳 ……………………………………………… 6
3. 桃夭 ……………………………………………… 8
4. 汉广 ……………………………………………… 10
5. 汝坟 ……………………………………………… 14
6. 草虫 ……………………………………………… 16
7. 行露 ……………………………………………… 18
8. 摽有梅 …………………………………………… 22
9. 江有汜 …………………………………………… 24
10. 野有死麕 ……………………………………… 28
11. 柏舟 …………………………………………… 30
12. 绿衣 …………………………………………… 34
13. 燕燕 …………………………………………… 36
14. 击鼓 …………………………………………… 40
15. 凯风 …………………………………………… 42

មាតិកា

១. សត្វអក 3

២. ស្ងៅ cerastium 7

៣. ផ្កាប៉ៃសស្រស់បំព្រង 9

៤. ទន្លេហានផំទូលាយ 11

៥. ទំនប់ទឹកទន្លេរ 15

៦. សត្វចម្រឹត 17

៧. ទឹកសន្សើមតាមផ្លូវ 19

៨. ផ្លែព្រូនស្រពោនផ្លាក់ 23

៩. ទន្លេយ៉ង់សេមានដៃទន្លេ 25

១០. ស្រែព្រៃមានប្រើសញ្ញីងាប់ 29

១១. ទូកធ្វើពីដើមស្រល់ 31

១២. អាវព័ណ៌ាបៃតង 35

១៣. ត្រចៀកកាំ 37

១៤. វាយស្គរ 41

១៥. ខ្យល់វំភើយ 43

16．泉水 …………………………………………………… 44
17．北风 …………………………………………………… 48
18．新台 …………………………………………………… 52
19．墙有茨 ………………………………………………… 54
20．相鼠 …………………………………………………… 58
21．载驰 …………………………………………………… 60
22．考槃 …………………………………………………… 64
23．硕人 …………………………………………………… 66
24．氓 ……………………………………………………… 70
25．竹竿 …………………………………………………… 72
26．河广 …………………………………………………… 76
27．伯兮 …………………………………………………… 78
28．木瓜 …………………………………………………… 82
29．黍离 …………………………………………………… 84
30．君子于役 ……………………………………………… 88
31．兔爰 …………………………………………………… 90
32．采葛 …………………………………………………… 94
33．大车 …………………………………………………… 96
34．缁衣 …………………………………………………… 100
35．将仲子 ………………………………………………… 102
36．女曰鸡鸣 ……………………………………………… 106
37．狡童 …………………………………………………… 108
38．褰裳 …………………………………………………… 112

១៦. ទឹកផុស	45
១៧. ខ្យល់ខាងជើង	49
១៨. ទីក្រុងស៊ីនថាយ	53
១៩. ស្មៅ Bear grass ដុះនៅលើជញ្ជាំង	55
២០. សត្វកណ្ដុរ	59
២១. ជីះរទេះ	61
២២. សាងសង់ផ្ទះរឆេី	65
២៣. ស្រីស្រស់ស្អាត	67
២៤. មនុស្សចិត្តអប្រិយ	71
២៥. ថ្នាលបូស្សី	73
២៦. ទន្លេលៀងដំធំធេង	77
២៧. ស្វាមី	79
២៨. ផ្លែល្ហុង	83
២៩. ស្រូវមីយេដ៍ស្រស់បំព្រង	85
៣០. បច្រើការងារពលកម្មនៅតំបន់ឆ្នាយ	89
៣១. ទន្សាយមានសេរីភាព	91
៣២. បេះរល្ស៊ី	95
៣៣. រទេះធំ	97
៣៤. សម្ដៀកបំពាក់ពណ៌ខ្មៅរបស់មន្ត្រី	101
៣៥. បងសំឡាញ់	103
៣៦. មាន់ងារ	107
៣៧. បុរសជ្រលខ្លួន	109
៣៨. លើកសម្ដៀកបំពាក់ឡើង	113

39．风雨 …… 114

40．子衿 …… 118

41．扬之水 …… 120

42．出其东门 …… 124

43．野有蔓草 …… 126

44．溱洧 …… 130

45．南山 …… 132

46．载驱 …… 136

47．硕鼠 …… 138

48．绸缪 …… 142

49．鸨羽 …… 146

50．葛生 …… 148

51．小戎 …… 150

52．蒹葭 …… 154

53．黄鸟 …… 158

54．晨风 …… 160

55．无衣 …… 164

56．渭阳 …… 166

57．衡门 …… 168

58．月出 …… 172

59．株林 …… 174

60．隰有苌楚 …… 178

61．鸤鸠 …… 180

៣៩. ខ្យល់ខ្លាំងភ្លៀងធំ 115
៤០. ករណ៍របស់អ្នក 119
៤១. ទឹកទន្លេហូរយឺតៗ 121
៤២. ចាកចេញពីទ្វារទីក្រុងខាងកើត 125
៤៣. ស្ពៃរីករាលដាល 127
៤៤. ទន្លេណាននិងទន្លេវែ 131
៤៥. ភ្នំណានសាន 133
៤៦. រត់ទេះសេះនៅផ្លូវ 137
៤៧. សត្វកណ្ដុរធំ 139
៤៨. បាច់អុសដ៏តឹង 143
៤៩. ស្លាបសត្វបក្សី 147
៥០. រល្វើដំស្រស់បំព្រង 149
៥១. រទេះចម្ប្លាំងតូច 151
៥២. ដើមត្រែង 155
៥៣. សត្វចាប 159
៥៤. សត្វបក្សីសាហាវ 161
៥៥. គ្មានឈុតចម្ប្លាំង 165
៥៦. ទន្លេវែភាគខាងជើង 167
៥៧. សុំទ្វារ 169
៥៨. ព្រះចន្ទរះ 173
៥៩. ជាយក្រុងជូ 175
៦០. ដើមស្ពីដែលដុះនៅដីទំនាប 179
៦១. សត្វតារវៅ 181

62. 下泉 ……………………………… 182
63. 七月 ……………………………… 186
64. 鹿鸣 ……………………………… 190
65. 常棣 ……………………………… 192
66. 伐木 ……………………………… 196
67. 天保 ……………………………… 198
68. 采薇 ……………………………… 202
69. 杕杜 ……………………………… 204
70. 鸿雁 ……………………………… 208
71. 鹤鸣 ……………………………… 210
72. 白驹 ……………………………… 214
73. 斯干 ……………………………… 216
74. 十月之交 ………………………… 220
75. 小旻 ……………………………… 222
76. 小弁 ……………………………… 226
77. 巧言 ……………………………… 230
78. 巷伯 ……………………………… 232
79. 谷风 ……………………………… 234
80. 蓼莪 ……………………………… 238
81. 大东 ……………………………… 240
82. 北山 ……………………………… 244
83. 小明 ……………………………… 246
84. 车舝 ……………………………… 250

៦២. ទឹកផុសពីក្រោមដី 183
៦៣. ខែកក្កដា 187
៦៤. ក្មាន់ស្រែកហៅ 191
៦៥. ដើមប៉ែរ 193
៦៦. កាប់ដើមឈើ 197
៦៧. ព្រះប្រទានពរ 199
៦៨. បេះសណ្ដែកទ្រីង 203
៦៩. ដើមប៉ែរ 205
៧០. ក្មានព្រៃ 209
៧១. សម្រែកសត្វក្រៀល 211
៧២. សេះសតូច 215
៧៣. ស្ទឹង 217
៧៤. ដើមខែតុលា 221
៧៥. របបផ្ដាច់ការយ៉ាងឃោរឃៅ 223
៧៦. ចិត្តព្រួយបារម្ភ 227
៧៧. ពាក្យសំដីផ្អែមល្ហែម 231
៧៨. សុំងប៉ាយ 233
៧៩. ខ្យល់ខ្លាំងក្នុងជ្រលង 235
៨០. ស្តោបុំយដ៏ខ្ពស់ 239
៨១. នគរចំណុះឆ្ងាយពីរាជធានី 241
៨២. ភ្នំខាងជើង 245
៨៣. នគរខ្មែងងឹត 247
៨៤. ភ្នៅរទេះ 251

85．青蝇 ……………………………………………………252

86．角弓 ……………………………………………………254

87．采绿 ……………………………………………………258

88．隰桑 ……………………………………………………260

89．何草不黄 ………………………………………………264

90．文王 ……………………………………………………266

91．旱麓 ……………………………………………………270

92．思齐 ……………………………………………………272

93．生民 ……………………………………………………276

94．公刘 ……………………………………………………280

95．板 ………………………………………………………282

96．荡 ………………………………………………………286

97．抑 ………………………………………………………288

98．桑柔 ……………………………………………………292

99．烝民 ……………………………………………………294

100．噫嘻 …………………………………………………298

៨៥. រុយ 253

៨៦. ធ្លូស្ទេងគោ 255

៨៧. បេះស្ដៀជាន 259

៨៨. ដើមមននៅដីទំនាប 261

៨៩. ស្ដេៀប្រភេទណាមិនក្រៀមស្ងួត 265

៩០. ស្ដេចចូរវិនរុំង 267

៩១. ជើងភ្នំហាន 271

៩២. អ្នកម្តាយរមមួ្យ 273

៩៣. ការសម្រាលលោកហ្វវជី 277

៩៤. លោកកុងលាវ 281

៩៥. ខិលខូចភាន់ភាំង 283

៩៦. ខិលខូចក្រអឺតក្រទម 287

៩៧. ម៉ឹងម៉ាត់ប្រយ័ត្ន 289

៩៨. ស្ដ្រីកមនខ្ទី 293

៩៩. ប្រជាជនក្រោមមេឃ 295

១០០. ប្ងុងស្ទូងទៅមេឃ 299

詩經選譯

关雎
សត្វអក

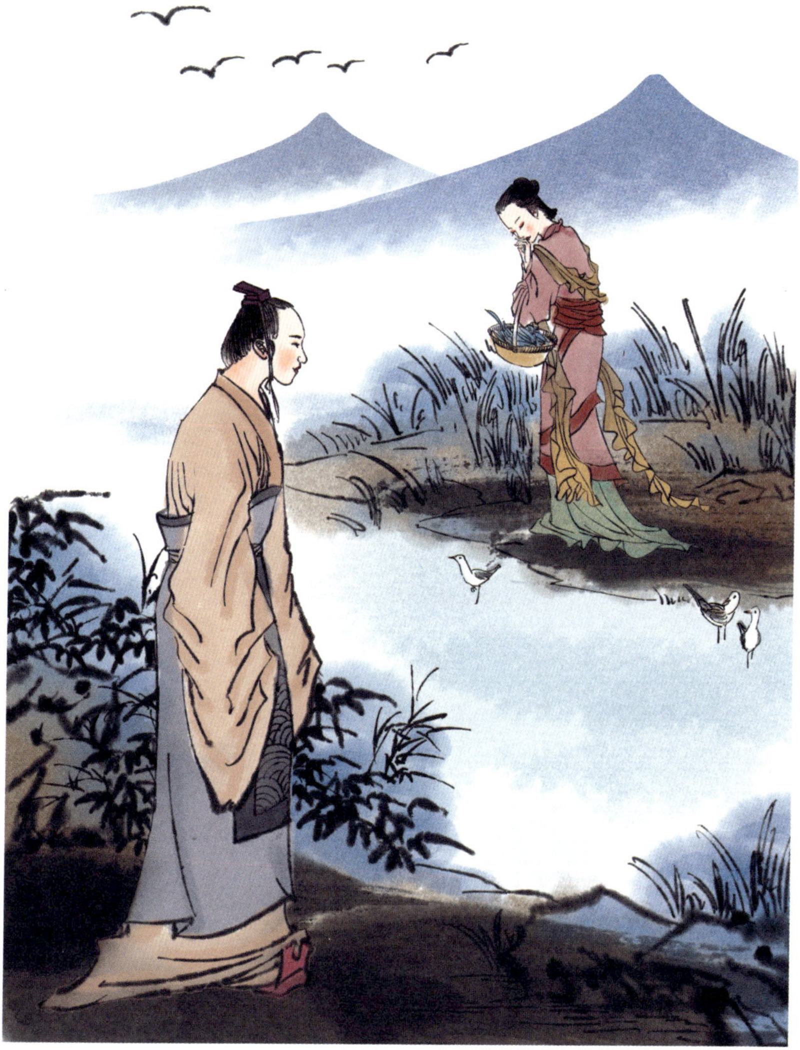

1. 关雎

【原文】

关关雎鸠，在河之洲。窈窕淑女，君子好逑。

《诗经·周南·关雎》首章

【释文】

雎鸠关关地鸣叫，双双栖息在河中的小岛上。那位纯洁漂亮的好姑娘，她是我追求的好对象。

【解析】

这是写一个青年男子对采集荇菜的女子的爱慕之情。诗共五章。这个女子温柔娴淑，令男子一见钟情。男子在追求采荇女的过程中，因为"求之不得"而睡不着觉，又设想以钟鼓、琴瑟取悦这位淑女，这反映了中国古代重视礼乐文化的传统。

១. សត្វអក

[សេចក្តីពន្យល់]

អកមួយគូវ៉ាយំញគ្រលូច នៅលើកូនកោះនាកណ្តាលទន្លេ។ ផីតាហឺងពេញ លក្ខដ៍ស្រស់ស្អាត គឺនាងដែលខ្ញុំចង់ដេញស្រឡាញ់។

វគ្គដំបូងនៃ ***សត្វអក ចូរណាន តម្លីរកំណាព្យ***

[បំណកស្រាយ]

កំណាព្យនេះមាន៥វគ្គ បានរៀបរាប់ពីយុវ័ននម្នាក់សារភាពស្នេហ៍ចំពោះនារី ម្នាក់ដែលប្រមូលបន្លែស្លឹក។ នារីនេះទន់ភ្លន់និងមានសណ្តាប់ធ្នាប់ប្រពៃ នាំឱ្យ បុរសជាប់ចិត្តស្រឡាញ់តែម្នាង។ រយៈពេលបុរសតាមស្រឡាញ់នារីប្រមូលបន្លែ ស្លឹកនោះ ដោយសារតាមមិនបាន បុរសនោះគេងមិនលក់ ទើបស្រមើស្រមៃរាយ ស្ងួរលេងតន្ត្រីដើម្បីឱ្យនារីនោះសប្បាយ។ នេះបានបង្ហាញអំពីប្រពៃណីចិនបុរាណ ដែលផ្តោតសំខាន់ទៅលើប្រពៃណីទំនៀមទម្លាប់និងវប្បធម៌ភ្លេងតន្ត្រី។

詩經選譯

卷耳
ស្លឹក cerastium

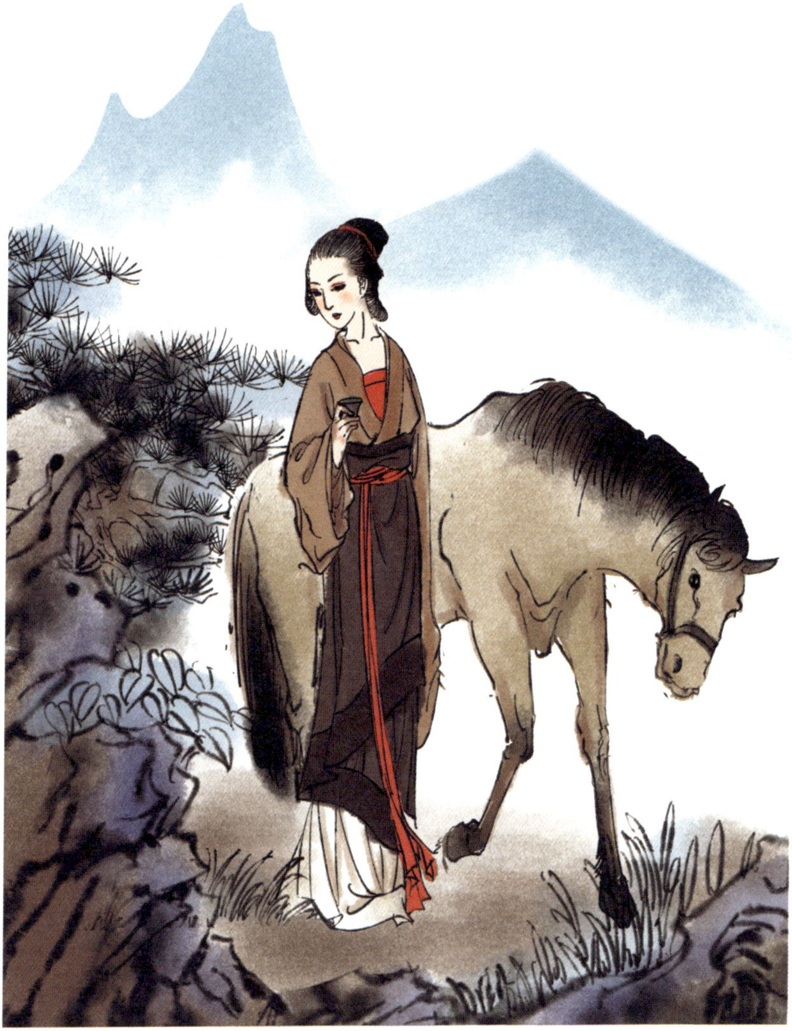

2. 卷耳

【原文】

陟彼高冈，我马玄黄。我姑酌彼兕觥，维以不永伤！

《诗经·周南·卷耳》三章

【释文】

我骑马登上高高的山冈，马儿都累得生病了。我把酒杯斟满酒，用来排解心中深沉的忧伤！

【解析】

这是一位贵族妇女思念丈夫的诗歌。诗共三章。这一章写到她因为思念而心中非常悲伤，无奈之下，骑马登高望远，希望能超越空间的束缚而看到丈夫；又喝酒来麻醉自己，以暂时忘记思念的痛苦。中国人讲究饮酒有节，目的是防止过量饮酒伤身或酒后失礼。但人们也经常以过度饮酒的方式来表达喜怒哀乐，喜乐太甚，无酒不足以抒其情；忧伤深沉，无酒不可以消其愁。

២. ស្ងៀ cerastium

[សេចក្តីពន្យល់]

ខ្ញុំជិះសេះឡើងដល់កំពូលភ្នំ សេះនឿយហត់រហូតឈឺខ្លួន។ ខ្ញុំចាក់ស្រាពេញកែវ ដើម្បីពន្លូរភាពសៅហ្មងក្នុងបេះដូង។

វគ្គទីបីនៃ *ស្ងៀ cerastium ចូរណាន តម្លីរកំណាព្យ*

[បំណកស្រាយ]

កំណាព្យនេះមានបីវគ្គ បានពណ៌នាអំពីលោកជំទាវម្នាក់នឹករលឹកស្វាមី។ វគ្គនេះបរិយាយគាត់មានភាពហ្មងសៅក្នុងដួងចិត្តដោយសារការនឹករលឹក ទើប ជិះសេះឡើងភ្នំសម្លឹងមើលទៅទីឆ្ងាយ រំាងចាននឹងងកាត់ចម្ងាយមើលឃើញដល់ ស្វាមី។ ដឹកស្រា គឺធ្វើឱ្យខ្លួនភ្លេចភាពសោកសៅជាបណ្តោះអាសន្ន។ ជនជាតិចិន យកចិត្តទុកដាក់ទៅលើកម្រិតនិងកំណត់ពេលក្នុងការដឹកស្រា ដើម្បីជៀសវាងការ ខូចសុខភាពឬខុកការ។ ប៉ុន្តែប្រជាជនក៏បានបង្ហាញភាពរីករាយ កំហឹង សោកសៅ និងសប្បាយ តាមរយៈការដឹកដល់កម្រិតស្រវឹងដែរ។ បើគ្មានស្រា មិនអាចបង្ហាញ ភាពសប្បាយរីករាយបាន បើគ្មានស្រា ក៏មិនអាចរំសាយភាពសោកហ្មងបានដែរ។

3. 桃夭

【原文】

桃之夭夭，灼灼其华。之子于归，宜其室家。

《诗经·周南·桃夭》首章

【释文】

　　桃树生长得茂盛繁荣，枝头开着鲜艳的桃花。这个姑娘要出嫁了，希望你和顺地对待你的夫家。

【解析】

　　这是一首祝贺新婚的诗歌。诗共三章。诗中以灿烂红艳的桃花起兴，比喻新娘美丽健康的容貌。诗歌后两章以果实累累的桃树，比喻新娘将会为男家多生贵子，使其家庭人丁兴旺、和睦幸福。中国古人的观念是多子多福，所以，诗歌从这个角度来赞扬新娘。

៣. ផ្កាប៉េះស្រស់បំព្រង

[សេចក្ដីពន្យល់]

ដើមប៉េះដុះលូតលាស់ល្អ ផ្កាប៉េះរីកស្រស់បំព្រងនៅចុងមេក។ កញ្ញានេះជិតនឹងរៀបការហើយ សង្ឃឹមថាគាត់នឹងសុភាពរៀបសារចំពោះគ្រួសារថ្មី។ វត្ថុដំបូងនៃ *ផ្កាប៉េះស្រស់បំព្រង ចូរណាន គម្ពីរកំណាព្យ*

[បំណកស្រាយ]

កំណាព្យនេះមាន៣វគ្គ បានអបអរសាទរការរៀបការ។ ក្នុងកំណាព្យ យកផ្កាប៉េះស្រស់បំព្រងមកណែនាំ ប្រៀបដូចជារូបឆោមរបស់កូនក្រមុំ។ វគ្គទាំងពីរចុងក្រោយនៃកំណាព្យ យកដើមប៉េះមានផ្លែប៉េះធំធេង ប្រៀបដូចជាកូនក្រមុំនឹងសម្រាលកូនយ៉ាងច្រើនសម្រាប់គ្រួសារថ្មី នាំឱ្យគ្រួសារសម្បូរកូនចៅ មានសុភមង្គល។ ជនជាតិចិនបុរាណជឿជាក់ថា បើសម្បូរកូនចៅ គឺមានសុភមង្គលបរិបូរ្ណ ដូច្នេះ កំណាព្យនេះបានសរសើរនិងលើកតម្កើងកូនក្រមុំ។

4. 汉广

【原文】

南有乔木,不可休思。汉有游女,不可求思。汉之广矣,不可泳思。江之永矣,不可方思。

《诗经·周南·汉广》首章

【释文】

南方有高大的树木,但树荫太少不适合歇息。有个女子在汉水边行走,我想追求她却感觉没有希望。这就好比汉水太宽广,不能游到对岸。好比悠长的长江水,划着小船都难以渡过。

【解析】

这是一个青年男子爱慕女子而不能得的诗歌。诗共三章。诗以高树不能休息起兴,比喻汉女虽美却不能相求的伤感。眼前的汉水因其阔广深永而不能横渡,暗示了现实中的种种阻隔,使人们无法实现愿望。

៤. ទន្លេហានធំទូលាយ

[សេចក្តីពន្យល់]

តំបន់ខាងជើងមានដើមឈើធំខ្ពស់ តែម្លប់តូចពេកមិនសួរសមនឹងសម្រាក។ នារីម្នាក់ដើរក្បែរទន្លេហាន ខ្ញុំចង់តាមស្រឡាញ់គាត់ តែមានអារម្មណ៍ដូចជាគ្មានសង្ឃឹមទេ។ នេះប្រៀបដូចជាទន្លេហានដ៏ធំ មិនអាចហែលដល់ត្រើយម្ខាងទៀតបាន។ ហើយក៏ប្រៀបដូចជាទន្លេយ៉ាងសែងវែង ចែវទូកមិនងាយឆ្លងកាត់បានដែរ។

វគ្គដំបូងនៃ ***ទន្លេហានធំទូលាយ ចូរណាន គម្ពីរកំណាព្យ***

[បំណកស្រាយ]

កំណាព្យនេះមានពាក្យ បានបរិយាយយុវជនម្នាក់ក្នុងស្នេហានារីម្នាក់តែទៅមិនរួច។ កំណាព្យនេះ យកដើមឈើធំខ្ពស់តែមិនអាចសម្រាក បានប្រៀបប្រដូចអារម្មណ៍សោកស្តាយចំពោះនារី ទោះស្រស់ស្អាតក្តី តែមិនអាចតាមស្រឡាញ់បាន។ ទន្លេហាននៅខាងមុខមិនអាចឆ្លងកាត់បានដោយសារធំធេង ចង់ប្រាប់ថា នៅលើលោកនេះមានឧបសគ្គជាច្រើន ញាំងឱ្យមនុស្សពិបាកសម្រេចដូចក្តីប្រាថ្នាណាស់។

詩經選譯

汝墳
មនុស្សបិតាខ្មែរ

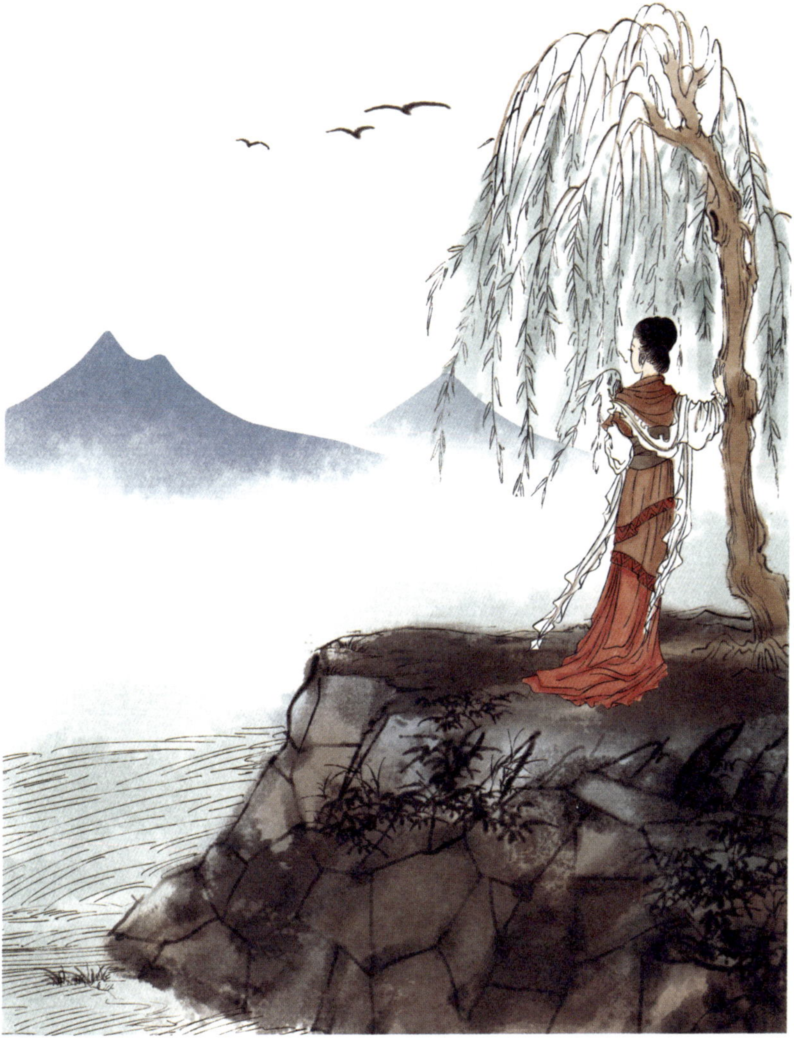

5. 汝坟

【原文】

鲂鱼赪尾,王室如毁。虽则如毁,父母孔迩。

《诗经·周南·汝坟》三章

【释文】

鲂鱼的尾巴因为疲劳而变成红色,官府的暴政急如烈火燃烧。虽然暴政像烈火烧,但父母很近却不能忘记。

【解析】

这是一首女子思念丈夫的诗歌。诗共三章。这里写妻子能体谅丈夫因为暴虐的王政而奔波在外的现实,但仍然希望丈夫能想到家中还有父母需要赡养,不要忘记为父母尽孝的责任,这是委婉地表达了对丈夫早日回家的期待。

៥. ទំនប់ទឹកទន្លេ

[សេចក្តីពន្យល់]

កន្ទុយត្រី Gurnard ប្រែជាពណ៌ក្រហមដោយសារវាតប់ពេក រដ្ឋាភិបាលប្រព្រឹត្តអាក្រក់ចេញគោលនយោបាយក្តៅ ដូចជាភ្លើងឆាប់ឆួលយ៉ាងខ្លាំង។ ទោះនយោបាយសាហាវដូចភ្លើងឆេះ ប៉ុន្តែម៉េឱ្យនៅជិតមិនអាចបំភ្លេចបាន។

វគ្គទី៣នៃ ***ទំនប់ទឹកទន្លេ ចូរណាន តម្លីរកំណាព្យ***

[បំណកស្រាយ]

កំណាព្យនេះមាន៣វគ្គ បានពណ៌នាប្រពន្ធនីករលឹកថ្មី។ ទីនេះបរិយាយប្រពន្ធអាចយោគយល់ប្តីចាកចេញឆ្ងាយពីផ្ទះដោយសាររដ្ឋាភិបាលយោរយៅក៏ប៉ុន្តែសង្ឃឹមថា ប្តីនៅតែនឹកដល់ម៉េឱ្យក្នុងផ្ទះដែលត្រូវការចិញ្ចឹម កុំភ្លេចការកិច្ចគោរពស្រឡាញ់ចំពោះមាតាបិតា។ ទាំងនេះ គឺចង់បង្ហាញការវំពឹងចំពោះប្តីនឹងត្រឡប់មកផ្ទះវិញឆាប់ៗ។

6. 草虫

【原文】

　　喓喓草虫,趯趯阜螽。未见君子,忧心忡忡。亦既见止,亦既觏止,我心则降。

　　　　　　　　　　　《诗经·召南·草虫》首章

【释文】

　　秋天的蝈蝈喓喓地鸣叫,蚱蜢也蹦蹦跳跳。很久没有见到我的夫君,我担心又忧愁。倘若我们已经相见了,也已经团聚了,我也就放心了。

【解析】

　　这是一首思妇诗歌。诗共三章。诗歌通过描写物候的变化来表达夫妻离别之苦。诗以蝈蝈的鸣叫和蚱蜢的蹦跳起兴,预示秋天的到来,也暗示着离别已近一年的时间。诗中还设想到这个女子与丈夫未见之前的忧愁、相见后的喜悦。前后心情的变化正是相思太深的表现。

៦. សត្ថចង្រិត

[សេចក្ដីពន្យល់]

ចង្រិតរដូវរំហើយយំច្រែកៗ កណ្ដបលោតកញ្ឆេង។ យូរហើយមិនបានជួប ស្វាមី ខ្ញុំព្រួយចិត្តនិងសោកសៅណាស់។ ឥឡូវនេះ យើងបានជួបជុំគ្នាហើយ ខ្ញុំក៏ សម្រាកធូរចិត្តឡើងវិញ។

វត្តដំបូងនៃ ***សត្ថចង្រិត ចៅណាន តម្លីរកំណាព្យ***

[បំណកស្រាយ]

កំណាព្យនេះមានពាក្យ បានបរិយាយការនឹករលឹករបស់ប្រពន្ធ។ កំណាព្យ នេះ បង្ហាញទុក្ខសោករវាងប្ដីប្រពន្ធដែលបែកឃ្លាតឆ្ងាយគ្នា។ តាមរយៈការ ពណ៌នាសត្វនិងអាកាសធាតុ ចង្រិតយំនិងកណ្ដបលោត ជាសញ្ញានៃរដូវរំហើយ ដែលមកដល់ នឹងចង់ប្រាប់ថាការឃ្លាតឆ្ងាយរវាងប្ដីប្រពន្ធជិតមួយឆ្នាំហើយ។ ក្នុង កំណាព្យ បាននឹកគិតស្រមៃអារម្មណ៍របស់ប្រពន្ធ ក្ដីព្រួយសោកមុនពេល និងក្ដី រីករាយក្រោយពេលជួបនឹងប្ដី ការប្រៀបធៀបអារម្មណ៍នៅមុននិងក្រោយ គឺបាន បង្ហាញក្ដីនឹករលឹកស្រឡាញ់គ្នាយ៉ាងខ្លាំង។

7. 行露

【原文】

　　谁谓雀无角,何以穿我屋?谁谓女无家,何以速我狱?虽速我狱,室家不足。

　　　　　　　　　　　《诗经·召南·行露》二章

【释文】

　　谁说雀儿没有嘴,那它凭什么啄穿我的屋子?谁说你没有老婆,你凭什么逼我坐牢?就算你逼我坐了牢房,但你的逼婚理由实在太荒唐。

【解析】

　　这是一首写女子拒婚的诗歌。诗共有三章。诗中写一个有妻室的男子先是用花言巧语骗婚,接着又以打官司的方式来威胁,但这个女子保持清醒的头脑,面对威逼利诱,毫不犹豫地拒绝了。

៧. ទឹកសន្សើមតាមផ្លូវ

[សេចក្ដីពន្យល់]

នរណាថាថាបគ្មានមាត់ ហេតុអ្វីវាអាចចឹកផ្ដេះផ្ដះខ្ញុំ? នរណាថាអ្នកងងគ្មាន ប្រពន្ធ តើហេតុអ្វីអ្នកងងបង្ហំខ្ញុំឲ្យចូលតុក? ទោះជាអ្នកងងបង្ហំខ្ញុំឲ្យចូលតុក និង យកលេសដើម្បីបង្ហំខ្ញុំរៀបការ ជារឿងគួរឲ្យអស់សំណើចណាស់។

វគ្គទី២នៃ *ទឹកសន្សើមតាមផ្លូវ ចៅណាន កម្មីរកំណាព្យ*

[បំណកស្រាយ]

កំណាព្យនេះមាន៣វគ្គ បានបរិយាយពីនារីម្នាក់ដែលបដិសេធនឹងការ រៀបការ។ ក្នុងកំណាព្យពណ៌នាពីបុរសម្នាក់ដែលមានគ្រួសារហើយ ប៉ុន្តែប្រើសម្ដី ផ្អែមល្ហែមបញ្ឆោតជាមុន រួចប្រើរបៀបបង្ខំនារីម្នាក់រៀបការជាមួយគាត់ តែនារី នោះរក្សាខ្លួនរក្សាល់ភ្លីស្អាត មិនលង់ចិត្តហើយក៏មិនខ្លាចអំណាចអាក្រក់ ហើយ បដិសេធបុរសនោះតែម្ដង។

詩經選譯

摽有梅
ផ្លែព្រូនស្រពោនធ្លាក់

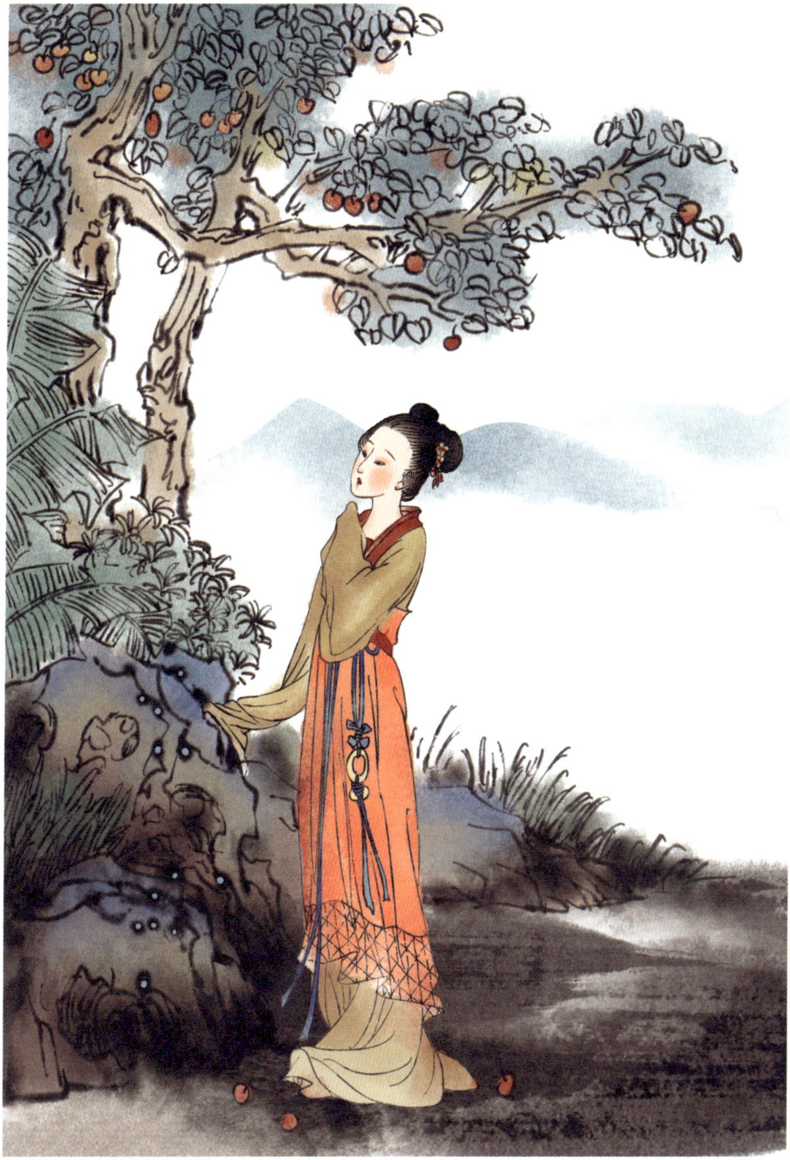

8. 摽有梅

【原文】

摽有梅,其实七兮。求我庶士,迨其吉兮。

《诗经·召南·摽有梅》首章

【释文】

　　梅子虽然渐渐地凋落了,但枝头上还剩下大部分的果实。追求我的年青人,你要趁着吉日赶紧来娶我。

【解析】

　　这是一首写女子待嫁的诗歌。诗共三章。诗歌先写梅子开始凋落,暗示女子已经到了结婚的年龄,希望年青男子能够选择好日子来求婚。先秦时期,男子三十岁未娶、女子二十岁未嫁,在仲春月会上,都可以自由选择对象,不必举行正式的婚礼就可以同居。这首诗反映的应该就是这种情况。

៨. ផ្តេព្រានស្រពោនធ្លាក់

【 សេចក្តីពន្យល់ 】

ទោះបីផ្តេព្រានស្រពោនធ្លាក់ជាបន្លបន្ទាប់ តែក៏នៅមានមួយចំនួនធំនៅលើចុងមែកឈើ។ យុវនារីដែលស្រឡាញ់ខ្ញុំ សូមរីសទិសសិរីឱ្យគាប់មកយកខ្ញុំ។ វគ្គដំបូងនៃ *ផ្តេព្រានស្រពោនធ្លាក់ ចៅណាន គម្ពីរកំណាព្យ*

【 បំណកស្រាយ 】

កំណាព្យនេះមានបីវគ្គ បានបរិយាយពីកញ្ញារងចាំរៀបការ។ កំណាព្យនេះ ពណ៌នាផ្តេព្រានចាប់ផ្តើមស្រពោនធ្លាក់ ចង់ប្រាបថា កញ្ញាដល់ពេញវ័យរៀបការ(ពេញក្រមុំ) សង្ឃឹមថាមានយុវជនរីសយកទិសសិរីឱ្យគាប់មកស្តីដណ្តឹងនាង។ នៅសម័យមុនរដ្ឋកាលឈីន[1] បុរសអាយុ៣០នៅកំលោះ នារីអាយុ២០នៅក្រមុំ ពេលក្នុងពិធីប្រជុំចំខែផ្កាវិក[2] សុទ្ធតែអាចទៅចូលរួមជ្រើសរីសគូស្នេហ៍ រួចអាចរស់នៅជាមួយគ្នាដោយមិនចាច់រៀបចំពិធីអាពាហ៍ពិពាហ៍ជាផ្លូវការ។ ន័យនៅក្នុងកំណាព្យនេះ គឺបង្ហាញករណីដូចនេះហ្នឹងហើយ។

---

[1]មុនរដ្ឋកាលឈីន(ស.វ.២១-ឆ្នាំ២២១មុនគ.ស.)។
[2]ពិធីប្រជុំចំខែផ្កាវិក គឺពិធីនៅថ្ងៃទី៣ខែ៣តាមចន្ទគតិចិន មានប្រវត្តិជាងបីពាន់ឆ្នាំហើយ។

9. 江有汜

【原文】

江有汜，之子归，不我以。不我以，其后也悔。

《诗经·召南·江有汜》首章

【释文】

长江水有支流，你的新娘也娶到了家中，你已经不需要我了。但你今天抛弃了我，将来你要后悔。

【解析】

这是一首弃妇诗。诗共三章。从诗中描绘的情形看，女主人公可能是一位商人妇。商人娶了新妇之后就抛弃了旧妻。而女主人公似乎还在期待这个商人回心转意。商业在中国先秦时代本就是末业，商人的社会地位也相对卑下。商人时常离家背井、奔走经商，因此，商人妇与其他妇女相较又有更多不幸。

៩. ទន្លេយ៉ង់សេមានដៃទន្លេ

[សេចក្ដីពន្យល់]

ទន្លេយ៉ង់សេមានដៃទន្លេ មានន័យថាកូនក្រមុំបងមកដល់ផ្ទះហើយ បងមិនត្រូវការអូនទេ។ ប៉ុន្ដែបើថ្ងៃនេះបងលះបង់អូន ថ្ងៃក្រោយបងនឹងស្ដាយក្រោយ។ វត្ថុដំបូងនៃ *ទន្លេយ៉ង់សេមានដៃទន្លេ ចៅណាន តម្បីរកំណាព្យ*

[បំណកស្រាយ]

កំណាព្យនេះមាន៣វគ្គ បានបរិយាយអំពីការលះបង់ប្រពន្ធដើម។ ក្នុងកំណាព្យ គឺឈាំនាការណ៍មួយដែលតួងកស្ត្រីប្រហែលជាប្រពន្ធរបស់ឈ្មួញម្នាក់ ឈ្មួញយកប្រពន្ធចុងរួចបានបោះបង់ប្រពន្ធដើម។ រីឯតួងស្ត្រីហាក់បីដូចជានៅតែរវឹកដឹងឈ្មួញជាប្ដីនឹងបូរគំនិតមកយកខ្លួនវិញ។ ៣ណិជ្ជកម្មក្នុងអំឡុងពេលចុងក្រោយនៃសម័យមុនរដ្ឋកាលលើន គឺជាខស្យាហកម្មតួចមួយ ឈ្មួញស្ថិតនៅវណ្ណៈទាបក្នុងសង្គម។ ដោយសារឈ្មួញត្រូវការចាកចេញពីផ្ទះធ្វើដំណើរ ដូច្នេះប្រពន្ធឈ្មួញមានទុក្ខវេទនាច្រើនជាងប្រពន្ធដទៃ។

詩經選譯

野有死麕
ស្រឡាញ់មានប្រើសឈ្មើងាប់

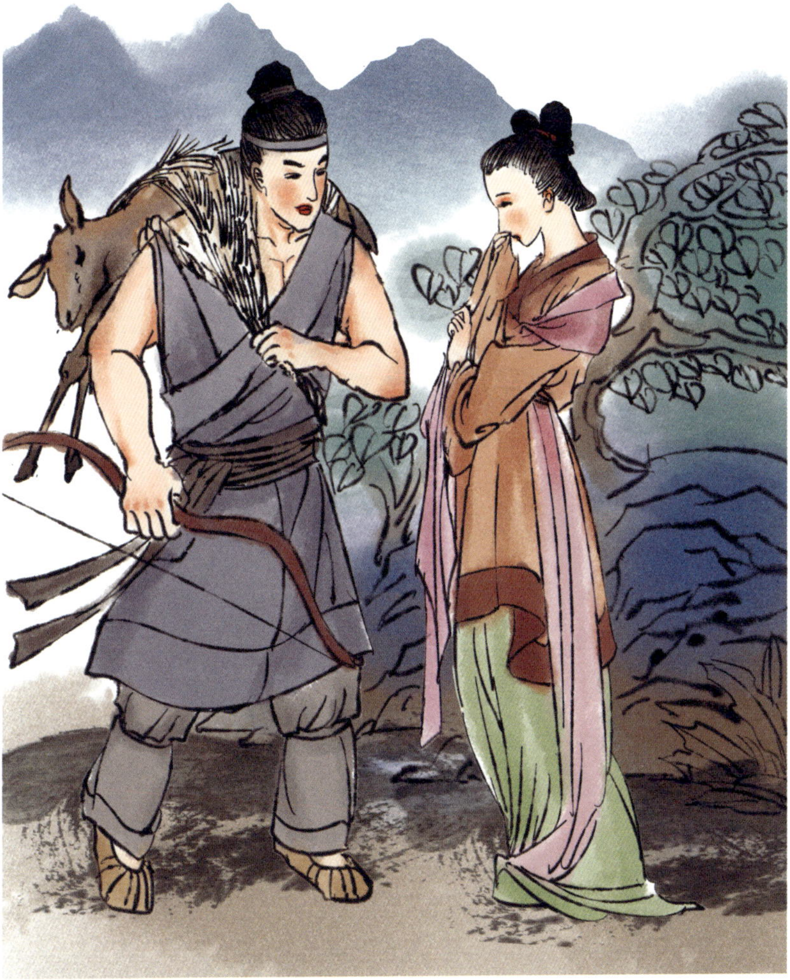

10. 野有死麕

【原文】

野有死麕,白茅包之。有女怀春,吉士诱之。

《诗经·召南·野有死麕》首章

【释文】

野地有只死獐鹿,被猎人用白色茅草包裹着。那位姑娘情窦初开,而那个青年猎人也主动上前搭讪。

【解析】

这是青年男女恋爱的诗歌。诗共三章。写这位青年猎人用他狩猎得来的獐鹿作为礼物来追求少女。从诗中所写情形看,这对青年男女应是初次相见,所以诗中用了一个"诱"字来写男子主动搭讪。诗歌后两章就写到了他们情投意合、最终在一起的情况。

១０. ស្រែព្រៃមានប្រើសញ្ញាងាប់

[សេចក្តីពន្យល់]

ស្រែព្រៃមានសត្វប្រើសញ្ញាងាប់មួយ ហើយគ្រូព្រានព្រៃរុំដោយបារពណ៌ស។ កណ្តាន់េះទើបចាប់ផ្ដើមដឹងក្តីក្នុងរឿងស្នេហា ឯព្រានជាយុវជនបានទៅនិយាយលេងទាក់ចិត្តកញ្ញាយ៉ាងសកម្ម។

វគ្គដំបូងនៃ *ស្រែព្រៃមានប្រើសញ្ញាងាប់ ចៅណាន តម្លីរកំណាព្យ*

[បំណកស្រាយ]

កំណាព្យនេះមាន៣វគ្គ បានពណ៌នាអំពីការលោមស្នេហ៍រវាងយុវជននិងយុវនារី។ កំណាព្យនេះបរិយាយថា ព្រានជាយុវជនបានយកសត្វប្រើសញ្ញីជូនជាកាដូ ដើម្បីតាមស្រឡាញ់កញ្ញាម្នាក់។ ការណ៍ក្នុងកំណាព្យនេះ គឺកញ្ញានិងកំលោះ ទើបតែដូចបគ្នាជាលើកដំបូង។ ដូច្នេះ យកពាក្យទាក់ចិត្តមកពណ៌នាកំលោះទៅនិយាយលេងយ៉ាងសកម្ម។ នៅក្នុងពីរវគ្គចុងក្រោយនៃកំណាព្យ បរិយាយពួកគាត់ពីរនាក់បានជាប់ស្រឡាញ់គ្នា ហើយរស់នៅជាមួយគ្នា។

11. 柏舟

【原文】

我心匪石,不可转也。我心匪席,不可卷也。威仪棣棣,不可选也。

《诗经·邶风·柏舟》三章

【释文】

我的心不是一块石头,不能随便移动。我的心不是一条席子,不可任意翻卷。我的仪容娴雅,不可任人欺负。

【解析】

这是一位妇女感觉被众妾所侮的怨诗。诗共五章。这里分别用石头、席子作比喻,说明她是一个仪容娴雅、品行端正的妇女。石头可以随便移动,席子可以任意翻卷,暗示了众妾反复无常的性格。本诗是较早揭示妻妾矛盾问题的篇章。

១១. ទូកធ្វើពីដើមស្រល់

[សេចក្តីពន្យល់]

បេះដូងខ្ញុំមិនមែនដុំថ្ម មិនអាចរមៀលផ្កាសត្ហាសបានទេ។ បេះដូងខ្ញុំមិនមែនកន្ទេល មិនអាចមូរតាមទំនើងចិត្តឡើយ។ រូបរាងខ្ញុំសុភាពរបសា មិនអាចឱ្យគេបង្ខាំច់បង្អូចបានទេ។

វគ្គទី៣នៃ *ទូកធ្វើពីដើមស្រល់ បៃហ៊ីង តម្លើរកំណាព្យ*

[បំណកស្រាយ]

កំណាព្យនេះមាន៥វគ្គ បានបរិយាយអំពីស្ត្រីម្នាក់មានអារម្មណ៍ត្រូវស្រីស្ទូទាំងឡាយបង្ខាំច់បង្អូច។ នៅទីនេះការយកដុំថ្ម កន្ទេលមកប្រៀបធៀបគឺ បង្ហាញគាត់ជាស្ត្រីម្នាក់ដែលមានរូបរាងសុភាពរបសា ស្មោះត្រង់ និងមានសណ្ដាប់ធ្នាប់។ ដុំថ្មអាចរមៀលបាន កន្ទេលអាចមូរបាន គឺចង្កូលឫកពារបស់ស្ត្រីស្ទូទាំងឡាយយ៉ាងប្រប្រួលមិននឹងនរ។ កំណាព្យនេះ ជាអត្ថបទមុនដំបូងដែលបង្ហាញពីការជំទាស់វាំងប្រពន្ធដើមនិងប្រពន្ធចុង។

詩經選譯

绿衣
អាវពណ៌បៃតង

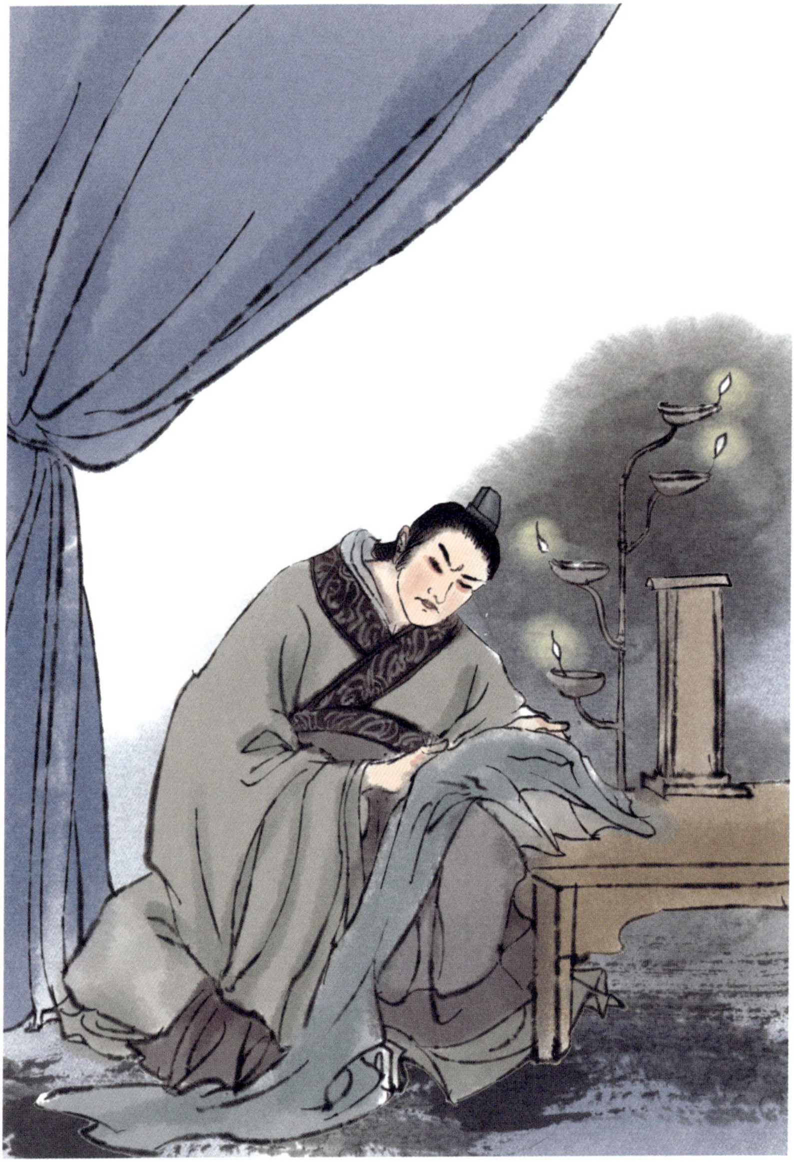

12. 绿衣

【原文】

绤兮绤兮,凄其以风。我思古人,实获我心。

《诗经·邶风·绿衣》四章

【释文】

细葛布啊粗葛布,穿在身上凉爽又舒服。我想念亡故的妻子,她做的每件事都让我称心如意。

【解析】

这是一首怀念亡故妻子的诗。诗共四章。诗人看到亡妻所做的葛布衣服,觉得妻子的所作所为最能符合自己的心意,因而重新陷入悲痛之中。这种睹物思人的写法,是悼亡怀旧诗中最常见的构思,因此也成为后代这类诗歌的写作典范。

១២. អារព៌ណាបែតង

[សេចក្តីពន្យល់]

ក្រណាត់ល្អីក្រាស់ក្រណាត់ល្អីស្តើង ពាក់នៅពីលើខ្លួនត្រជាក់ហើយស្រួល។ ខ្ញុំនឹករលឹកប្រពន្ធដែលស្លាប់ហើយ គាត់ធ្វើរឿងមួយណាក៏ត្រូវចិត្តខ្ញុំ។ វគ្គទី៤នៃ *អារព៌ណាបែតង បែបហ្វឹង តម្លីរកំណាព្យ*

[បំណកស្រាយ]

កំណាព្យនេះមាន៤វគ្គ បានពណ៌នាអំពីប្តីនៅអាឡោះអាល័យប្រពន្ធដែលស្លាប់។ ការមើលឃើញអារក្រណាត់ដែលប្រពន្ធធ្វើពីរល្អី ក៏នឹកដល់ប្រពន្ធធ្វើរឿងអ្វីមួយក៏ត្រូវចិត្តខ្លួន ទើបមានអារម្មណ៍ទុក្ខសោកជាថ្មីម្ងងទៀត។ ការសរសេរបែបនេះ គឺមើលឃើញវត្ថុនាំឱ្យនឹកដល់មនុស្ស ជាវិធីនិពន្ធកំណាព្យអាឡោះអាល័យជានិច្ច។ ចំណុចនេះ បានក្លាយជាគំរូដល់អ្នកនិពន្ធជំនាន់ក្រោយយកតម្រាប់តាម។

13. 燕燕

【原文】

燕燕于飞,差池其羽。之子于归,远送于野。瞻望弗及,泣涕如雨!

《诗经·邶风·燕燕》首章

【释文】

一对燕子展翅飞上天,参差舒展它的翅膀。这个姑娘要出嫁了,大家远远地送到郊外。看着她渐渐消失的背影,眼泪如雨一般掉下来!

【解析】

这是一首送女子出嫁的诗歌。诗共四章。诗歌先以燕子展翅高飞来比喻女子准备远嫁。接着写远送到野外,表达了依依不舍之情。末尾写到诗人看不到离别的背影时,泪如雨下,尤其见出送别的悲伤,把抽象的离别之情写得具体而形象。

១៣. ត្រចៀកកាំ

[សេចក្តីពន្យល់]

ត្រចៀកកាំមួយគូលាតស្លាបហើរទៅលើអាកាស ពួកវាបានត្រដាងស្លាប។ កញ្ញានេះនឹងរៀបការហើយ ពួកគេជូនដំណើរទៅដល់ជាយស្រុក។ មើល ស្រមោលខ្លួនខូនគាត់ហួតដល់មិនឃើញ ពួកគាត់បែរជាស្រក់ទឹកភ្នែកដូច ភ្លៀងរលឹម។

វគ្គដំបូងនៃ *ត្រចៀកកាំ បែបរៀង តម្លើរកំណាព្យ*

[បំណកស្រាយ]

កំណាព្យនេះមាន៤វគ្គ បានបរិយាយអំពីជូនដំណើរកូនក្រមុំ។ ក្នុងកំណាព្យ មុនដំបូង គេយកត្រចៀកកាំប្រៀបដូចនឹងកញ្ញាដែលរៀបការទៅឆ្ងាយផ្ទះ។ ហើយបន្ទាប់មក ត្រូវជូនដល់ស្រែខាងក្រៅ។ នេះបានបង្ហាញមនោសញ្ចេតនា ដែលមិនចង់បែកគ្នា។ ហួតដល់ទីបញ្ចប់ ក៏មើលស្រមោលខ្លួនហួតដល់ មិនឃើញ ពួកគាត់បែរជាស្រក់ទឹកភ្នែកដូចភ្លៀងរលឹម នេះគឺបង្ហាញក្តីនឹករលឹក ពន់ពេករបស់ពួកគាត់។

詩經選譯

击鼓
ការយស្គរ

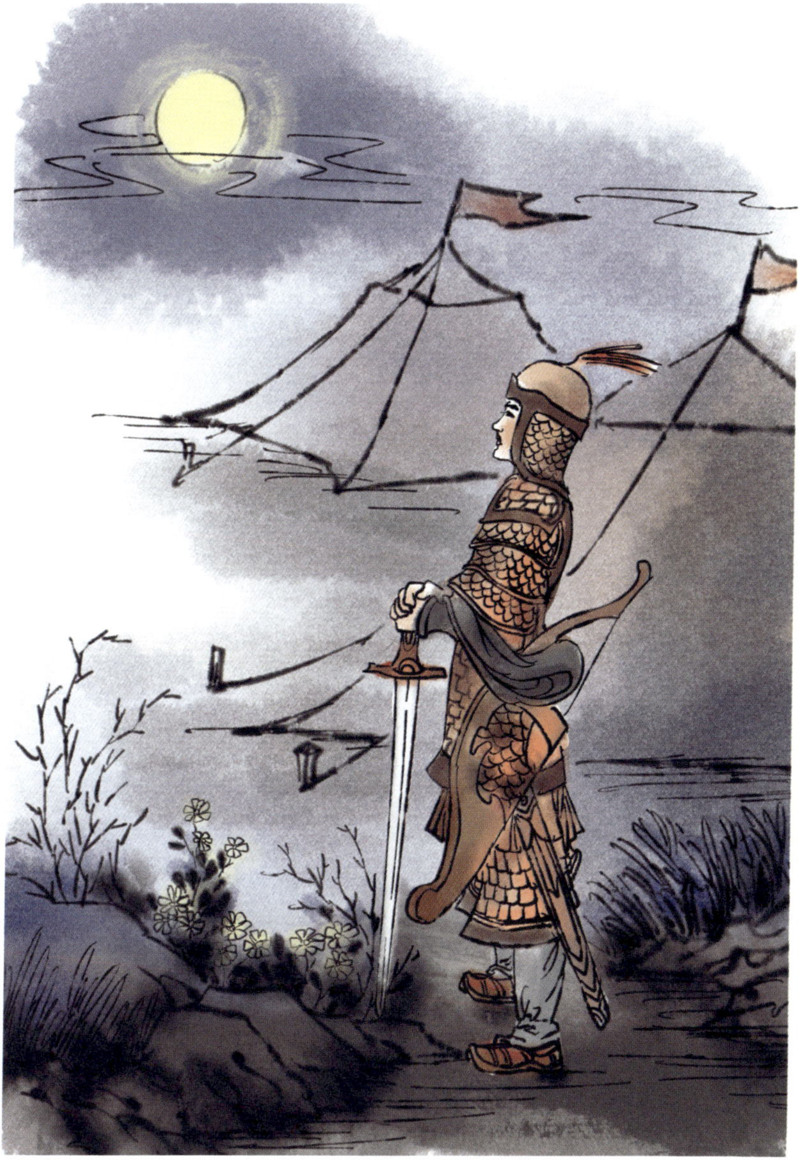

14. 击鼓

【原文】

死生契阔,与子成说。执子之手,与子偕老。

《诗经·邶风·击鼓》四章

【释文】

生死永远都不会分离,这是我和你立下的誓言。紧紧握住你的手,和你一起生活到老。

【解析】

这是卫国的戍卒思归不得的诗。诗共五章。这一章是诗人回忆在家与爱人在一起时发下的誓言。他们曾经发誓要同生共死,白头偕老。但现在他在外服兵役,不知何时才能回家;且在战场上,生死难卜,曾经立下的誓言当然也难以实现了。

១៤. វាយស្គរ

[សេចក្តីពន្យល់]

ទោះជារស់ក្តីស្លាប់ក្តី ក៏មិនបែកគ្នាជានិច្ច នេះជាពាក្យសច្ចរវាងយើងពីរនាក់។ កាន់ដៃជាប់ជាមួយគ្នា រស់នៅជាមួយគ្នារហូតដល់ចាស់កោងខ្នង។

វគ្គទី៤នៃ *វាយស្គរ បែបហឹង តម្លីរកំណាព្យ*

[បំណកស្រាយ]

កំណាព្យនេះមាន៥វគ្គ បានបរិយាយអំពីទាហានប្រចាំព្រំដែនមិនបានត្រឡប់មកផ្ទះ។ វគ្គនេះ គឺករំលឹកពេលនៅផ្ទះឆ្លាប់ស្បថជាមួយគូស្នេហ៍ ពូកគាត់បានស្បថនឹងរស់នៅជាមួយគ្នារួមសុខទុក្ខរហូតដល់ស្លាប់។ ប៉ុន្តែទ្បូវគាត់ធ្វើជាកងទ័ពនៅឆ្ងាយ មិនដឹងពេលណាអាចត្រឡប់មកផ្ទះទេ មិនតែប៉ុណ្ណោះគាត់មិនដឹងជារស់ឬស្លាប់នៅលើសមរភូមិទៀតផង ពាក្យសម្តីដែលឆ្លាប់ស្បថនោះក៏មិនអាចយកជាការបានឡើយ។

15. 凯风

【原文】

凯风自南,吹彼棘心。棘心夭夭,母氏劬劳。

《诗经·邶风·凯风》首章

【释文】

南方吹来温暖的和风,吹拂着酸枣树的嫩芽。酸枣树长得又嫩又壮,母亲实在很辛劳。

【解析】

这是一首儿子歌颂母亲并作自责的诗。诗共四章。诗歌用凯风吹拂酸枣的嫩芽来比喻母亲抚养七个儿子的辛劳。诗歌后三章写到儿子们的愧疚,自责不能慰悦母亲。中国古代重视孝道,父母抚养之恩深如海、重如山。儿女的孝敬不仅仅体现在对父母的物质供养上,更重要的是在精神上使父母得到愉悦。

១៥. ខ្យល់វរភេីយ

[សេចក្ដីពន្យល់]

ខ្យល់បក់វរភើយៗមកពីភាគខាងត្បូង បានបក់បោកលើពន្លកដើមពុទ្រាចិន។ ដើមពុទ្រាចិនដុះលូតលាស់យ៉ាងល្អ អ្នកម្ដាយខ្ញុំគិតជានៀយហត់ណាស់។
វគ្គដំបូងនៃ ***ខ្យល់វរភើយ បែបហ៊្វឹង តម្លីរកំណាព្យ***

[បំណកស្រាយ]

កំណាព្យនេះមាន៤វគ្គ បានបរិយាយអំពីកូនប្រុសសម្តែងការកោតសរសើរចំពោះម្ដាយ ព្រមទាំងស្ដីបន្ទោសខ្លួនឯង។ ជាដំបូង កំណាព្យនេះបានពណ៌នាអំពីទិដ្ឋភាពដែលខ្យល់វរភើយបក់លើពន្លកដើមពុទ្រាចិន ដើម្បីឆ្លុះបញ្ចាំងពីក្ដីលំបាកនៃម្ដាយដែលចិញ្ចឹមបីបាច់កូនប្រុសទាំង៧នាក់។ ងនៅចុងកំណាព្យវិញ បានបង្ហាញពីការប្រព្រឹត្តិខុសរបស់កូនប្រុសទាំង៧នាក់នោះ ដោយសារពួកគេមិនបានធ្វើឱ្យម្ដាយសប្បាយចិត្ត។ នៅសម័យបុរាណកាល ជនជាតិចិនផ្ដោតសំខាន់លើភាពកតញ្ញុ គុណរបស់ឪពុកម្ដាយធំជាងសមុទ្រ ធ្ងន់ជាងភ្នំ។ ភាពកតញ្ញុរបស់កូនមិនមែនគ្រាន់តែបង្ហាញទៅលើការជូនរបស់របរប្រើប្រាស់ដល់មាតាបិតាប៉ុណ្ណោះទេ អ្វីដែលសំខាន់ជាងនេះទៅទៀតគឺ ធ្វើឱ្យមាតាបិតាសប្បាយចិត្តនិងរីករាយជារៀងរាល់ថ្ងៃ។

16. 泉水

【原文】

毖彼泉水,亦流于淇。有怀于卫,靡日不思。娈彼诸姬,聊与之谋。

《诗经·邶风·泉水》首章

【释文】

泉水涓涓地流淌,一直流到了淇水。我心里想着我的故乡卫国,没有一天能忘记。陪嫁的姊妹们都美丽贤惠,我姑且与她们商议吧。

【解析】

这是一首嫁到别国的卫女思归不得的诗。诗共四章。先秦时期,女子出嫁之后,是不能轻易回娘家的。卫女远嫁别国,背离故土,她思念家乡的心情很迫切,只能与陪嫁的姑娘商量对策。

១៦. ទឹកផុស

[សេចក្តីពន្យល់]

ទឹកផុសហូរសស្រាញ់ ហូរដល់ទន្លេឈៀរ[1] ខ្ញុំពិតជានឹករលឹកស្រុកកំណើតរបស់ខ្ញុំខ្លាំងណាស់ ដែលមិនអាចភ្លេចបានម្តងណាឡើយ។ អ្នកកំដររបងការកូនក្រមុំសុខទុក្ខស្តាតនិងមានគុណធម៌អ្វីចឹង! ខ្ញុំថែករលែកការនឹករលឹកទៅដល់ពួកគាត់សិន។

វគ្គដំបូងនៃ ***ទឹកផុស បែបហឹង តម្លីរកំណាព្យ***

[បំណកស្រាយ]

កំណាព្យនេះមាន៤វគ្គ បានបរិយាយអំពីស្ត្រីជនជាតិនគរវៃ[2] ម្នាក់នឹករលឹកស្រុកកំណើត។ កាលសម័យមុនរដ្ឋកាលឈីន ស្ត្រីដែលរៀបការហើយនឹងពិបាកក្នុងការត្រឡប់មកស្រុកកំណើតវិញណាស់។ ស្ត្រីម្នាក់នេះ បានរៀបការទៅដល់នគរផ្សេងមួយដែលឆ្ងាយពីស្រុកកំណើត ធ្វើឱ្យគាត់ពិតជានឹកស្រុកកំណើតខ្លួនខ្លាំងណាស់ ដើម្បីជួយសម្រាលទុក្ខព្រួយនេះ គាត់មានតែខំពិភាក្សា ជាមួយអ្នកកំដររបស់ខ្លួនហឹងឯង។

---

[1]ទន្លេឈៀរ កាលសម័យបុរាណ ជាដៃទន្លេនៃទន្លេទៀងង។
[2]ជានគរមួយនៅវាជវង្សចូរ។

北风
ខ្យល់ខាងជើង

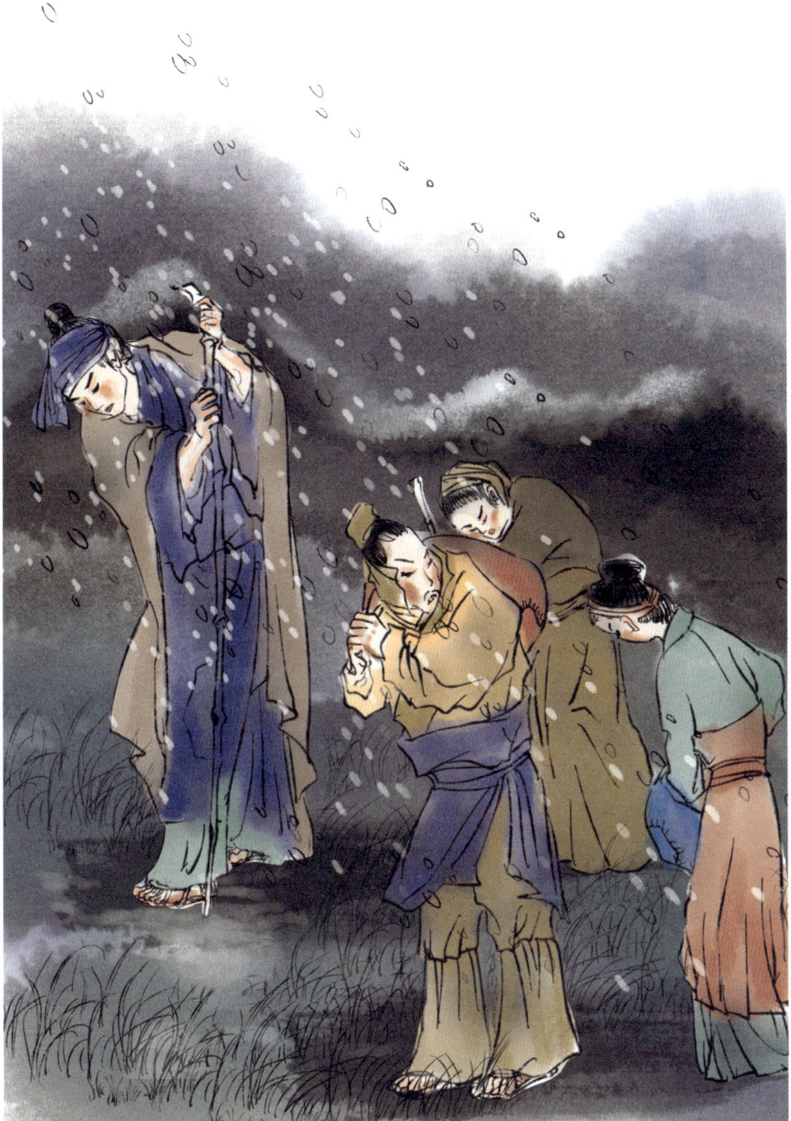

17. 北风

【原文】

北风其凉,雨雪其雱。惠而好我,携手同行。其虚其邪?既亟只且!

《诗经·邶风·北风》首章

【释文】

北风冷冽,大雪纷飞。同甘共苦的伙伴们,我们一起携手逃难吧。为什么还要犹豫徘徊呢?赶紧离开这个危险的地方吧!

【解析】

这是卫国人民不堪暴政、相约逃亡的诗。诗共三章。中国诗教崇尚温柔敦厚,要求情感表达含蓄平和。但对暴政的舍弃斥责,人们在抒发愤怒的情感时也表现得非常大胆,这是人们对统治者的怨愤,所谓"乱世之音怨以怒"。

១៧. ខ្យល់ខាងជើង

[សេចក្ដីពន្យល់]

ខ្យល់ខាងជើងបក់ខ្លាំង ងងឹលក់ធ្លាក់យ៉ាងខ្លាំងដែរ។ មិត្តសំឡាញ់ដែលរួមសុខរួមទុក្ខជាមួយគ្នា សូមមកចាប់ដៃគ្នា ដើម្បីគេចចេញពីកន្លែងទុក្ខវេទនានេះ។ ហេតុអ្វីបានជាអ្នកនៅមានចិត្តស្ងាត់ស្ងៀមយ៉ាងនេះ? យើងគួរតែចាកចេញពីកន្លែងគ្រោះថ្នាក់នេះជាបន្ទាន់។

វគ្គដំបូងនៃ ***ខ្យល់ខាងជើង បែបហ្សិង តម្លីរកំណាព្យ***

[បំណកស្រាយ]

កំណាព្យនេះមានពាក្យ បានបរិយាយអំពីជនជាតិនគរវែ ចាប់ដៃគ្នារត់គេចចេញពីកន្លែងគ្រោះថ្នាក់ដោយសារមិនអាចទ្រាំនឹងរបបសាហាវផ្ដាច់ការបានទេ។ ជាទូទៅកំណាព្យចិនមានលក្ខណៈទន់ភ្លន់ ការបញ្ចេញមនោសញ្ចេតនាដោយស្រគត់ស្រគំ។ ផុយទៅវិញ ចំពោះការរិះគន់របបផ្ដាច់ការនៃថ្នាក់ដឹកនាំ ជនជាតិនគរវែ មានភាពក្លាហានក្នុងការបញ្ចេញកំហឹងយ៉ាងខ្លាំង។ នេះជាការអាក់អន់ចិត្តចំពោះការគ្រប់គ្រងដ៏យោរយោស់របស់ថ្នាក់ដឹកនាំ សុភាសិតចិនមួយពេលថា នៅក្នុងអស្ថិរភាពសង្គម ភ្លេងតន្ត្រីក៏ពោរពេញទៅដោយភាពគួរឱ្យស្ដប់ខ្ពើមដែរ។

詩經
選譯

新台
ទីក្រុងស៊ីនថាយ

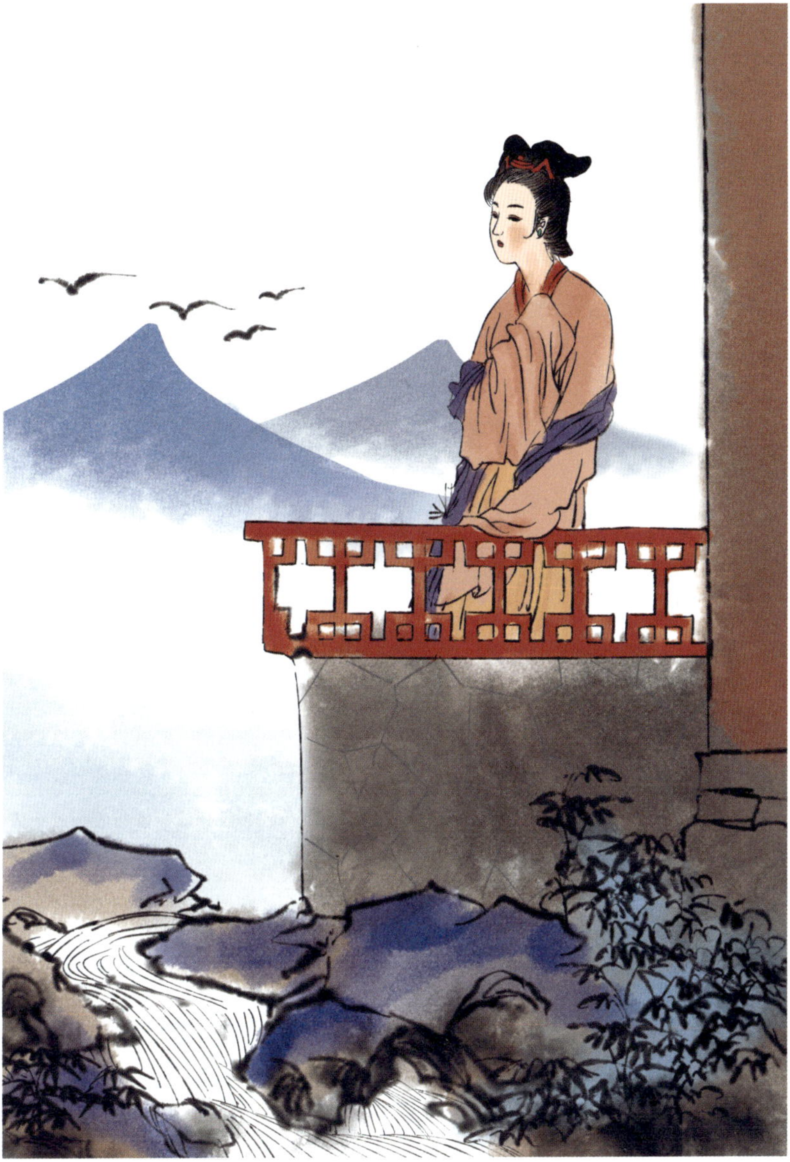

18. 新台

【原文】

新台有泚,河水弥弥。燕婉之求,蘧篨不鲜。

《诗经·邶风·新台》首章

【释文】

新台辉煌敞亮,黄河流水洋洋而过。本想嫁一个如意的夫婿,却没想到嫁了个癞蛤蟆一样的丑男人。

【解析】

这是卫人讽刺卫宣公劫夺儿媳的诗。诗共三章。卫宣公与后母乱伦,又劫夺儿媳,都是荒诞无耻的行为,不合于礼仪,所以被人们憎恨挖苦。

១៨. ទីក្រុងស៊ីនចាយ

【 សេចក្ដីពន្យល់ 】

ទីក្រុងសៀនចាយធំទូលាយនិងមានទេសភាពដ៏អស្ចារ្យ ទន្លេសៀងហ្វូយ៉ាងខូលខ្វាញ់ឆ្លងកាត់ទីក្រុងនេះ។ ដើមឡើយ ខ្ញុំចង់បានប្ដីម្នាក់ដែលគួរឱ្យពេញចិត្ត ប៉ុន្តែជាការពិតបែរជាបានប្ដីមួយអាក្រក់ដូចជាគឺឯងក់ទៅវិញ។

វត្ថុដំបូងនៃ **ទីក្រុងស៊ីនចាយ បើហ៊ឹង តម្លើរកំណាព្យ**

【 បំណកស្រាយ 】

កំណាព្យនេះមានពរវត្ត បានពណ៌នាអំពីស្ដេចវៃស៊ាំងកុង[1] លួចសាហាយស្មន់នឹងប្រពន្ធរបស់កូនគាត់។ ស្ដេចមួយរូបនេះ បានលួចស្មន់ផ្ដេសផ្ដាសជាមួយម្ដាយចុងរបស់គាត់ លើសពីនេះទៅទៀត ក៏លួចស្មន់នឹងប្រពន្ធរបស់កូនប្រុសគាត់ទៀត រឿងទាំងអស់ ជាអំពើចោកទាបុសសីលធម៌និងខុសប្រពៃណី ដូច្នេះគាត់ត្រូវបានពលរដ្ឋស្ដប់ខ្ពើមយ៉ាងខ្លាំង។

---

[1]ស្ដេចវៃស៊ាំងកុង ជាស្ដេចមួយរបស់នគរវ៉េ។

19. 墙有茨

【原文】

墙有茨,不可埽也。中冓之言,不可道也。所可道也?言之丑也。

《诗经·鄘风·墙有茨》首章

【释文】

墙上长有蒺藜草,这草是扫除不了的。宫廷的秘密传言,不可对外乱说。如果对外乱说呢?这些丑闻肯定让人觉得羞耻。

【解析】

这是一首揭露卫国统治者淫乱无耻的诗歌。诗共三章。以墙上的蒺藜无法扫除起兴,说明卫国人民对这种败坏人伦的秽行深恶痛绝。

១៩. ស្មៅ Bear grass ដុះនៅលើជញ្ជាំង

【 សេចក្ដីពន្យល់ 】

ស្មៅ Bear grass វែងៗដុះនៅលើជញ្ជាំង ស្មៅនេះកាត់មិនអស់ទេ។ ពាក្យសម្គាត់ក្នុងព្រះរាជវាំងមិនអាចនិយាយគ្នាបានទេ។ បើសិនជានិយាយគ្នានោះ រឿងអាស្រូវទាំងនេះប្រាកដជានឹងធ្វើឱ្យគេអាម៉ាស់មុខជាមិនខាន។ វត្ថុដំបូងនៃ *ស្មៅ Bear grass ដុះនៅលើជញ្ជាំង ហ៉ាំងហ៊ឹង គម្ពីរកំណាព្យ*

【 បំណកស្រាយ 】

កំណាព្យនេះមានពរគ្គ បានពណ៌នាអំពីរឿងខុសសីលធម៌របស់ថ្នាក់ដឹកនាំ។ កំណាព្យចាម៉ម៉ផ្ដើមដោយការមិនបានកាត់ស្មៅចេញដែលដុះនៅលើជញ្ជាំង ដើម្បីបង្ហាញពីពលរដ្ឋស្អប់ខ្ពើមយ៉ាងខ្លាំងចំពោះការប្រព្រឹត្តផ្ទុយនឹងសីលធម៌របស់ថ្នាក់ដឹកនាំ។

相鼠
សត្វកណ្ដុរ

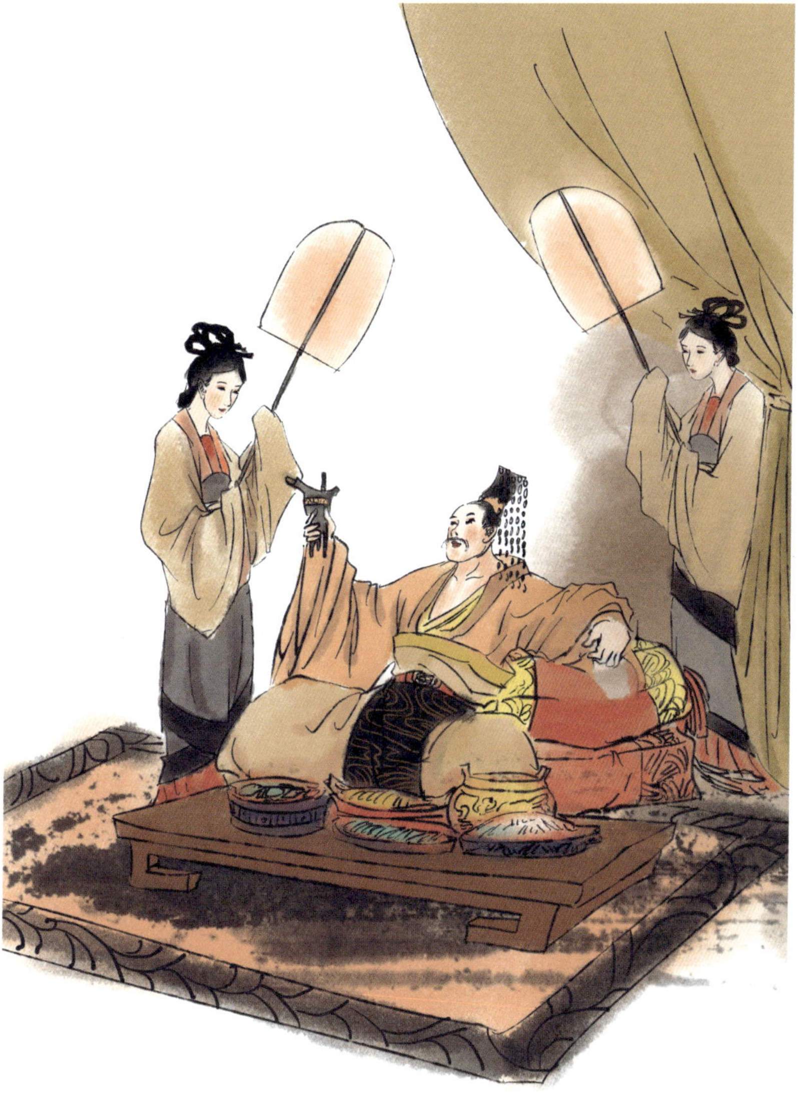

20. 相鼠

【原文】

相鼠有皮，人而无仪。人而无仪，不死何为？

《诗经·鄘风·相鼠》首章

【释文】

老鼠尚且有皮，人却没有严肃端庄的威仪。人没有威仪，为何还不去死？

【解析】

这是一首讽刺统治者无礼仪的诗。诗共三章。在周代，统治者已经制定了一套严密的礼仪来规范人们的行为，上至统治者，下至平民百姓都要遵守，以维护统治的秩序。但统治者因为权力过大、无人监管，往往违背这些礼节而为所欲为。诗歌以老鼠尚且有皮来起兴，指斥这些统治者虚伪无耻。

២០. សត្វកណ្ដុរ

【 សេចក្ដីពន្យល់ 】

សត្វកណ្ដុរនៅមានស្បែក តែមនុស្សបែរជាគ្មានអាកប្បកិរិយាល្អទៅវិញ។ បើធ្វើជាមនុស្សដែលមានអាកប្បកិរិយាអាក្រក់បែបនេះ ហេតុអ្វីបានជាមិនស្លាប់ទៅ?

វគ្គដំបូងនៃ *សត្វកណ្ដុរ យុំងហ៊ឺង តម្ម៉ីរកំណាព្យ*

【 បំណកស្រាយ 】

កំណាព្យនេះមាន៣វគ្គ បានណែនាំអំពីប្រជាពលរដ្ឋរិះគន់ទៅលើអ្នកដឹកនាំដែលគ្មានសុជីវធម៌ និងមានអាកប្បកិរិយាអាក្រក់។ ក្នុងសម័យរាជវង្សចូវ អ្នកដឹកនាំបានរៀបចំបទបញ្ញត្តិតឹងរឹង ដើម្បីគ្រប់គ្រងពលរដ្ឋ។ តាមបទបញ្ញា មិនថាថ្នាក់ដឹកនាំឬពលរដ្ឋសាមញ្ញ សុទ្ធតែត្រូវអនុលោមតាមបទបញ្ញានោះ ប៉ុន្ដែតាមពិតទៅថ្នាក់ដឹកនាំតែងតែមិនគោរពតាមបទបញ្ញានោះទេ ដោយសារអាងអំណាចរបស់ខ្លួន។ កំណាព្យនេះ ចាប់ផ្ដើមដោយសត្វកណ្ដុរនៅមានស្បែកបែរជាថ្នាក់ដឹកនាំគ្មានភាពស្មោះត្រង់មកប្រៀបធៀបបញ្ចា ដើម្បីរិះគន់អំពីអាក្រក់របស់ថ្នាក់ដឹកនាំ។

21. 载驰

【原文】

　　我行其野,芃芃其麦。控于大邦,谁因谁极?大夫君子,无我有尤。百尔所思,不如我所之。

　　　　　　　　　　　　《诗经·鄘风·载驰》五章

【释文】

　　我走在卫国郊外的田野上,麦子茂盛地生长。想要到大国去陈诉,但又有哪个国家可以为我们排忧解难呢?许国的当权者,不要指责我的过错。你们设想的种种方案,都不如我亲自前往慰问一趟。

【解析】

　　这是描写许穆夫人回漕吊唁卫侯的诗。诗共五章。公元前660年,狄人入侵卫国。因卫懿公好鹤而不恤国民,所以卫国被狄人占领。宋桓公把卫国难民接过黄河,并安置在漕邑。出嫁于许国的许穆夫人心急如焚,星夜兼程赶到漕邑吊唁,在途中写下了这首诗,表现了强烈的爱国主义精神。

២១. ជិះរទេះ

[សេចក្តីពន្យល់]

ខ្ញុំដើររនៅលើវាលស្រែដែលស្ថិតនៅជាយក្រុងនគរវរ៍ បានឃើញស្រូវសាលីដុះលូតលាស់យ៉ាងល្អ។ ខ្ញុំចង់និយាយសារទុក្ខទៅនគរធំៗ ប៉ុន្តែនៅមាននគរណាខ្លះអាចជួយដោះស្រាយបញ្ហាទាំងនេះបានទេ? សូមថ្នាក់ដឹកនាំ កុំស្តីបន្ទោសខ្ញុំ។ ការស្រមើស្រមែរបស់អ្នកទាំងអស់ ពិតជាមិនដូចអ្វីដែលខ្ញុំទៅស្ទួរដោយផ្ទាល់ទេ។

វគ្គទី៥នៃ *ជិះរទេះ* យ៉ុងហ្គឹង តម្អើរកំណាព្យ

[បំណកស្រាយ]

កំណាព្យនេះមាន៥វគ្គ បានពណ៌នាអំពីលោកជំទាវស៊ូម៉ុ[1] ត្រឡប់ទៅទីក្រុងចៅយីវិញដើម្បីរំលឹកទុក្ខព្រួយវេទនា។ នៅ៦៦០មុនគ.ស ជនជាតិទី[2] បានណ្តាានពាននគរវេ៍។ ស្តេចវេ៍យីកុងដែលជាស្តេចនគរវេ៍ចេះតែលេងសត្វក្រៀលមិនយកចិត្តទុកដាក់ទៅលើកិច្ចការប្រទេសទេ ដូច្នេះនគរវេ៍ត្រូវធ្លាក់ក្នុងកណ្តាប់ជនជាតិទី។ កាលនោះ ស្តេចសុងហ័រកុងបានទទួលជនភៀសខ្លួនពីនគរវេ៍ និងរៀបចំឱ្យពួកគេស្នាក់នៅក្នុងទីក្រុងចៅយី។ ដោយសារហេតុទាំងនេះ លោកជំទាវម៉ាក់ពិតជាព្រួយបារម្មនិងមានអារម្មណ៍តានតឹងយ៉ាងខ្លាំង គាត់ប្រញាប់ទៅដល់ទីក្រុងចៅយីដោយធ្វើដំណើរទាំងយប់ទាំងថ្ងៃ ហើយបានតាក់តែងកំណាព្យនេះឡើង។ កំណាព្យនេះឆ្លុះបញ្ចាំងពីសេចក្តីស្នេហាជាតិដ៏ខ្លាំងក្លា។

---

[1]លោកជំទាវស៊ូម៉ុ ជាប្រពន្ធរបស់ស្តេចស៊្វមូកុង គឺស្តេចរបស់នគរស៊ីនិងជាកវីពន្ធស្រីលើកទី១នៃប្រវត្តិសាស្ត្រអក្សរសាស្ត្រចិន។
[2]ជនជាតិទី ជាជនជាតិភាគតិចមួយនៅរដ្ឋកាលចូរវែលស្ថិតនៅភាគខាងជើង។

詩經選譯

考槃
សាងសង់ផ្ទះឈើ

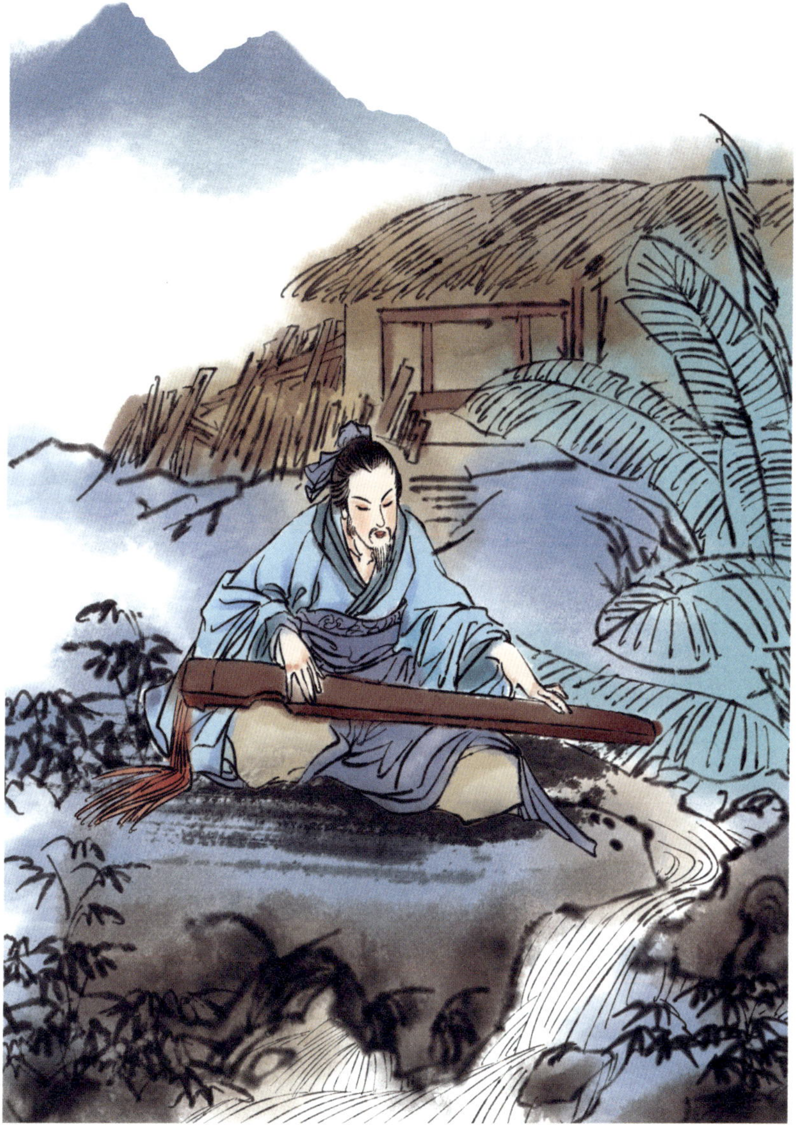

22. 考槃

【原文】

考槃在涧,硕人之宽。独寐寤言,永矢弗谖。

《诗经·卫风·考槃》首章

【释文】

在山涧建一间木屋来居住,贤人觉得舒畅宽慰。就算是一个人独自生活,也永远不会违背隐居的高洁理想。

【解析】

这是一首描写隐居独善其身的诗歌。诗共三章。写诗人住在自造的木屋里,隐居到山涧之畔,远离喧嚷,虽然只是独自一人,但自得其乐。中国传统文化对隐居不仕、洁身谨独的行为一向赞美有加,认为他们保有赤子至诚、天真纯朴的心,这首诗也是最早表现这种文化的诗歌。

២២. សាងសង់ផ្ទះឈើ

[សេចក្តីពន្យល់]

មុត្តុលដែលមានគុណធម៌ បានសាងសង់ផ្ទះឈើមួយនៅជិតភ្នំសម្រាប់ស្នាក់នៅ មានអារម្មណ៍ធូរស្រាល។ ទោះបីជាស្នាក់នៅតែម្នាក់ឯង ក៏មិនបានបោះបង់ឧត្តមគតិពីមុនរបស់ខ្លួនទេ។

វត្ថុដំបូងនៃ ***សាងសង់ផ្ទះឈើ វៃហ៊ឹង តម្លីរកំណាព្យ***

[បំណកស្រាយ]

កំណាព្យនេះមានពាក្យគួរ បានពណ៌នាអំពីការស្នាក់នៅតំបន់ដាច់ស្រយាលតែម្នាក់ឯងដើម្បីកសាងខ្លួន។ ករវិនិពន្ធរូបនេះ ស្នាក់នៅផ្ទះឈើសាងសង់ដោយខ្លួនដែលមានទីតាំងស្ថិតនៅជិតមាត់ទន្លេនិងភ្នំ ឆ្ងាយពីទីប្រជុំជននិងពីទីក្រុង ដូចផ្នែះហើយ ទោះបីស្នាក់នៅតែម្នាក់ឯង តែគាត់អាចធ្វើឱ្យខ្លួនគាត់មានភាពសប្បាយរីករាយបាន។ វប្បធម៌ប្រពៃណីចិនលើកសរសើរការលាក់ខ្លួនពីពិភពគុន មិនចង់បានយសស័ក្តិ ដើម្បីកសាងខ្លួនឱ្យក្លាយទៅជាមនុស្សបរិសុទ្ធ មានសីលធម៌ និងសុជីវធម៌។ ជនជាតិចិនគិតថា មនុស្សបែបនេះមានបេះដូងស្មោះត្រង់និងបរិសុទ្ធជានិច្ច។ កំណាព្យមួយបទនេះ ជាកំណាព្យដំបូងបំផុតដែលបានបង្ហាញនូវវប្បធម៌នេះ។

23. 硕人

【原文】

手如柔荑,肤如凝脂。领如蝤蛴,齿如瓠犀。螓首蛾眉,巧笑倩兮,美目盼兮。

《诗经·卫风·硕人》二章

【释文】

手指如嫩荑柔嫩,皮肤如凝脂白润。颈项如蝤蛴洁白,牙齿如瓠子洁白整齐。额头方正蛾眉弯细,笑时两颊现出酒窝,望时眼睛黑白分明。

【解析】

这是卫人赞美卫庄公夫人齐庄姜的诗歌。诗共四章。用六个比喻,从手、皮肤、颈、齿、额、笑容、眼睛等方面赞美庄姜。这是中国古代诗歌中,最早从正面细腻刻画女子美貌的诗篇。

២៣. ស្រីស្រស់ស្អាត

[សេចក្ដីពន្យល់]

ម្រាមដៃសទន់ភ្លន់ដូចពន្លកស្ពៅខ្ចី ស្បែកសសុសសដូចសាប៉ូសតតទាស់។ កសសុសដូចមេសត្តូតូចល្អិត(មានស្បែកសស្អាត) ធ្មេញសស្អាតដូចផ្លែឈ្នោក។ ថ្ងាសស្អាត ចិញ្ចើមកោងខ្នង នាពេលញញឹមថ្គាល់ខូចស្រស់ស្អាតទាំងសងខាង នៅពេលទស្សនាអ្វីមួយកែវភ្នែកទាំងគូភ្លឺថ្លាតតណ្ហានា។

វគ្គទី២នៃ ***ស្រីស្រស់ស្អាត វរហ៊ឹង គម្មីរកំណាព្យ***

[បំណកស្រាយ]

កំណាព្យនេះមាន៤វគ្គ បានពណ៌នាអំពីជនជាតិនគរវៃកោតសររសើរភាព ស្រស់ស្អាតនៃលោកជំទាវឈីជំរាំងដែលជាប្រពន្ធរបស់ស្ដេចវៃយជំរកុង។ កំណាព្យនេះ បានប្រើប្រាស់ហា៦ មកកោតសររសើរភាពស្រស់ស្អាតរបស់លោកជំទាវ ឈីជំរាំងតាមរយៈដៃ ស្បែក ក ធ្មេញ ថ្ងាស ទឹកមុខញញឹម និងកែវភ្នែកទាំងគូ។

詩經選譯

泯
មនុស្សចិត្តអប្រិយ

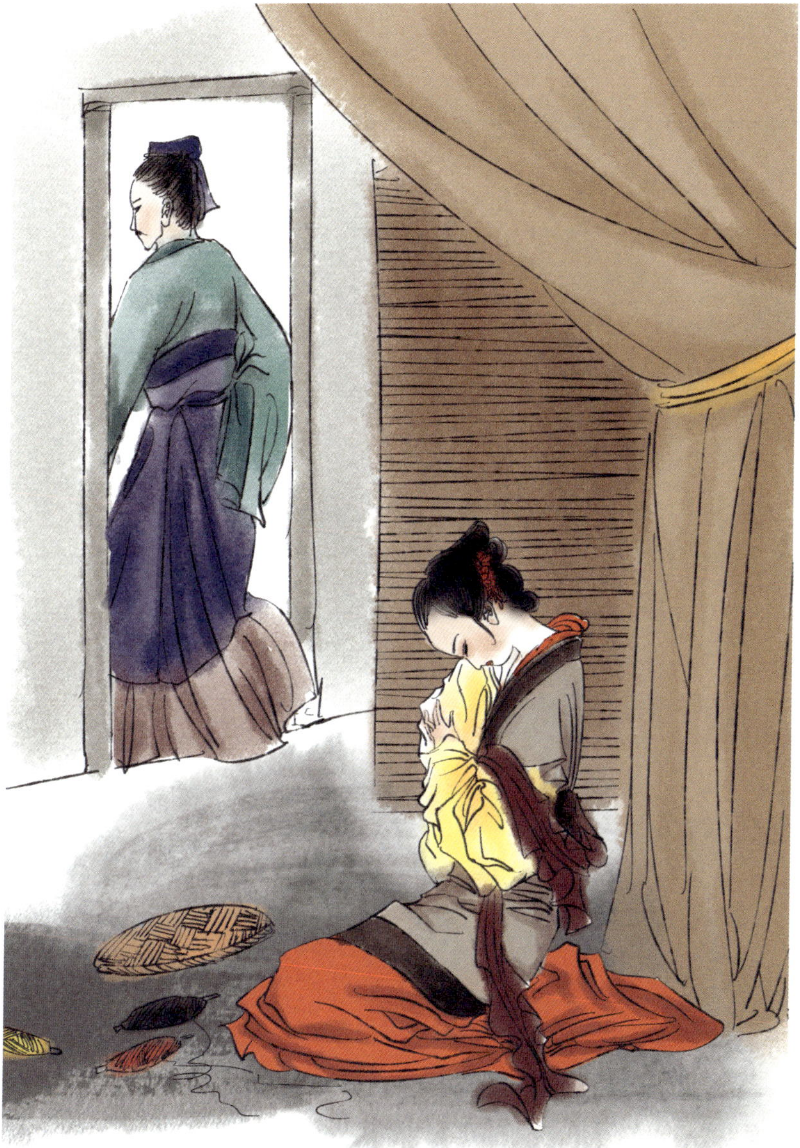

24. 氓

【原文】

　　桑之未落，其叶沃若。于嗟鸠兮，无食桑葚。于嗟女兮，无与士耽。士之耽兮，犹可说也。女之耽兮，不可说也。

《诗经·卫风·氓》三章

【释文】

　　桑叶未凋落之前，叶子丰满润泽。斑鸠鸟啊，千万不要贪吃桑葚。年轻的姑娘啊，千万不要迷恋男子。男子若是爱上你，尚可解脱。女子要是爱上男子，就难以解脱了。

【解析】

　　这是一首弃妇诗。诗共六章。很早以前，中国人就懂得种桑养蚕织布，男耕女织，所以，诗歌以桑起兴。此处以桑叶没有凋落之前的丰满润泽来比喻自己曾经的年轻貌美，并以此告诫年轻女子不要与无德的男子胡缠，以免陷入痛苦和悔恨之中，表现了弃妇刚强的性格和反抗的精神。

២៤. មនុស្សចិត្តអប្រិយ

[សេចក្ដីពន្យល់]

នៅមុនពេលស្ដ្រីកមនមិនទាន់គ្រៀមស្ងិត ស្ដ្រីកមននោះបានដុះលូតលាស់យ៉ាងល្អៗ។ ឧស្ថុលលកអើយ កុំលោភលន់សុីផ្លែមននអី! ឱនារីវ័យក្មេងអើយ កុំស្រឡាញ់ចប់នឹងប្រុសៗអី! សូម្បីតែប្រុសដែលមានចិត្តស្រឡាញ់អ្នក ក៏អាចបោះបង់អ្នកចោលដោយងាយស្រួលបានដែរ។ ដូច្នេះ បើនារីណាម្នាក់មានចិត្តស្រឡាញ់ប្រុសណាហើយ នារីនោះគង់នឹងជួបរឿងពិបាកចិត្តជាមិនខានឡើយ។ វត្ថុទីពីរនៃ *មនុស្សចិត្តអប្រិយ វែហ្វឹង គម្លីរកំណាព្យ*

[បំណកស្រាយ]

កំណាព្យនេះមាន៦វគ្គ បានពណ៌នាអំពីការបោះបង់ប្រពន្ធដើម។ ប្រទេសចិនជាប្រទេសកសិកម្មដ៏ធំមួយ។ កាលសម័យបុរាណ ជនជាតិចិនមានជំនាញក្នុងការដាំដើមមន ការចិញ្ចឹមដង្កូវនាងនិងតម្បាញ ប្រុសៗធ្វើការដាំដុះ រឹឯស្រ្ដីៗ ធ្វើតម្បាញ។ ដូច្នេះកំណាព្យនេះ ចាប់ផ្ដើមដោយសត្វដង្កូវនាង បានរៀបរាប់រឿងអតីតកាល ស្ដ្រីកមនមិនទាន់គ្រៀមស្ងិត បានដុះលូតលាស់យ៉ាងល្អមកប្រៀបធៀបនឹងភាពស្រស់ស្អាតឈូកឈើតដែលស្ដ្រីភ្លាប់មាន ដើម្បីដំបូន្មានទៅយុវនារីទាំងអស់កុំស្រឡាញ់ប្រុសដែលគ្មានគុណធម៌ដល់ងងុលឪសោះ ជៀសវាងធ្វើឱ្យខ្លួនឯងឈឺចាប់ខ្លាំង។ លើសពីនេះទៀត កំណាព្យនេះក៏បង្ហាញអំពីនារីមានស្មារតីប្រឆាំងនឹងសង្គមនិងមានចិត្តរឹងប៉ឹងដងដែរ។

25. 竹竿

【原文】

泉源在左,淇水在右。女子有行,远兄弟父母。

《诗经·卫风·竹竿》二章

【释文】

泉源在左边,淇水在右边。姑娘出嫁到别国,远离父母和兄弟。

【解析】

这是一位卫国女子出嫁别国、思念家乡的诗。诗共四章。中国古代,女子出嫁到别的诸侯国之后,除非被休或夫家所在的国家灭亡了,才能回到父母之国。女子出嫁之后,有可能一辈子都见不到自己的父母兄弟了,因此,她们的思乡心情非常沉重。

២៥. ថ្ងាលបូស្បី

[សេចក្តីពន្យល់]

ទន្លេឈាំងយ័នស្ថិតនៅខាងឆ្វេង រីងទន្លេឈៀស្ថិតនៅខាងស្តាំ។ នារីម្នាក់បានរៀបការទៅនគរផ្សេង ឆិតជាឆ្ងាយពីស្រុកកំណើតណាស់។

វត្តុទី២នៃ ***ថ្ងាលបូស្បី វគ្គហឹង គម្ពីរកំណាព្យ***

[បំណកស្រាយ]

កំណាព្យនេះមាន៤វត្តុ បានពណ៌នាអំពីស្ត្រីនគរវៃម្នាក់ដែលបានរៀបការទៅនគរផ្សេង។ កាលសម័យបុរាណឆិន ក្រោយពេលស្ត្រីបានរៀបការរួច លុះត្រាតែស្ត្រីនោះលែងលះដោយប្តីគាត់ ឬប្រទេសរបស់ប្តីគាត់វិនាស ទើបអាចត្រឡប់មកស្រុកកំណើតវិញបាន។ ក្រោយពីការរៀបការហើយ ក្នុងមួយជីវិតរបស់គាត់ប្រហែលជាគ្មានឱកាសមកជួបមាតាបិតាទេ។ ដូច្នេះ ពួកគេពិតជានឹករលឹកស្រុកកំណើតខ្លាំងណាស់។

詩經選譯

河广
ទន្លេលឿងដ៏ធំធេង

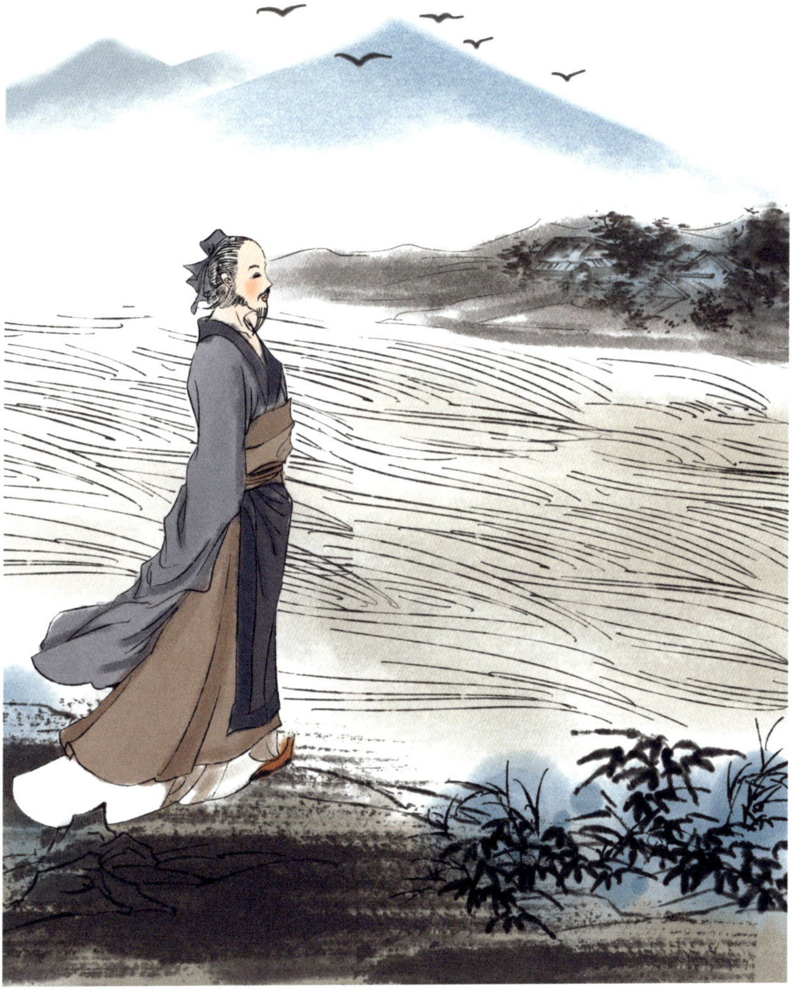

26. 河广

【原文】

谁谓河广？一苇杭之。谁谓宋远？跂予望之。

《诗经·卫风·河广》首章

【释文】

谁说黄河很宽广？一叶小舟就可以横渡了。谁说宋国很遥远？跂起脚跟就能望到。

【解析】

这是一位住在卫国的宋人思归不得的诗歌。诗共两章。宋、卫两国以黄河相隔，一水相望。本来路途并不遥远，但宋人却因种种原因不能回到故国，因此有此感慨。一叶小舟就可以横渡的黄河、跂起脚跟就能望到的故国，都说明在空间上很近，但返回故国又是如此的艰难。在这种对比反衬中，诗人寄寓他国的痛苦就显得更深沉了。

២៦. ទន្លេល្បើងដ៏ចំធេង

[សេចក្ដីពន្យល់]

តើនរណាថាទន្លេល្បើងចំធេង? ទូកតូចមួយគ្រឿងក៏អាចឆ្លងបានដែរ។ តើនរណាថានគរសុង[1] មានទីតាំងឆ្ងាយពីកន្លែងនេះ? ឡើងជង្កើតជើងតែបន្តិចក៏អាចមើលឃើញបានដែរ។

វគ្គដំបូងនៃ ***ទន្លេល្បើងដ៏ចំធេង វ័រហ្វឹង តម្រូវកំណាព្យ***

[បំណកស្រាយ]

កំណាព្យនេះមាន២វគ្គ បានពណ៌នាអំពីជននគរសុងម្នាក់ដែលកំពុងស្នាក់នៅនគរវ័រនឹកលើកស្រុកកំណើត តែមិនអាចត្រឡប់ទៅស្រុកវិញបានទេ។ នគរសុងនិងនគរវ័រ ត្រូវបានបែងចែកគ្នាដោយទន្លេល្បើង។ ចម្ងាយរវាងនគរទាំងពីរនេះមិនសូវឆ្ងាយទេ តែជនជាតិសុងមិនបានទៅស្រុកកំណើតវិញ ដោយសារតែមានមូលហេតុគ្រប់បែបយ៉ាង។ ទូកតូចមួយអាចឆ្លងទន្លេល្បើង បាន ឡើងជង្កើតជើងបន្តិចក៏អាចមើលស្រុកកំណើតបានដែរ ប៉ុន្តែតាមពិតទៅ បើចង់ត្រឡប់មកស្រុកកំណើតវិញ គឺពិតជាមិនងាយស្រួលទេ។ តាមរយៈការប្រៀបធៀបទាំងពីរ បានបង្ហាញយ៉ាងច្បាស់ពីភាពឈឺចាប់យ៉ាងប្រាលប្រៅរបស់កវីនិពន្ធ។

---

[1] នគរសុង ជានគរមួយរបស់រាជវង្សចូវ។

កម្រងកំណាព្យសម្រាំង | 77

27. 伯兮

【原文】

自伯之东,首如飞蓬。岂无膏沐?谁适为容!

《诗经·卫风·伯兮》二章

【释文】

自从丈夫去东征后,我在家里蓬头垢面。难道没有洗发油?只是我修饰容貌是为了取悦谁呢!

【解析】

这是女子思念远征的丈夫的诗歌。诗共四章。写丈夫出征之后,女子在家无心修饰容颜的情形。诗歌并不直接叙写女子对丈夫的思念,而是写她在家中蓬头垢面的样子,反而衬出这个女子对丈夫深沉的爱意和思念之情。中国有一句古话,说"女为悦己者容",意思就是讲女子的梳妆打扮是给欣赏自己容颜的心上人看的。而今这个女子的丈夫远征不归,她当然无心修饰容颜了。

២៧. ស្វាមី

[សេចក្តីពន្យល់]

ចាប់ពីថ្ងៃដែលប្តីខ្ញុំចូលបម្រើកងទ័ពនៅកន្លែងឆ្ងាយ ទឹកមុខខ្ញុំស្រែកស្តាំង សក់ខ្ញុំឡើងកន្រ្ទើង។ តើខ្ញុំគ្មានសាប៊ូសម្រាប់កក់សក់ឬ? គ្រាន់តែខ្ញុំគ្មានអារម្មណ៍ក្នុងការតុបតែងខ្លួនទេតើ! ខ្ញុំតុបតែងខ្លួន ដើម្បីផ្គាប់ចិត្តនឹងណាគេទៅ។

វគ្គទី២នៃ *ស្វាមី ដៃហ្វឹង គម្ពីរកំណាព្យ*

[បំណកស្រាយ]

កំណាព្យនេះមាន៤វគ្គ បានពណ៌នាអំពីប្រពន្ធនឹកប្តីដែលបានចូលបម្រើកងទ័ពនៅកន្លែងឆ្ងាយ។ ប្រពន្ធគ្មានអារម្មណ៍តុបតែងខ្លួន ក្រោយពីពេលដែលប្តីបានចូលបម្រើកងទ័ពទៅកន្លែងឆ្ងាយ។ កំណាព្យនេះ មិនបានបង្ហាញពីមនោសញ្ចេតនាដោយត្រង់ៗទេ បែរជាបរិយាយពីទឹកមុខស្រែកស្តាំងនិងសក់ឡើងកន្រ្ទើងរបស់ប្រពន្ធ ដើម្បីឆ្លុះបញ្ចាំងអំពីសេចក្តីស្នេហាដ៏ប្រាលជ្រៅនិងក្តីនឹករលឹកប្តី។ កាលសម័យបុរាណចិន មានឃ្លាមួយពោលថា នារីតុបតែងខ្លួនដើម្បីសេចក្តីស្នេហា មានន័យថា នារីតុបតែងខ្លួន ដើម្បីធ្វើឱ្យបុរសដែលនារីស្រឡាញ់ពេញចិត្តនឹងរូបរាងកាយរបស់នារី។ ដូចគ្នេះ ប្រពន្ធម្នាក់នេះគ្មានអារម្មណ៍តុបតែងខ្លួនទេ ដោយសារប្តីបានចូលកងទ័ពទៅកន្លែងឆ្ងាយ។

詩經
選譯

木瓜

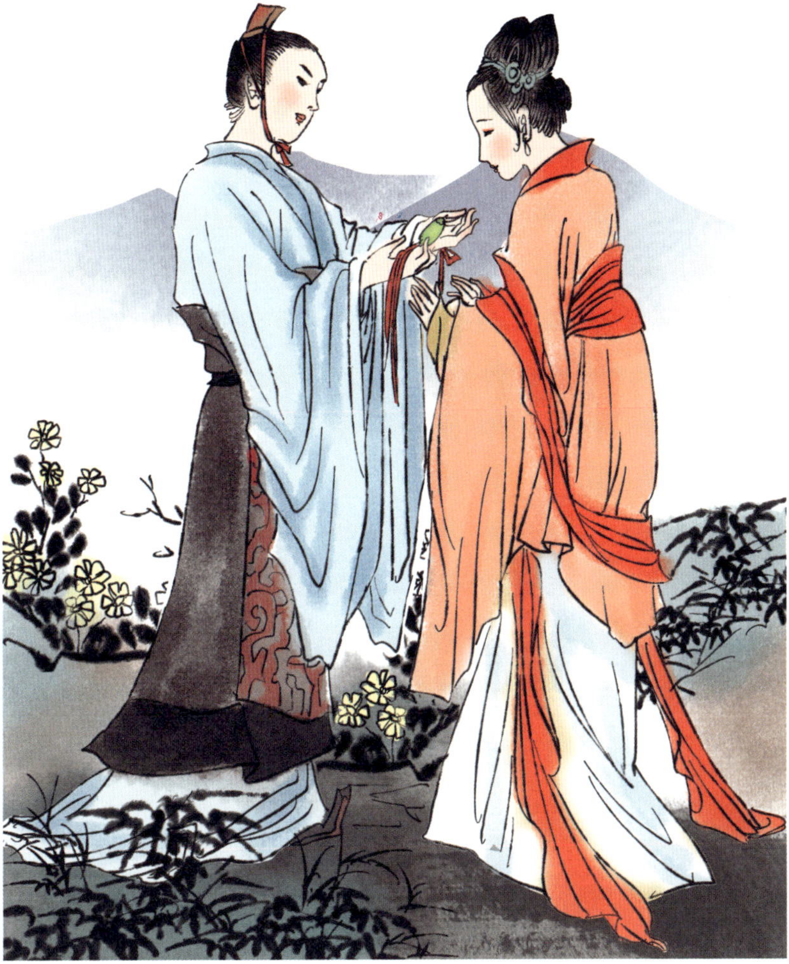

28. 木瓜

【原文】

投我以木瓜,报之以琼琚。匪报也,永以为好也。

《诗经·卫风·木瓜》首章

【释文】

她赠送我一个木瓜,我回送她一块美玉。不仅仅是报答她,而是以此表示我们永远相爱。

【解析】

这是一首男女互送定情礼物的诗歌。诗共三章。中国是一个礼仪之邦,待人接物都遵照一定礼节。在古代中国,无论男女都喜欢在衣带上挂装饰物,此种装饰物以玉为贵,称为玉佩。男女相好之后,男子往往赠送爱人玉佩作为定情信物。

២៨. ផ្ដិលួង

[សេចក្ដីពន្យល់]

គាត់ឆ្លាប់បានជូនផ្ដិលួងមួយឱ្យខ្ញុំ ឯខ្ញុំបានជូនថ្ងូយក់មួយដុំឱ្យគាត់វិញ។ នេះមិនគ្រាន់តែជាការតបស្នងសងគុណចំពោះគាត់ប៉ុណ្ណោះទេ តែថែមទាំងដើម្បីបញ្ជាក់អំពីសេចក្ដីស្នេហារបស់យើងទាំងពីរនាក់ផងដែរ។

វគ្គដំបូងនៃ *ផ្ដិលួង វ៉ៃហ្វឹង គម្ពីរកំណាព្យ*

[បំណកស្រាយ]

កំណាព្យនេះមាន៣វគ្គ បានពណ៌នាអំពីគូស្នេហ៍ដែលបានជូនវត្ថុអនុស្សាវរីយ៍គ្នាទៅវិញទៅមក ដើម្បីបញ្ជាក់ពីសេចក្ដីស្នេហា។ ប្រទេសចិនផ្ដោតសំខាន់លើសុជីវធម៌ បុគ្គលថ្លៃថ្នូរអ្វីទាំងអស់គួរតែមានសុជីវធម៌និងសម្ដែងការគួរសម។ នៅសម័យបុរាណចិន មិនថាប្រុស្ដីឬស្រី្ដី ពួកគាត់ចូលចិត្តពាក់គ្រឿងអលង្ការលើសម្លៀកបំពាក់ ហើយអ្វីដែលថ្លៃថ្នូរជាងគេ គឺថ្មយក់។ ក្រោយពេលបានធ្វើសង្សារ ប្រសូវតែងតែជូនថ្មយក់ដល់ស្រី។ ដើម្បីទុកជាវត្ថុអនុស្សាវរីយ៍មកធ្វើជាសក្ខីនៃសេចក្ដីស្នេហា។

29. 黍离

【原文】

彼黍离离,彼稷之苗。行迈靡靡,中心摇摇。知我者,谓我心忧;不知我者,谓我何求。悠悠苍天,此何人哉!

《诗经·王风·黍离》首章

【释文】

糜子生长茂盛,高粱苗绿油油。我慢慢地走在长路上,心里却愁闷得难受。了解我的人说我心烦忧,不了解我的人说我有所求。高高在上的老天爷啊,是谁害得我们流离失所啊!

【解析】

这是诗人抒发迁都时难舍故旧家园的诗歌。诗共三章。西周的首都本来是在镐京的,但西周末年的幽王无道,导致国家灭亡,周平王把都城迁到了洛邑(今洛阳)。诗人经过镐京时,看到旧都城一片荒凉破败,写下了这首诗。诗人在迁徙的路上,看到处处是青葱翠绿的庄稼,心中却充满了忧伤。诗人背井离乡的无奈无人能知,甚至被误解。诗歌开头写一派生机盎然的景象,与诗人离乡的忧伤相衬,正是中国古人所说的"以乐景写哀情,其情更哀"之意。

២៩. ស្រូវមីយេដ៏ស្រស់បំព្រង

[សេចក្តីពន្យល់]

ស្រូវមីយេដុះយ៉ាងល្អ វាលស្រែស្រស់បំព្រងនិងខៀវស្រងាត់។ ខ្ញុំដើរយឺតៗ នៅលើដងផ្លូវ មានអារម្មណ៍សោកសៅ។ អ្នកដែលស្គាល់ខ្ញុំនឹងដឹងពីទុក្ខលំបាករបស់ខ្ញុំ ឯអ្នកដែលមិនស្គាល់ខ្ញុំនឹងគិតថា ខ្ញុំមានសំណូមផ្សេង។ ព្រះអើយ តើនរណាបង្កំយើងឲ្យចាកចេញពីស្រុកកំណើត?

វគ្គដំបូងនៃ ***ស្រូវមីយេដ៏ស្រស់បំព្រង ក្លុងហ៊ឺង តម្លែរកំណាញ***

[បំណកស្រាយ]

កំណាញនេះមានបាគត្ថ បានបរិយាយអំពីការនឹករលឹករាជធានីចាស់នាពេលផ្លាស់រាជធានីថ្មី។ ដំបូងឡើយ រាជធានីនៃរាជវង្សចូវខាងលិចនៅទីក្រុងខៅជីង[1] ប៉ុន្តែដោយសារការបង្ក្រាបដំយោរយោធារបស់ស្តេចចូរយោរាំង បណ្តាលឲ្យប្រទេសបានវិនាសបាត់ទៅ ដូច្នេះស្តេចចូរភីងរាំង[2] មានតែផ្លាស់រាជធានីទៅដល់ទីក្រុងលួយី(សព្វថ្ងៃគេហៅថាលួនយ៉ាង)។ កវីនិពន្ធបានមើលឃើញរាជធានីចាស់ដែលមានភាពទ្រុឌទ្រោម រួចបានតែងកំណាញមួយនេះ។ កវីនិពន្ធបានឃើញទិដ្ឋភាពស្រស់បំព្រងនិងវាលស្រែខៀវស្រងាត់នៅតាមមធ្យវផ្លើដំណើរ បែរជាឈឺចាប់យ៉ាងខ្លាំង។ គ្មាននរណាម្នាក់ បានដឹងពីអារម្មណ៍សោកសៅរបស់កវីនិពន្ធនោះទេ។ ដើមឡើយ កវីនិពន្ធបរិយាយអំពីទេសភាពស្រស់បំព្រង មកប្រៀបធៀបអារម្មណ៍សោកសៅខ្លួនតាមរយៈទេសភាពស្រស់ស្អាត ដើម្បីឆ្លុះបញ្ចាំងអារម្មណ៍សោកសៅ ធ្វើឲ្យអ្នកអានកាន់តែយល់ដឹងពីអារម្មណ៍សោកសៅរបស់កវីនិពន្ធ។

---

[1]ស្តេចចូវយោរាំង ជាស្តេចឈោរយោធាមួយអង្គនៅរាជវង្សចូវខាងលិច។
[2]ស្តេចចូភីងរាំង(៧៨១- ៧២០មុនគ.ស.) ជាស្តេចដំបូងនៅរាជវង្សចូវខាងកើត។

君子于役
បម្រើការងារពេលកម្មនៅតំបន់ឆ្ងាយ

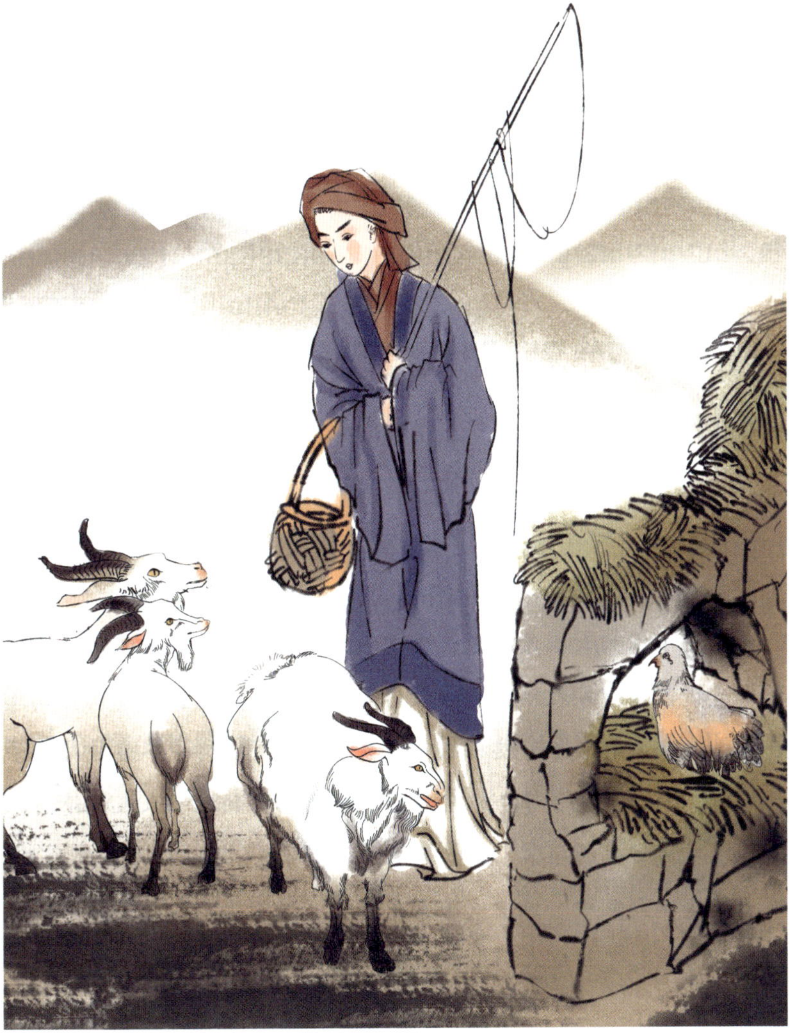

31. 兔爰

【原文】

有兔爰爰,雉离于罗。我生之初,尚无为。我生之后,逢此百罹,尚寐无吡!

《诗经·王风·兔爰》首章

【释文】

兔子悠闲自得,野鸡却不幸落网。我小的时候,还没有军役。我长大之后,却遇上了各种各样的苦难,我只想睡觉不愿诉说了!

【解析】

这是一首伤时感事的诗。诗共三章。诗歌以兔子的悠闲和野鸡的落网起兴,说明世事之无常。接着写诗人出生之初与长大之后的迥异差别。这种对比的写法,道出了人生的巨大落差,其无奈、郁闷之情溢于言表。这诗大约写于西周末东周初,易代之际,国家动荡不安,人民也遭受流离迁徙之苦。

៣១. ទន្រ្ទាយមានសេរីភាព

[សេចក្តីពន្យល់]

ទន្រ្ទាយដើរកម្សាន្តដោយសេរី តែមាន់ទេរត្រូវបានជាប់សំណាញ់យ៉ាង កម្សត់។ កាលខ្ញុំនៅវ័យក្មេង មិនទាន់មានការចូលបំពេញកាតព្វកិច្ចយោធាទេ តែនៅពេលខ្ញុំធំឡើង ស្រាប់តែបានជួបនឹងរឿងលំបាកជាច្រើន ធ្វើឱ្យខ្ញុំចង់តែ គេងឱ្យស្រួលដោយគ្មានវាចា។

វគ្គដំបូងនៃ *ទន្រ្ទាយមានសេរីភាព រ៉ុងហ៊ឺង តម្រីរកំណាព្យ*

[បំណកស្រាយ]

កំណាព្យនេះមានពាក្យ បាន ពណ៌នាអំពីអារម្មណ៍សោកសៅចំពោះស្ថានភាព បច្ចុប្បន្ន។ កំណាព្យនេះ ចាប់ផ្តើមដោយយកទន្រ្ទាយដើរកម្សាន្តដោយសេរីប៉ុន្តែ មាន់ទេរត្រូវបានជាប់សំណាញ់យ៉ាងកម្សត់ បានបង្ហាញពី ភាពផ្ទាស់ប្ដូរយ៉ាង ខ្លាំងក្នុងសង្គម។ បន្ទាប់មក បានរៀបរាប់អំពីសុភាពសុខគ្នារវាងពេលវេលាដែល កវីនិពន្ធនៅវ័យក្មេងនិងពេលបច្ចុប្បន្ន។ ការប្រៀបធៀបបែបនេះ បានឆ្លុះបញ្ចាំង ពីតម្លាតយ៉ាងឆ្ងាយក្នុងជីវិតមនុស្សជាតិយើង។ កំណាព្យនេះ បាននិពន្ធឡើង ក្នុងអំឡុងពេលចុងរាជវង្សចូវខាងលិចនិងដើមរាជវង្សចូវខាងកើត ដែលជា សម័យអន្តរកាល វាជាសម័យផ្លាស់ប្ដូរយ៉ាងខ្លាំងទូទាំងសង្គម ប្រជាជននៅសម័យ នោះបានទទួលរងទុក្ខវេទនាយ៉ាងខ្លោចផ្សា។

詩經選譯

采葛

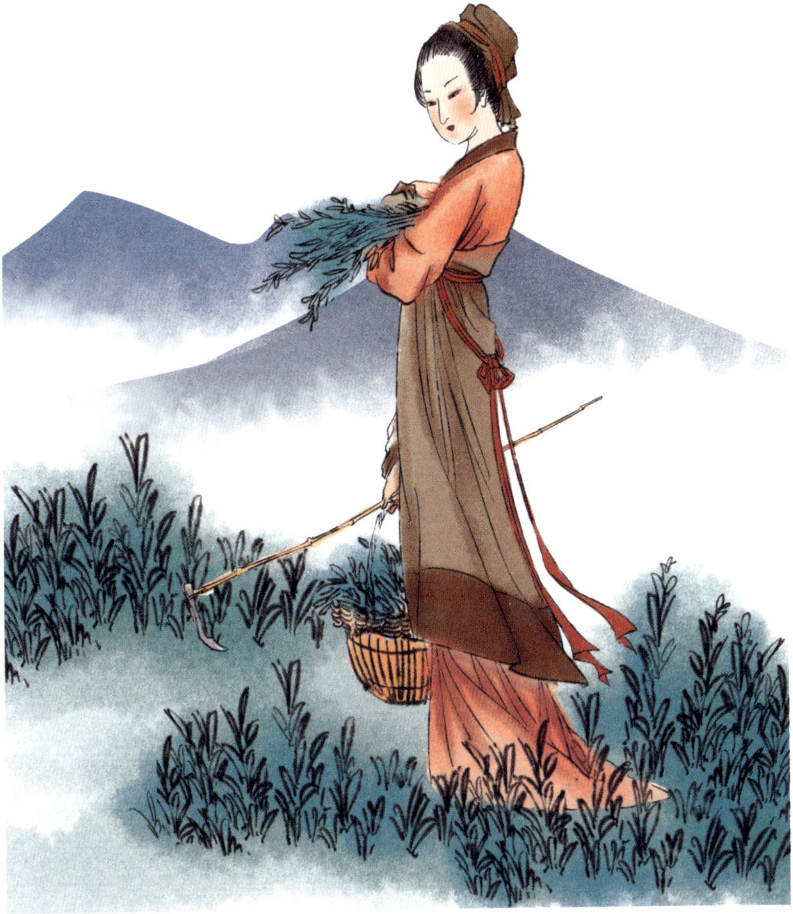

32. 采葛

【原文】

彼采萧兮,一日不见,如三秋兮。

《诗经·王风·采葛》二章

【释文】

那个姑娘去采艾蒿了,虽然只有一天没见到她,但我却觉得像隔了三年一样。

【解析】

这是一首思念情人的诗歌。诗共三章。这位男子非常喜欢那位勤劳的女子,心中无限爱慕。诗中通过夸张的手法,把抽象的相思之情写得很形象,一天不见,却有三年不见的感觉。此外,中国古人习惯用秋天这个收获的季节来代替一年,所以三秋就是三年。

៣២. បេះវឡ្ញី

[សេចក្តីពន្យល់]

នារីម្នាក់នោះទៅបេះអែរហៅ[1] គ្រាន់តែមិនបានជួបនារីម្នាក់នោះមួយថ្ងៃ ខ្ញុំមានអារម្មណ៍ថា ហាក់ដូចជាមិនបានជួបរយៈពេលពាន់ឆ្នាំអ៊ីចឹង។

វគ្គទី២នៃ *បេះវឡ្ញី រ៉ុងហ្វឹង គម្ពីរកំណាព្យ*

[បំណកស្រាយ]

កំណាព្យនេះមានពរវត្តុ បានពណ៌នាអំពីការនឹករលឹកសង្សារ។ ប្រុសម្នាក់នេះ ពិតជាស្រឡាញ់នារីម្នាក់នោះខ្លាំងណាស់។ កំណាព្យនេះ បានបង្ហាញពីស្ថានភាពការនឹករលឹកសង្សារយ៉ាងជាក់លាក់ មិនបានជួបតែមួយថ្ងៃប៉ុណ្ណោះ ហាក់ដូចជាមានអារម្មណ៍ថា អស់រយៈពេលពាន់ឆ្នាំហើយដែលមិនបានជួបគ្នា។ ក្រៅពីនេះ ជនជាតិចិននាសម័យបុរាណបានយករឿងដូរវរំហើយដែលជារឿងទូលបានផល មកជំនួសរយៈពេលមួយឆ្នាំ ដូច្នេះការដូរវរំហើយបានចាត់ទុកថាជាពាន់ឆ្នាំ។

---

[1]អែរហៅ Mugwort ជារុក្ខជាតិម្យ៉ាងជាឱសថបុរាណចិន។

33. 大车

【原文】

穀则异室,死则同穴。谓予不信,有如皦日!

《诗经·王风·大车》三章

【释文】

我们活着不能住一起,死后一定要埋在同一个坟墓。不要怀疑我的誓言,太阳都可以为我作证!

【解析】

这是一首女子热恋情人的诗歌。诗共三章。诗中写她很想与爱人同居,甚至对天发誓:虽然生不能同居,但死后一定要埋在一起。然而她因为不知爱人心中想法如何,所以不敢私奔。她对情人发出的誓言,显得大胆而热烈,与多数诗歌含蓄表达爱意的写法不大相同。

៣៣. រទេះធំ

[សេចក្តីពន្យល់]

ទោះបីយើងមិនអាចរស់នៅជាមួយគ្នាបានពេលនៅរស់ ប៉ុន្តែយើងប្រាកដជាបានកប់ជាមួយគ្នាក្នុងផ្នូរតែមួយនៅពេលស្លាប់។ សូមកុំសង្ស័យចំពោះពាក្យសម្បថរបស់ខ្ញុំអី ព្រោះព្រះអាទិត្យអាចធ្វើជាសាក្សី។

វគ្គទី៣នៃ *រទេះធំ ភ្លើងហ៊ឹង គម្ពីរកំណាព្យ*

[បំណកស្រាយ]

កំណាព្យនេះមានពីរវគ្គ បានពណ៌នាអំពីសេចក្តីស្នេហារបស់នារី។ នារីម្នាក់នេះចង់រស់នៅជាមួយសង្សារខ្លាំងណាស់ រហូតដល់ហ៊ានទៅស្បថចំពោះមុខទេវតា ទោះបីយើងមិនអាចរស់នៅជាមួយគ្នាពេលនៅរស់ ប៉ុន្តែយើងប្រាកដជាអាចកប់ជាមួយគ្នាក្នុងផ្នូរតែមួយនៅពេលស្លាប់។ ដោយសារនារីម្នាក់នេះមិនទាន់ដឹងពីគំនិតរបស់សង្សារគាត់ច្បាស់ ដូច្នេះគាត់មិនហ៊ានល្បួចរត់ទៅរៀបការជាមួយសង្សារគាត់ឡើយ។ ហើយនារីបានស្បថចំពោះសង្សារយ៉ាងក្លាហាន ដោយមានភាពខុសប្លែកពីវគ្គកំណាព្យផ្សេងទៀត ដែលបញ្ចេញមនោសញ្ចេតនាដោយស្រគត់ស្រគំចំពោះសេចក្តីស្នេហា។

詩經選譯

緇衣
សម្លៀកបំពាក់ពណ៌ខ្មៅរបស់មន្ត្រី

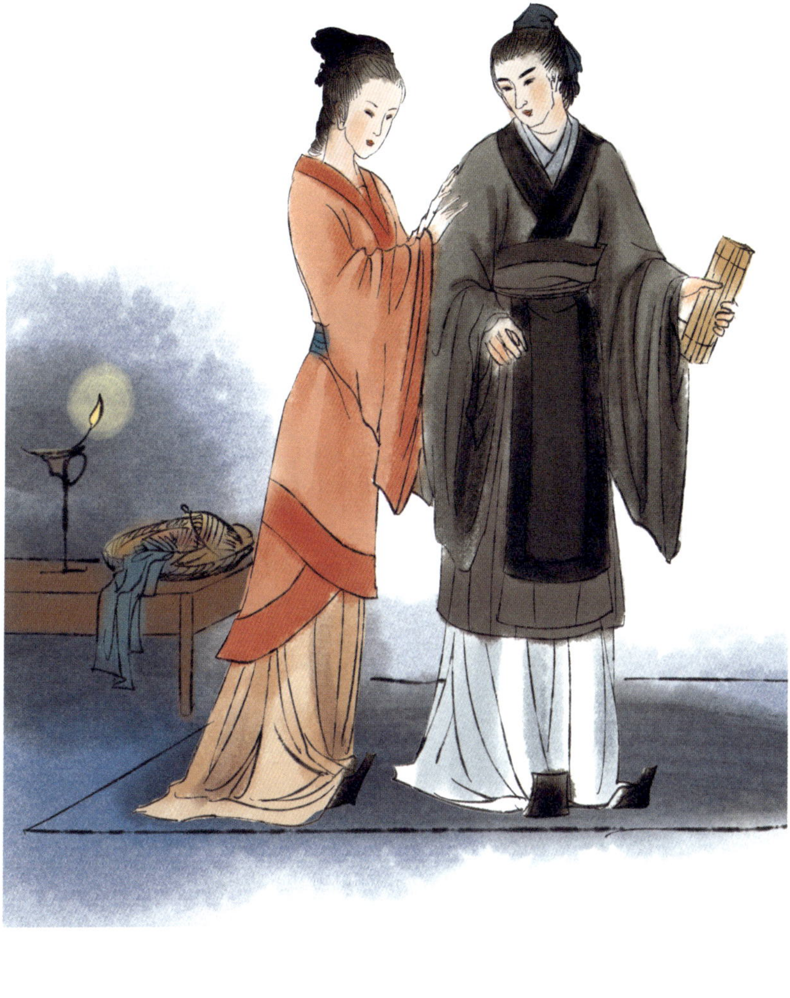

34. 缁衣

【原文】

　　缁衣之宜兮，敝，予又改为兮。适子之馆兮，还，予授子之粲兮。

《诗经·郑风·缁衣》首章

【释文】

　　黑色朝服真合身，破了，我给你再做一套。你先去官府忙公事，回来，我为你准备一顿美餐。

【解析】

　　这是一首赠衣诗。诗共三章。诗中"予"的身份，看来像是穿缁衣的人的妻妾。诗写改衣、试衣，洋溢着一种温馨的亲情。夫唱妇随是古代中国人的理想追求，这个场景正寄寓了中国人家和万事兴的期待。

៣៤. សម្លៀកបំពាក់ពណ៌ខ្មៅរបស់មន្ត្រី

[សេចក្ដីពន្យល់]

សម្លៀកបំពាក់ពណ៌ខ្មៅរបស់មន្ត្រីពិតជាសមនឹងបងណាស់ បើមានរហែក ត្រង់ណា ខ្ញុំនឹងធ្វើថ្មីជូនបងមួយទៀត។ សូមបងទៅធ្វើការងារសិនចុះ៖ ពេលបង ត្រឡប់ទៅផ្ទះវិញ ខ្ញុំនឹងរៀបចំអាហារឆ្ងាញ់១ជូនបង។

វគ្គដំបូងនៃ *សម្លៀកបំពាក់ពណ៌ខ្មៅរបស់មន្ត្រី ចិនហ៊ឹង តម្លើកំណាព្យ*

[បំណកស្រាយ]

កំណាព្យនេះមាន៣វគ្គ បានពណ៌នាអំពីការជូនសម្លៀកបំពាក់ថ្មី។ អ្នកដែល ធ្វើសម្លៀកបំពាក់ថ្មីនេះប្រហែលជាភរិយារបស់មន្ត្រី។ រឿងធ្វើសម្លៀកបំពាក់បាន បង្ហាញពីសេចក្ដីស្នេហាក្នុងគ្រួសារនេះ។ ស្វាមីនិងភរិយាចិត្តតែមួយនិងការ រួមរស់ដោយសុខដុមរមនារវាងគូស្វាមីភរិយា។ នេះជាសេចក្ដីប្រាថ្នារបស់ជនជាតិ ចិនសម័យបុរាណ។ ស្ថានភាពនេះ បានបង្ហាញពីក្ដីសង្ឃឹមរបស់ជនជាតិចិនដែល មានភាពសុខដុមរមនាក្នុងគ្រួសារ គឺមានអ្វីៗទាំងអស់។

35. 将仲子

【原文】

将仲子兮！无逾我园，无折我树檀。岂敢爱之？畏人之多言。仲可怀也，人之多言，亦可畏也。

《诗经·郑风·将仲子》三章

【释文】

二哥你听我讲！你不要翻过我家的花园，不要折断我种的檀树。我哪里是心痛这些檀树？只是怕流言蜚语。我爱慕二哥，但是担心别人的闲话，想想心里都很害怕。

【解析】

这是女子拒绝恋人的诗歌。诗共三章。这对男女正处于热恋之中，情投意合。但这个女子心中又很矛盾，想跟情人在一起，但又害怕父母兄长的责骂以及外人的流言蜚语，所以犹豫不决。古代中国婚姻文化重视媒妁之言、父母之命，儿女虽然希望自由选择意中人，但也往往屈从父母的意愿，这又常常导致父母与儿女之间出现矛盾。

៣៥. បងសំឡាញ់

[សេចក្ដីពន្យល់]

សូមបងស្ដាប់ខ្ញុំនិយាយសិន សូមកុំវែងសូនច្បារក្នុងផ្ទះខ្ញុំ សូមកុំកាច់បំបាក់ដើមឈើដែលខ្ញុំបានដាំ។ ខ្ញុំមិនមែនស្ដាយដើមឈើទាំងនោះទេ ត្រាន់តែព្រួយបារម្ភនឹងពាក្យចចាមអារ៉ាម។ អូនស្រឡាញ់បង តែអូនបារម្ភនឹងពាក្យចចាមអារ៉ាមរបស់អ្នកដទៃ រឿងទាំងនេះពិតជាធ្វើឱ្យអូនភ័យខ្លាចខ្លាំងណាស់។
វគ្គទី៣នៃ ***បងសំឡាញ់ ចិងហ្សឺង តម្លីរកំណាព្យ***

[បំណកស្រាយ]

កំណាព្យនេះមាន៣វគ្គ បានពណ៌នាអំពីនារីម្នាក់បដិសេធនឹងគូស្នេហ៍។ គូសង្សាររនេះបានស្រឡាញ់គ្នាទៅវិញទៅមក ប៉ុន្តែនារីម្នាក់នេះមានចិត្តស្ទាក់ស្ទើរមិនទាន់ដាច់ស្រេចទេ គាត់ចង់នៅជាមួយសង្សារធង ប៉ុន្តែព្រួយបារម្ភពីពាក្យចចាមអារ៉ាមអ្នកដទៃនិងការស្ដីបន្ទោសរបស់គ្រួសារធង។ នៅក្នុងវប្បធម៌អាពាហ៍ពិពាហ៍បុរាណចិន ការជ្រើសរើសប្ដីប្រពន្ធត្រូវតែធ្វើតាមបំណងរបស់មាតាបិតា ទោះបីជាកូនប្រុសស្រីចង់ជ្រើសរើសគូស្រករដោយខ្លួនឯងក្ដី តែនៅទីបញ្ចប់គឺពួកគេត្រូវតែធ្វើតាមបំណងមាតាបិតា។ ដូច្នេះហើយ ទើបមាតាបិតានិងកូនប្រុសស្រីតែងតែកើតមានជម្លោះនឹងគ្នា។

女曰鸡鸣
មាន់រោវ

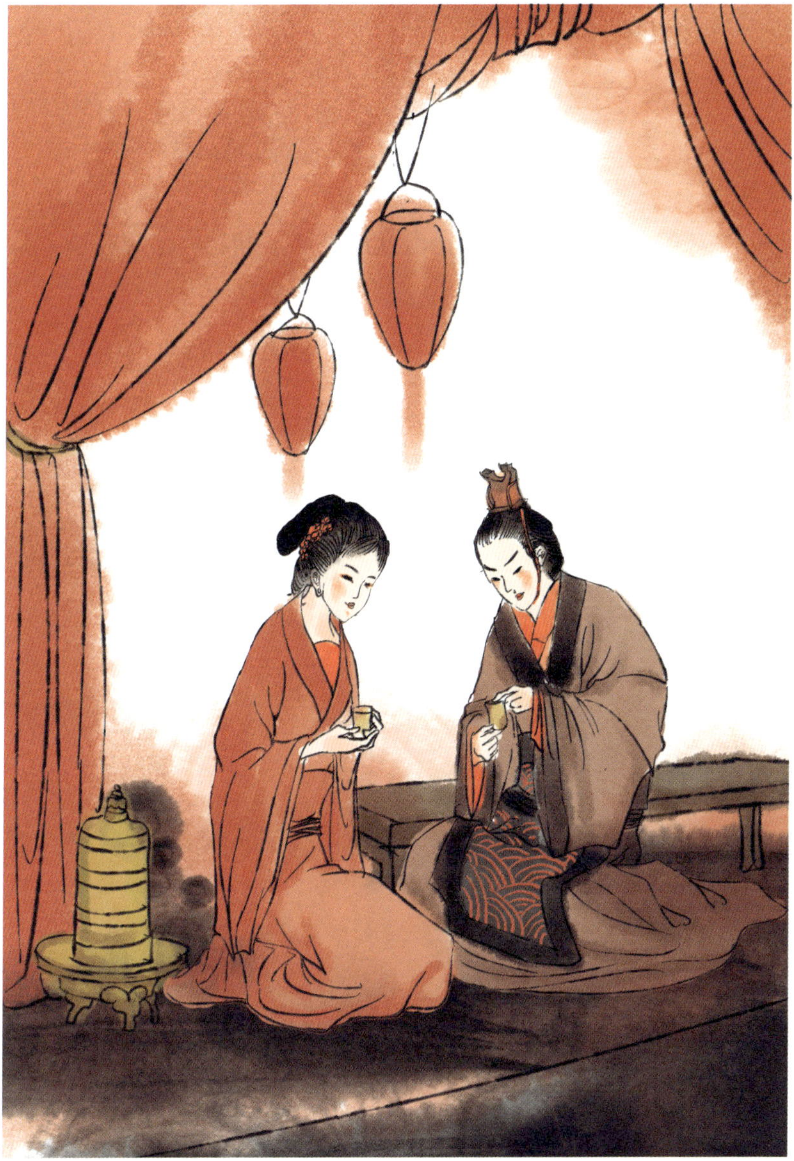

36. 女曰鸡鸣

【原文】

　　弋言加之,与子宜之。宜言饮酒,与子偕老。琴瑟在御,莫不静好。

　　　　　　　　　　　《诗经·郑风·女曰鸡鸣》二章

【释文】

　　你射中了野鸭与大雁,我为你烹调菜肴。我们品尝美酒佳肴,夫唱妇随到终老。你弹琴我鼓瑟,我们的生活美满和好。

【解析】

　　这是一首写新婚夫妇的诗。诗共三章。诗歌描写一对新婚夫妇情投意合、欢乐和美的家庭生活。诗中以琴瑟相和来比喻夫妻和谐,对中国传统文化影响很大,以后写夫妻关系多用琴瑟设喻。此外,古代士人读书学有所成,年轻时希望能够出来做官、建立功业。等功成名就之后,告老辞官,与家人享受天伦之乐,这是士人憧憬的生活模式。出则掌持天下,入则夫唱妇随,更是古代中国人最理想的期待。

៣៦. មាន់រងាវ

[សេចក្តីពន្យល់]

បងបានចាញ់ទាព្រែនិងក្បានព្រែមក ខ្ញុំយកទៅធ្វើមួបឆ្នាញ់ឱ្យបង។ យើង ធឹកស្រានិងបរិភោគមួបឆ្នាញ់ជាមួយគ្នា ប្តីប្រពន្ធចិត្តតែមួយជារៀងរហូតដល់ ចាស់សក់ស្កូវ។ បងដេញផ្ញើន[1] ខ្ញុំលេងសែប[2] ជីវភាពរបស់យើងប្រកបដោយ ភាពសុខដុមរមនា។

វគ្គទី២នៃ *មាន់រងាវ ចឹងហឹង តម្ងីរកំណាព្យ*

[បំណកស្រាយ]

កំណាព្យនេះមាន៣វគ្គ បានពណ៌នាអំពីជីវភាពរបស់គូស្វាមីភរិយាថ្មី។ គូ ស្វាមីភរិយាថ្មីមានទឹកចិត្តស្រឡាញ់គ្នា ជីវភាពប្រកបដោយសុខដុមរមនា។ នៅ កំណាព្យផ្នែកខាងចុង លើកយកការដេញផ្ញើននិងការលេងសែបមកប្រៀបធៀប នឹងភាពសុខដុមរមនារបស់ប្តីប្រពន្ធមួយគូនេះ។ ក្រៅពីនេះ នៅសម័យបុរាណចិន បុគ្គលដែលរៀនបានចេះដឹងហើយ ពួកគេសង្ឃឹមថា អាចមានឱកាសធ្វើជាមន្ត្រី រាយក្នុងម្នាក់និងសម្រេចមហិច្ឆតាខ្លួន។ ក្រោយពេលបានទទួលភាពជោគជ័យ ពួកគេនឹងចូលនិវត្តន៍ សង្ឃឹមថាអាចបានរស់នៅជុំគ្នាជាមួយគ្រួសារ រួមរស់ដោយ សុខដុមរមនាជាមួយគ្រួសារក្នុងផ្ទះ៖ នេះជាក្តីសង្ឃឹមដ៏ល្អប្រសើរជាងគេសម្រាប់ ជនជាតិចិន។

---

[1]ដេញផ្ញើន ជាឧបករណ៍តន្ត្រីប្រពៃណីចិនមួយប្រភេទ។
[2]សែប ជាឧបករណ៍តន្ត្រីប្រពៃណីចិនមួយប្រភេទ។

37. 狡童

【原文】

彼狡童兮,不与我言兮。维子之故,使我不能餐兮。

《诗经·郑风·狡童》首章

【释文】

滑头的小伙子,不肯再和我说话。因为他的缘故,我饭都吃不下。

【解析】

这是一首女子失恋之诗,描写女子在与恋人闹别扭后的娇嗔和不安。诗共两章。女子因恋人不与自己说话、共餐而怄气,焦虑不安,白天茶饭不思,夜晚辗转反侧,体现了青年男女恋爱中的细腻情感。

៣៧. បុរសជ្រុលខ្លួន

[សេចក្ដីពន្យល់]

បុរសជ្រុលខ្លួនអើយ មិនព្រមនិយាយជាមួយខ្ញុំទេ។ ដោយសាររឿងនេះ ហើយ ធ្វើឲ្យខ្ញុំគ្មានអារម្មណ៍ចង់ញាំុអ្វីសោះ។

វគ្គដំបូងនៃ ***បុរសជ្រុលខ្លួន ចិងហ៊ឹង តម្លីរកំណាព្យ***

[បំណកស្រាយ]

កំណាព្យនេះមាន២វគ្គ បានពណ៌នាអំពីនារីម្នាក់ឈឺចាប់ខ្លាំងក្រោយពេល មានជម្លោះជាមួយសង្សារ។ នារីម្នាក់មានអារម្មណ៍មិនសុប្បាយចិត្តដោយសារសង្សារ មិននិយាយរក មានចិត្តអន្ទះអន្ទែញ ពេលឡើងបាយមិននឹកទឹកឃ្លាន យប់ឡើង គេងក៏មិនលក់។ រឿងនេះបង្ហាញអំពីសេចក្ដីស្នេហាល្អុកល្អិនរវាងយុវជននិង យុវនារី។

38. 褰裳

【原文】

子惠思我,褰裳涉溱。子不我思,岂无他人?狂童之狂也且!

《诗经·郑风·褰裳》首章

【释文】

你思恋我的时候,提起衣裳就跨过溱河。你不想我了,难道没有别人追求我吗?你真是太愚昧狂妄了!

【解析】

这是一首女子失恋之诗。诗共两章。郑国诗歌是具有地方色彩的新曲调,被认为激越活泼,抒情细腻,尤其在抒写男女情感方面因表现得非常大胆、直露而被称作"淫诗"。此诗虽写女子的失恋,但女主人公却表现出了一种通达和坚强的意气,与《狡童》中女主人公无法排遣忧思大不相同。

៣៨. លើកសម្លៀកបំពាក់ឡើង

【 សេចក្តីពន្យល់ 】

ពេលបងនឹកអូន បងអាចឆ្លងទន្លេផៃ្សន[1] មករកអូនបាន។ បើបងមិន ស្រឡាញ់អូនទេ ឬមួយថាគ្មាននរណាមកតាមស្រឡាញ់ខ្ញុំទៀតទេ? បងពិតជា ល្ងង់និងក្រអឺតក្រទមណាស់!

វគ្គដំបូងនៃ ***លើកសម្លៀកបំពាក់ឡើង ចឹងហឹង តម្លីរកំណាព្យ***

【 បំណកស្រាយ 】

កំណាព្យនេះមាន២វគ្គ បានពណ៌នាអំពីនារីម្នាក់ខកចិត្តព្រោះស្នេហ៍។ កំណាព្យនគរចឹង ជាកំណាព្យមួយប្រភេទដែលមានទំនុកថ្មីនិងលក្ខណៈពិសេស តាមតំបន់ ដូចជាមានភាពរស់រវើក និងប្រកបដោយមនោសញ្ចេតនាយ៉ាង ប្រណីត។ ជាពិសេស ភាពក្លាហានក្នុងការបញ្ចេញមនោសញ្ចេតនាខាងសេចក្តី ស្នេហាបុរសនារី។ ទោះបីជាកំណាព្យនេះ រៀបរាប់អំពីនារីខូចចិត្តក្តី ប៉ុន្តែនារីម្នាក់ នេះបានបង្ហាញពីស្មារតីដ៏រឹងមាំ ខុសគ្នាពីបទកំណាព្យបុរសជ្រលខ្លួន ដែលបាន បង្ហាញថាពីនារីនោះមានចិត្តស្ទាក់ស្ទើរនិងការព្រួយបារម្ភច្រើន។

---

[1]ទន្លេផៃ្សន ជាទន្លេមួយមានទីតាំងស្ថិតនៅខេត្តហឺណាន ប្រទេសចិន។

39. 风雨

【原文】

风雨如晦,鸡鸣不已。既见君子,云胡不喜?

《诗经·郑风·风雨》三章

【释文】

天地昏暗并且有狂风暴雨,但公鸡仍然准时报晓。我的丈夫已经回家了,我还有什么不欢喜呢?

【解析】

这是一首写妻子与丈夫久别重逢的诗歌。诗共三章。诗歌以风雨交加时,公鸡准时报晓来比兴妻子对丈夫的守候期待。"风雨如晦,鸡鸣不已"这两句诗,在中国传统文化上的意义尤大,"风雨如晦"用以比喻现实的困境,而"鸡鸣不已"则指克服困难、努力进取,这是有气节的士人用作自励的写照。

៣៩. ខ្យល់ខ្លាំងភ្លៀងធំ

[សេចក្ដីពន្យល់]

មេឃប្រជាខ្មៅងងឹតភ្លៀងខ្លាំង ខ្យល់បោកបក់យ៉ាងសន្ធាប់ ប៉ុន្តែមាន់គក នៅតែរងាវទៀងពេល។ ប្ដីខ្ញុំបានគ្រប់ទៅផ្ទះវិញហើយ តើខ្ញុំនៅមានរឿងអ្វី ដែលមិនសប្បាយចិត្តទេ?

វត្ថុទី៣នៃ *ខ្យល់ខ្លាំងភ្លៀងធំ ចឹងហឹង តម្លើរកំណាព្យ*

[បំណកស្រាយ]

កំណាព្យនេះមាន៣វត្ថុ បានពណ៌នាអំពីប្រពន្ធនិងប្ដីឃ្លាតឆ្ងាយពីគ្នា ទើបបានជួបជុំគ្នាវិញ។ កំណាព្យនេះ ចាប់ផ្ដើមដោយខ្យល់ខ្លាំងភ្លៀងធំពេលយប់ និងមាន់គកនៅតែរងាវទៀងពេល មកប្រៀបធៀបនឹងប្រពន្ធដ៏ចាំប្ដី។ ឃ្លាក្នុង កំណាព្យថា មេឃប្រជាខ្មៅងងឹត ភ្លៀងខ្យល់បោកបក់ខ្លាំង ប៉ុន្តែមាន់គកនៅតែ រងាវទៀងពេល ពិតជាមាននយ័សំខាន់ណាស់ចំពោះរប្បធម៌ចិន មេឃប្រជាខ្មៅ ងងឹតភ្លៀងនិងខ្យល់បោកបក់ខ្លាំង គឺប្រៀបធៀបនឹងទុក្ខលំបាកយ៉ាងពិតប្រាកដ។ មាន់គកតែងតែរងាវទៀងពេល គឺប្រៀបធៀបនឹងការឧិតខំស៊ូពុះពារជម្នះគ្រប់ ឧបសគ្គ អ្នកប្រាជ្ញតែងតែចាត់ទុកស្ថានភាពទាំងនេះមកលើកទឹកចិត្តខ្លួនឯង។

詩經選譯

子衿
កអាវរបស់អ្នក

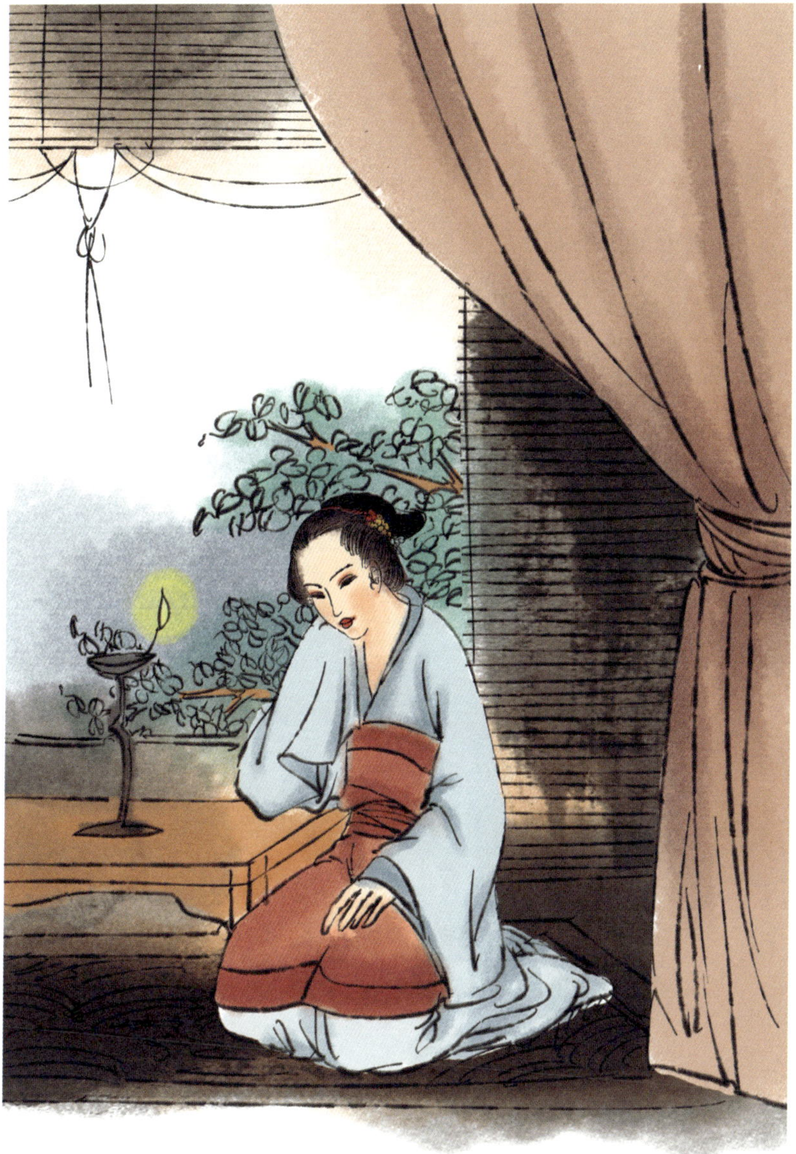

40. 子衿

【原文】

青青子衿,悠悠我心。纵我不往,子宁不嗣音?

《诗经·郑风·子衿》首章

【释文】

你的衣领颜色青青,我心里一直都思念你。纵然我没去找你,难道你就不能给我个音信吗?

【解析】

这是一位女子思念情人的诗歌。诗共三章。中国人重视礼仪,言行举止多以礼仪约束,避免过或不及而趋于中庸之美。在男女情感的表达上,也仍然遵循含蓄委婉。但此诗主人公在表达对爱人的思慕之情时,却显得积极主动、热烈奔放。这种张扬大胆的抒情方式,也极大地影响了此后中国文学在这一方面的创作。

៤០. កអាវរបស់អ្នក

【 សេចក្ដីពន្យល់ 】

កអាវបងពណ៌បែតងស្អាតណាស់ អូននឹករលឹកបងជារៀងរហូត។ ទោះបីជាអូនមិននិយាយទៅកាន់បង បងមិនអាចជូនដំណឹងមួយឱ្យអូនទេ? វត្ថុដំបូងនៃ *កអាវរបស់អ្នក ចឹងហ៊ឹង តម្លើរកំណាព្យ*

【 បំណកស្រាយ 】

កំណាព្យនេះមាន៣វគ្គ បានពណ៌នាអំពីនារីដែលនឹកសង្សារ។ ជនជាតិចិនផ្ដោតសំខាន់លើសុជីវធម៌ ពាក្យសម្ដីនិងអំពើត្រូវកំណត់ដោយសុជីវធម៌ ដើម្បីជៀសវាងភាពឆ្គាំឆ្គងនិងខ្វះចន្លោះហួសប្រមាណ។ ចំពោះការបង្ហាញមនោសញ្ចេតនារវាងគូសង្សារក៏ត្រូវតែគោរពទៅតាមការវគ្គរសមដែរ។ ប៉ុន្តែក្នុងកំណាព្យនេះ ពេលបញ្ចេញសេចក្ដីស្រឡាញ់ដល់អ្នកដែលគាត់ស្រឡាញ់ ពិតជាសកម្មនិងរួសរាយកក់ក្ដៅដែលមិនអាចចប់ស្ងាត់បាន។ វិធីបង្ហាញអារម្មណ៍ក្លាហានបែបនេះក៏បានជះឥទ្ធិពលយ៉ាងខ្លាំងដល់វិស័យអក្សរសាស្ត្រចិននាជំនាន់ក្រោយៗមកទៀតផងដែរ។

41. 扬之水

【原文】

扬之水,不流束楚。终鲜兄弟,维予与女。无信人之言,人实迋女。

《诗经·郑风·扬之水》首章

【释文】

河水缓缓地流淌,冲不散一捆荆条。我们家里兄弟少,只有我和你同心。你不要轻信别人的谎话,人家是在欺骗你。

【解析】

这是夫妻将要分别时,丈夫对妻子的叮嘱之诗。诗共两章。诗歌以河水漂束楚起兴,水流轻浅就无法冲散成捆的荆条,就好像流言蜚语,不轻信就无事,若是轻信他人挑拨之言,就会给家庭带来破坏。诗中特别提到夫家兄弟少而流言更容易兴起之事,这也可以看出中国人非常重视宗族血缘的关系。此外,中国古语常说"妻贤夫祸少",说贤惠的妻子总能提醒或者帮助丈夫得体地处理邻里、家庭等事务,以消除许多灾祸,此诗也反映了这方面的情况。

៤១. ទឹកទន្លេហូរយើតៗ

[សេចក្តីពន្យល់]

ទឹកទន្លេហូរយើតៗ មិនអាចបំបែកបន្លាមួយបាច់បានទេ។ ក្នុងគ្រួសារយើង មានបងប្អូនតិចណាស់ មានតែបងនិងអូនមានចិត្តតែមួយ។ អូនមិនងាយជឿពាក្យមុសារអ្នកដទៃដែលពូកគេនិយាយកុហកអូននោះទេ។
វត្ថុដំបូងនៃ **ទឹកទន្លេហូរយើតៗ ចឹងហ្ឹង ក្នុងតម្លឹរកំណាព្យ**

[បំណកស្រាយ]

កំណាព្យនេះមាន២វគ្គ បានរៀបរាប់ពីពេលដែលប្ដីប្រពន្ធលាគ្នា ប្ដីផ្ដល់ដំបូន្មានដល់ប្រពន្ធ។ កំណាព្យចាប់ផ្ដើមដោយទឹកទន្លេហូរយើតៗ មិនអាចបំបែកបាច់បន្លាំមួយ នេះដូចជាពាក្យចចាបអាវ៉ាម បើអូនមិនជឿទេនឹងគ្មានបញ្ហាអ្វីទេ ប្រសិនបើអូនជឿនោះនឹងនាំឱ្យគ្រោះថ្នាក់ដល់គ្រួសារយើង។ កំណាព្យនេះបានលើកឡើងជាពិសេសថា ដោយសារបងប្អូនមានចំនួនតិច នឹងងាយស្រួលបងគ្រោះថ្នាក់ដល់គ្រួសារដោយពាក្យចចាមអារ៉ាម។ តាមរយៈកំណាព្យនេះអាចសង្កេតឃើញថា ជនជាតិចិនផ្ដោតសំខាន់ខ្លាំងលើសាច់ឈាមខ្មែរស្រឡាញ់។ កាលសម័យបុរាណមានឃ្លាមួយពោលថា ភរិយាមានគុណធម៌នឹងបានជួយដល់ស្វាមី។ នេះបានបញ្ជាក់ច្បាស់ថា បើភរិយាជាអ្នកមានគុណធម៌ម្នាក់ អាចជួយស្វាមីធ្វើកិច្ចការផ្ទះនិងសម្រុះសម្រួលការប្រាស្រ័យទាក់ទងរវាងអ្នកជិតខាងនិងញាតិមិត្តដើម្បីជៀសវាងរឿងមិនល្អ។

詩經選譯

出其东门
ចាកចេញពីទ្វារទីក្រុងខាងកើត

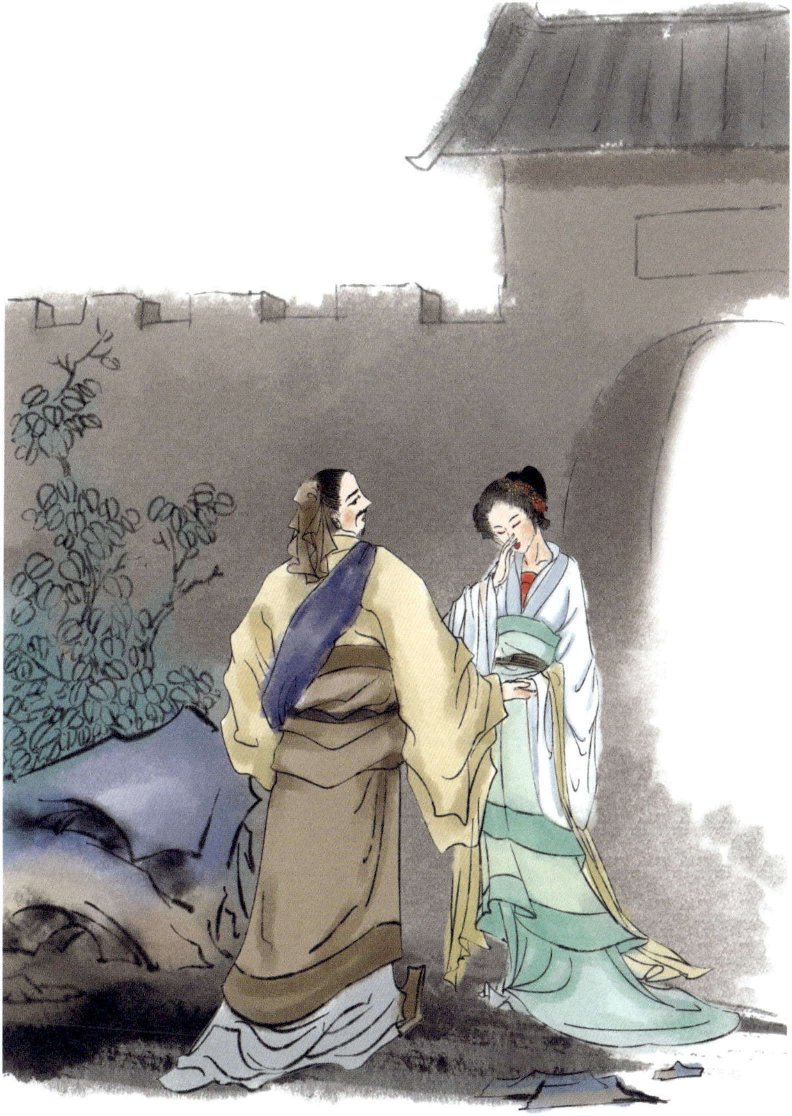

42. 出其东门

【原文】

　　出其东门,有女如云。虽则如云,匪我思存。缟衣綦巾,聊乐我员。

《诗经·郑风·出其东门》首章

【释文】

　　走出东城门,看到外面的女子多得像天上的浮云。虽然女子很多,但她们都不是我爱慕的人。那位穿白衣青裙的女子,才是我喜爱的人。

【解析】

　　这是男子表示对妻子忠贞不渝的爱情的诗歌。诗共两章。男子出门在外,可以遇到很多美丽的女子,这些女子多得像天上的浮云,但他心中却不受诱惑,对妻子忠贞。

៤២. ចាកចេញពីទ្វារទីក្រុងខាងកើត

[សេចក្ដីពន្យល់]

ចាកចេញពីទ្វារទីក្រុងខាងកើត បានប្រទះឃើញនារីស្អាតជាច្រើនប្រៀបដូចជាពពករសាត់អណ្ដែតលើផ្ទៃរបហា។ ទោះបីជាមាននារីស្អាតជាច្រើននៅទីនោះក្ដី ប៉ុន្តែពួកគាត់មិនមែនជាមនុស្សដែលខ្ញុំស្រឡាញ់ទេ។ នារីម្នាក់ដែលស្លៀកសំពត់បែតងនិងពាក់អាវសនោះ ទើបជាមនុស្សដែលខ្ញុំស្រឡាញ់។

វគ្គដំបូងនៃ ***ចាកចេញពីទ្វារទីក្រុងខាងកើត ចំងហ៊ឹង តម្លីរកំណាព្យ***

[បំណកស្រាយ]

កំណាព្យនេះមាន២វគ្គ បានពណ៌នាអំពីបុរសម្នាក់បង្ហាញពីទម្ងន់ដ៏ស្មោះត្រង់ចំពោះប្រពន្ធ។ បុរសម្នាក់នេះ បានជួបនារីស្អាតជាច្រើននៅខាងក្រៅ ប្រៀបដូចជាពពកនៅលើផ្ទៃអាកាស ប៉ុន្តែគាត់មិនឈ្លក់វង្វេងទេ ដោយមានភក្ដីភាពចំពោះប្រពន្ធរបស់គាត់។

43. 野有蔓草

【原文】

野有蔓草,零露漙兮。有美一人,清扬婉兮。邂逅相遇,适我愿兮。

《诗经·郑风·野有蔓草》首章

【释文】

野地上的青草随意蔓延,叶子上沾有圆圆的露珠。有位独自徘徊的美女,眉清目秀的模样。在路上碰巧遇见她,她真是合我的心意。

【解析】

这是一首男女相恋的诗歌。诗共两章。在人性纯朴的时代,又值仲春时节,男女青年大胆追求自己的意中人。

៤៣. ស្នេហ៍រាលដាល

【 សេចក្ដីពន្យល់ 】

ស្នេហ៍បែតងស្រស់ បានដុះពាសពេញលើវាលស្រែ ទឹកសន្សើមស្រោបពេញ ស្លឹក។ នារីស្ងាតឈើតនាយម្នាក់ដើរលេងតែម្នាក់ឯង។ ខ្ញុំបានជួបគាត់ដោយចែដន្យ គាត់ពិតជាត្រូវចិត្តខ្ញុំណាស់។

វគ្គដំបូងនៃ ***ស្នេហ៍រាលដាល ចឹងហ្នឹង ក្នុងតម្លើរកំណាព្យ***

【 បំណកស្រាយ 】

កំណាព្យនេះមាន២វគ្គ បានរៀបរាប់អំពីសេចក្ដីស្នេហានៃយុវជននិង យុវនារី។ សម័យនោះ ជាសម័យមួយដែលប្រជាជនមានភាពស្មោះត្រង់ ហើយក៍ ចំពេលរដូវផ្ការីកដែរ យុវជនយុវនារីតាមស្រឡាញ់គ្នាយ៉ាងក្លាហាន។

詩經
選譯

溱洧
ទន្លេណាននិងទន្លេវី

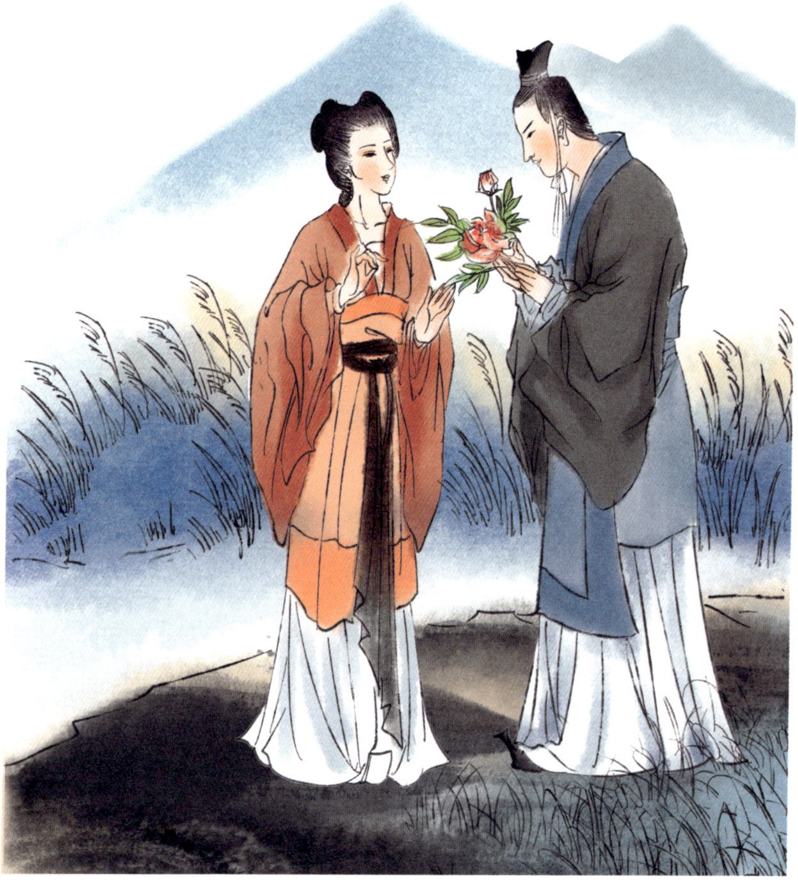

44. 溱洧

【原文】

　　溱与洧,方涣涣兮。士与女,方秉蕳兮。女曰:"观乎?"士曰:"既且。""且往观乎!洧之外,洵䜣且乐。"维士与女,伊其相谑,赠之以勺药。

《诗经·郑风·溱洧》首章

【释文】

　　溱水和洧水,三月绿波荡漾。春游的男男女女,手里拿着兰草。姑娘说:"咱们去看看吗?"小伙子说:"我已经看过了。""陪我再去看看吧!洧水的那边,地大又好玩。"男男女女来游玩,他们相互调笑,赠送芍药结良缘。

【解析】

　　这是一首男女青年恋爱相会的诗歌。诗共两章。农历三月三日是郑国的上巳节,到了这天,人们结伴去水边沐浴以祓除污垢并消除不祥,男女青年也可以借此机会来寻找意中人。诗中"秉蕳"体现了祭祀祈福的思想,而男女青年相赠芍药,则是爱情的象征。

៤៤. ទន្លេឈាននិងទន្លេវៃ

[សេចក្ដីពន្យល់]

នាខែមីនា ទន្លេឈាននិងទន្លេវៃមានទេសភាពស្រស់បំព្រង។ យុវជនយុវនារីជើរកម្សាន្តនិងកាន់ផ្កាអីរគីដេក្នុងដៃនៅរដូវផ្ការីកជាមួយគ្នា។ នារីនិយាយថា តើយើងដើររលងទៅកន្លែងនោះទេ? បុរសឆ្លើយថា ខ្ញុំបានទៅលេងរួចហើយ។ នារីបន្តថា ទៅលេងម្ដងទៀតជាមួយខ្ញុំបានទេ? នៅម្ខាងតំបន់ទន្លេវៃនោះ ជាទីវាលធំល្វឹងល្វើយនិងមានទេសភាពស្រស់ស្អាត។ យុវជនយុវនារីក៏ធ្វើដំណើរកម្សាន្តជាមួយគ្នានៅទីនោះ ពួកគេជជែកគ្នាលេង ជូនផ្កាភ្ញីយួនឲ្យគ្នាទៅវិញទៅមក ទុកភ្ជាប់និស្ស័យជាគូស្នេហ៍។

វត្តដំបូងនៃ *ទន្លេឈាននិងទន្លេវៃ ចិងហ្វេង តម្លៃកំណាព្យ*

[បំណកស្រាយ]

កំណាព្យនេះមាន២វគ្គ បានរៀបរាប់អំពីស្នេហារវាងយុវជននិងយុវនារី។ ថ្ងៃទី៣ ខែមីនា តាមប្រតិទិនចន្ទគតិចិន ជាថ្ងៃបុណ្យសានស៊ី[1] របស់គរជឺង។ នាថ្ងៃនេះ ប្រជាជននឹងទៅកាន់មាត់ទន្លេ ដើម្បីងូតទឹកជម្រះមន្ទិលហួងសៅ។ ហើយយុវជនយុវនារីក៏អាចឆ្លៀតឱកាសនេះស្វែងរកសង្សាររៀង១ខ្លួនផងដែរ។ ការកាន់ផ្កាអីរគីដេបង្ហាញពីគំនិតគោរពបូជានិងសុំសេចក្ដីសុខ រីឯយុវជននិងយុវនារីជូនផ្កាភ្ញីយួនទៅវិញទៅមក គឺតំណាងឲ្យសេចក្ដីស្នេហា។

---

[1]បុណ្យសានស៊ី ជាបុណ្យប្រពៃណីចិនមួយ គឺថ្ងៃលើកដល់ហ៊ាំទីដែលជាបុព្វបុរសដំបូងរបស់ចិន។

45. 南山

【原文】

析薪如之何？匪斧不克。取妻如之何？匪媒不得。既曰得止，曷又极止？

《诗经·齐风·南山》四章

【释文】

用什么工具来劈柴？没有斧头办不到。怎么才能娶到妻子？一定需要媒人来帮忙。既然你已经娶了她，为何还让她回娘家？

【解析】

这是一首讽刺齐襄公与同父异母妹妹文姜淫乱的诗。诗共四章。诗歌以劈柴须用斧头起兴，认为娶妻也需要有媒人才能办好。中国是一个重视礼仪的国度，在婚姻上尤其如此，须要按照各种礼仪聘娶妻子，才能得到家庭、社会的承认。兄妹淫乱，不合礼制，为社会所不齿。

៤៥. ភ្នំណានសាន

[សេចក្តីពន្យល់]

តើយកអ្វីមកពុះអុស? គ្មានពូថៅពុះមិនបានទេ។ តើគួរតែធ្វើយ៉ាងណា ទើប អាចយកប្រពន្ធបាន? គួរតែមានមេអណ្តើកមកបើកផ្លូវសិនហ្ន! តទូរវ័អ្នកបាន រៀបការជាមួយគាត់ហើយ តែហេតុអ្វីបានជាបោះបង់ប្រពន្ធស្របច្បាប់ទៅវិញ?
វគ្គទី៤នៃ *ភ្នំណានសាន ឈីហ៊ឺង តម្លីរកំណាព្យ*

[បំណកស្រាយ]

កំណាព្យនេះមាន៤វគ្គ បានរៀបរាប់អំពីប្រជាពលរដ្ឋរិះគន់ស្តេចឈីសាំង កុង[1] ដែលបានបង្កើតសេចក្តីស្នេហាឧុសសីលធម៌ជាមួយបូនស្រីដែលមាន ឪពុកតែមួយម្តាយផ្សេងគ្នា។ កំណាព្យចាប់ផ្តើមដោយយកការពុះអុសគួរតែប្រើ ពូថៅ ដែលមានន័យដូចគ្នានឹងការយកប្រពន្ធគួរតែមានមេអណ្តើក។ ប្រទេស ចិន ជាប្រទេសមួយដែលគោរពសុជីវធម៌ណាស់ ជាតិសែសលើទំនៀមទម្លាប់ អាពាហ៍ពិពាហ៍ គួរតែធ្វើទៅតាមក្បួនច្បាប់ ទើបអាចទទួលស្គាល់ពីគ្រួសារនិង សង្គមទាំងមូល។ ដូច្នេះ បងប្អូនរៀបការជាមួយគ្នានេះ ជារឿងខុសសុជីវធម៌និង ក្បួនច្បាប់សង្គមខ្លាំងណាស់។

---

[1]ស្តេចឈីសាំងកុង ជាស្តេចមួយនៃនគរឈីសម័យរដូវផ្ការីកនិងស្លឹកឈើជ្រុះ(៧៧០-៤៧៥មុន គ.ស.)។

詩經選譯

载驱
រត់លេះសេះនៅផ្លូវ

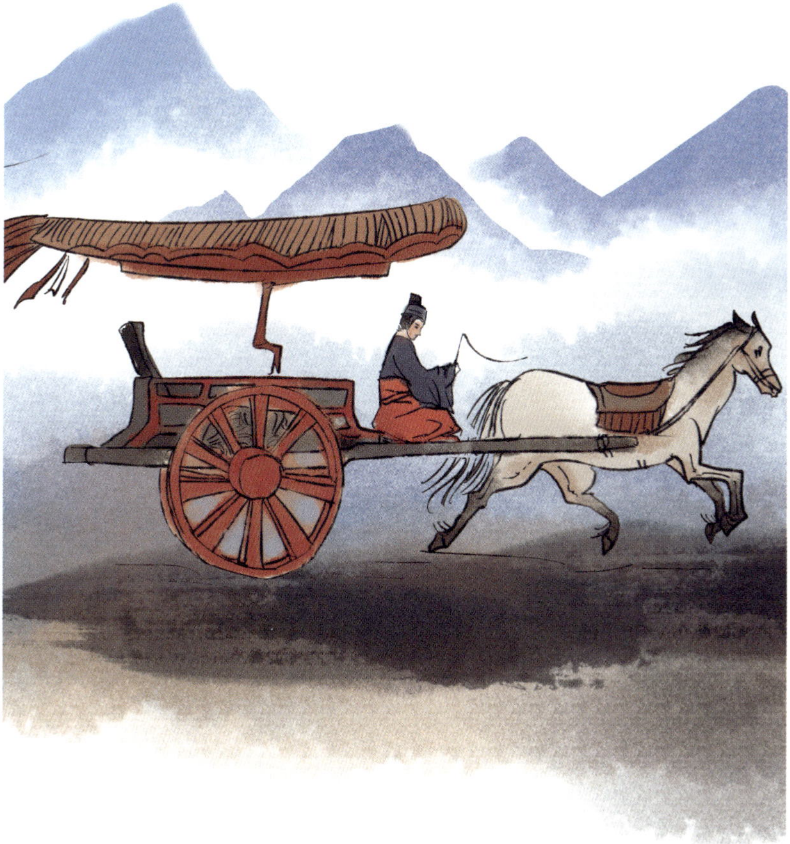

46. 载驱

【原文】

载驱薄薄,簟茀朱鞹。鲁道有荡,齐子发夕。

《诗经·齐风·载驱》首章

【释文】

车马奔驰轰隆隆,那个车子有竹制的车帘和红漆兽皮的车盖。鲁国的道路平坦宽广,齐女却从早拖到晚都不肯嫁过来。

【解析】

这是一首齐女文姜出嫁的诗。诗共四章。文姜嫁给鲁庄公,但迟迟不肯入境,目的是要庄公远离媵妾。在周代,诸侯娶一国之女为夫人,女方须以侄(兄弟之女)娣(妹妹)随嫁,同时还须从另两个与女方同姓之国各请一位女子陪嫁,亦各以侄、娣相从,一共九人,只有夫人处于正妻地位,其余都属于妾。但齐国是大国,鲁国是小国,所以文姜才会提出这种要求。

៤៦. រត់រទេះសេះនៅផ្លូវ

[សេចក្ដីពន្យល់]

រទេះសេះរត់នៅលើផ្លូវ រទេះនោះមានរាំងននដែលធ្វើអំពីឫស្សីនិងដំបូល រទេដែលធ្វើអំពីស្បែកសត្វ។ ផ្លូវនៅនគរលូពិតជារាបស្មើធំទូលាយ ប៉ុន្តែតែនារីនគរលឺមិនព្រមរៀបការមកទីនេះទេ។

វគ្គដំបូងនៃ *រត់រទេះសេះនៅផ្លូវ ឈីហ៊ឺង តម្លើរកំណាព្យ*

[បំណកស្រាយ]

កំណាព្យនេះមាន៤វគ្គ បានរៀបរាប់អំពីស្រីនគរលីម្នាក់ឈ្មោះវិនជាងរៀបការ។ វិនជាងនឹងត្រូវរៀបការជាមួយនឹងស្ដេចលូជាកូង[១]ដល់នគរលូ ប៉ុន្តែគាត់មិនព្រមរៀបការនិងធ្វើដំណើរទៅដល់ទឹកដីនគរលូទេ ដោយសារគាត់ចង់ឱ្យស្ដេចលូជាកុងឆាយពីអ្នកកំដរផ្សេងៗ។ នៅរាជវង្សចូវ ប្រសិនបើស្ដេចននគរមួយយកប្រពន្ធដែលជាកូនស្រីរបស់ស្ដេចនគរមួយផ្សេងទៀត ភាគីខាងស្រីត្រូវឱ្យកូនស្រីរបស់បងប្អូនគាត់ម្នាក់និងប្អូនស្រីរបស់តាមម្នាក់ ទាំងអស់២នាក់ដើម្បីធ្វើជាអ្នកកំដររៀបការ។ ក្រោយពីនេះ គួរតែអញ្ជើញនារី២នាក់ផ្សេងទៀតដែលនាមត្រកូលដូចនឹងកូនក្រមុំមកកំដររៀបការដែរ ទាំងអស់ត្រូវតែមាននារី៩នាក់ មានតែកូនក្រមុំម្នាក់មានហានះជាប្រពន្ធ ហើយអ្នកផ្សេងទៀតជាប្រពន្ធចុង។ ប៉ុន្តែនគរលីជានគរដ៏តូច រីឯនគរលូជានគរតូចមួយ។ ដូច្នេះ ទើបកូនស្រីរបស់ស្ដេចនគរលីដែលឈ្មោះវិនជាង បានលើកឡើងនូវវត្ថម្រាការបែបនេះ។

---
[១]ស្ដេចលូវាំងកុង ជាស្ដេចមួយអង្គរបស់នគរលូ។

47. 硕鼠

【原文】

　　硕鼠硕鼠，无食我黍！三岁贯女，莫我肯顾。逝将去女，适彼乐土。乐土乐土，爰得我所！

《诗经·魏风·硕鼠》首章

【释文】

　　大老鼠啊大老鼠，不要吃我的黄黍！我多年劳动养活你，你却不顾我的死活。我发誓要离开你，前往快乐的地方。乐土啊新乐土，那里才是我的好去处！

【解析】

　　这是一首控诉统治者贪婪无厌的诗歌。诗共三章。这首诗把不劳而获的统治者比喻成无情无义的大老鼠。这位诗人有怨恨，更有实际的反抗行为，他决定以逃亡的方式来控诉这个不公平的社会。

៤៧. សត្តកណ្ដុរធំ

[សេចក្ដីពន្យល់]

ឱអាកណ្ដុរធំអើយ ឈប់សុំសៀងរបស់ខ្ញុំទៅ ខ្ញុំខំប្រឹងធ្វើការដើម្បីចិញ្ចឹមអ្នក តែអ្នកបែរជាមិនចេះគិតគូរដល់ជីវិតរបស់ខ្ញុំ ខ្ញុំស្ងៀចថានឹងចាកចេញពីអ្នក ទៅរកកន្លែងប្រកបដោយសុភមង្គល។ កន្លែងបែបនោះ ទើបជាកន្លែងល្អសម្រាប់ខ្ញុំ។ វគ្គដំបូងនៃ *សត្តកណ្ដុរធំ វ៉ីហ្គីង តម្លីរកំណាព្យ*

[បំណកស្រាយ]

កំណាព្យនេះមាន៣វគ្គ បានរៀបរាប់អំពីការវិះគន់ថ្នាក់ដឹកនាំដែលមានភាពលោភលន់មិនចេះចប់។ កំណាព្យនេះ យកថ្នាក់ដឹកនាំមកប្រៀបធៀបជាសត្តកណ្ដុរដែលគ្មានចិត្តមេត្តាករុណា។ ករណីពន្លួរូបនេះ មិនគ្រាន់តែសម្ដែងភាពស្អប់ខ្ពើមប៉ុណ្ណោះទេ ថែមទាំងមានសកម្មភាពប្រឆាំងជាក់ស្ដែងទៀតផង គាត់សម្រេចចិត្តចាកចេញពីកន្លែងនេះ ដើម្បីតវ៉ានឹងសង្គមអយុត្តិធម៌នេះ។

詩經選譯

綢繆
បាច់អុសដ៏តឹង

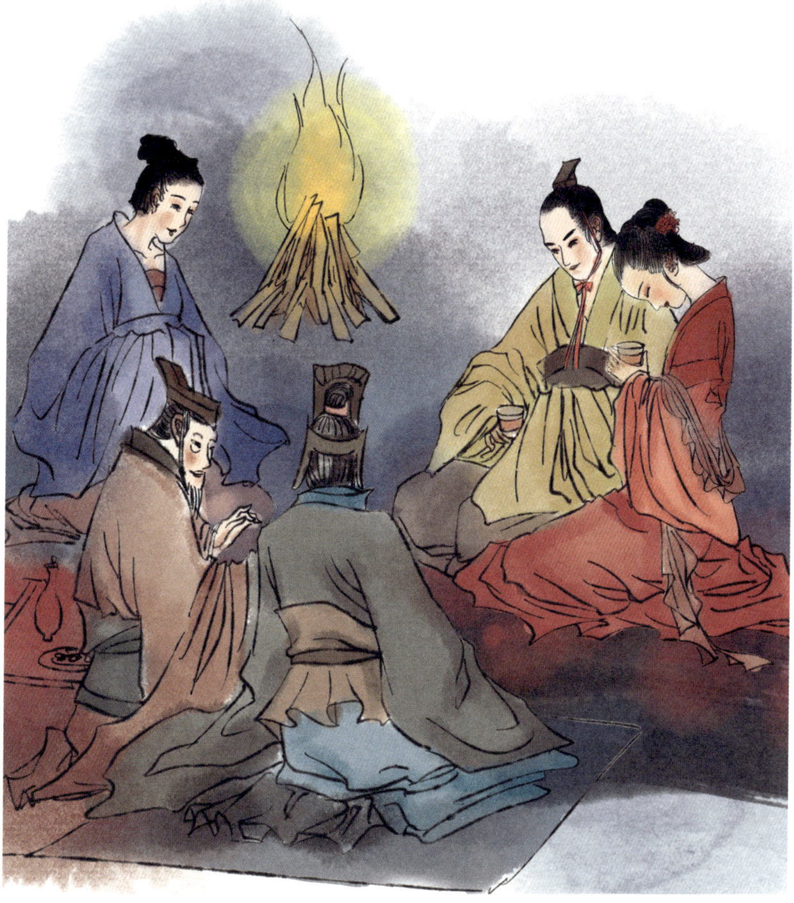

48. 绸缪

【原文】

绸缪束薪，三星在天。今夕何夕，见此良人？子兮子兮，如此良人何？

《诗经·唐风·绸缪》首章

【释文】

柴草紧紧缠缚，天上星光闪耀。今天是什么好日子，嫁了称心如意的夫婿了？你呀你呀，要怎么与丈夫共度良宵呢？

【解析】

这是一首祝贺新婚的诗。诗共三章。诗以薪起兴，形成中国古代以薪言男女婚姻的传统。因为古代娶妻多在黄昏，以燃薪照明，人们逐渐以"束薪"等词代指婚姻礼俗。

៤៨. បាច់អុសដ៏តឹង

【 សេចក្តីពន្យល់ 】

ដុំអុសត្រូវគេចងយ៉ាងតឹង ផ្កាយបញ្ចេញពន្លឺផ្លេកៗលើមេឃ។ តើថ្ងៃនេះ ជាថ្ងៃល្អឬយ៉ាងណា? អូនបានយកប្តីដោយពេញចិត្តពេញថ្លើម។ អូនបានគិតហើយឬនៅ តើចំណាយពេលជាមួយប្តីបែបណានៅយប់នេះ?

វគ្គដំបូងនៃ ***បាច់អុសដ៏តឹង ចាំងហ្វឹង គម្ពីរកំណាព្យ***

【 បំណកស្រាយ 】

កំណាព្យនេះមាន៣វគ្គ បានរៀបរាប់អំពីការអបអរសាទរអាពាហ៍ពិពាហ៍។ កំណាព្យនេះ ចាប់ផ្តើមដោយអុសស្របតាមប្រពៃណីចិនដែលយកអុសធៀបនឹងពិធីអាពាហ៍ពិពាហ៍។ ដោយសារនៅសម័យបុរាណ ជនជាតិចិនតែងតែរៀបចំពិធីអាពាហ៍ពិពាហ៍នៅពេលល្ងាច ដូច្នេះពួកគេដុតអុសយកពន្លឺ។ ចាប់ពីពេលនោះមក ពាក្យ ចងអុស គឺសំដៅទៅលើពិធីអាពាហ៍ពិពាហ៍ជាបន្តបន្ទាប់រហូតដល់សព្វថ្ងៃនេះ។

詩經
選譯

鴇羽
ស្លាបសត្វបក្សី

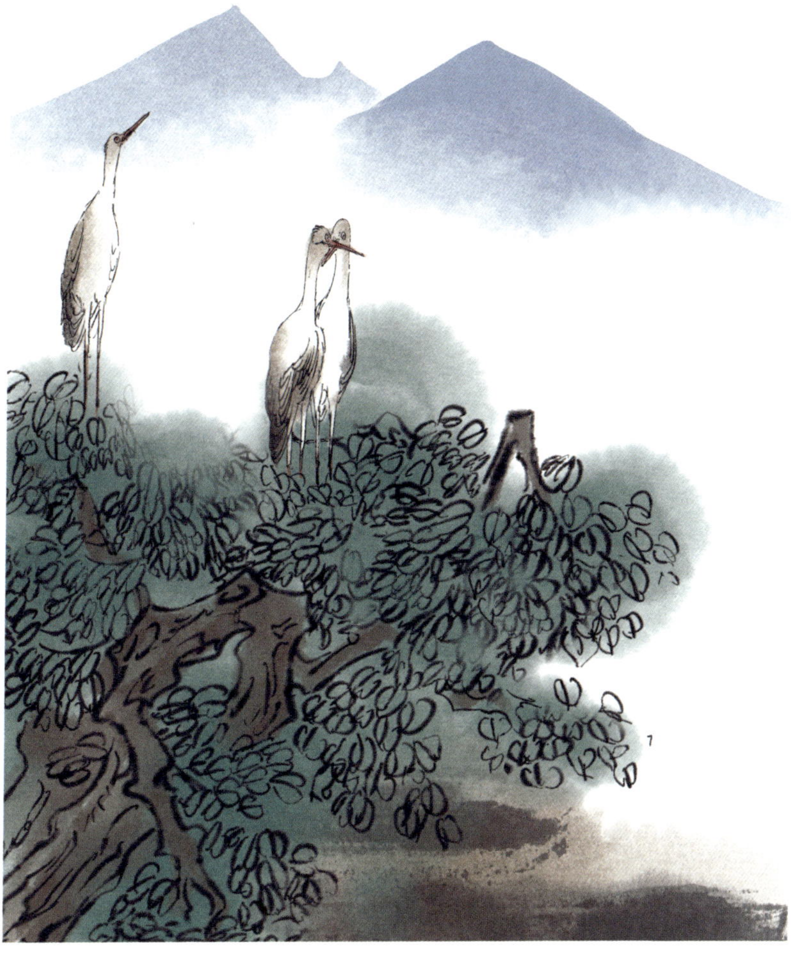

49. 鸨羽

【原文】

肃肃鸨羽,集于苞栩。王事靡盬,不能艺稷黍。父母何怙?悠悠苍天,曷其有所?

《诗经·唐风·鸨羽》首章

【释文】

鸨鸟展开翅膀发出沙沙的响声,栖息在栎树丛上。周王的徭役没完没了,使我不能回家种黍粱。父母依靠谁生活?高高在上的苍天啊,我什么时候才能回家?

【解析】

这是一首控诉徭役的诗。诗共三章。中国古代的农民经常被征调来服徭役,没完没了的徭役,使他们终年奔波在外,无法安居乐业,赡养父母。中国人重视孝道,有浓厚的家庭观念,父母健在,则不会远行。但因为王事而不能尽孝,所以诗人发出呼天怨地的声音,强烈抗议统治者的深重压迫。

៤៩. ស្តាបសត្ថុបក្ខី

【 សេចក្តីពន្យល់ 】

សត្ថុបក្ខីហើរទៅស្តាប ទំនៅលើដើមឈើ។ ការបង្គត់ឱ្យធ្វើពលកម្មធ្ងន់ធ្ងររបស់ស្តេចចូវ ធ្វើឱ្យខ្ញុំមិនបានធ្វើស្រែចម្ការនៅផ្ទះទេ។ តើមាននរណាអាចជួយចិញ្ចឹមឪពុកម្តាយខ្ញុំបាន? ព្រះអើយ! តើពេលណាទើបខ្ញុំអាចត្រឡប់ទៅផ្ទះវិញបាន?

វគ្គដំបូងនៃ ***ស្តាបសត្ថុបក្ខី ចាំងហ៊ឺង តម្លើរកំណាព្យ***

【 បំណកស្រាយ 】

កំណាព្យនេះមាន៣វគ្គ បានរៀបរាប់អំពីការចោទប្រកាន់លើការបង្គត់ឱ្យធ្វើពលកម្ម។ សម័យបុរាណចិន ពលរដ្ឋត្រូវថ្នាក់ដឹកនាំបង្គត់ឱ្យទៅធ្វើពលកម្មដោយគ្មានប្រាក់ខែជាញឹកញាប់ នាំឱ្យពួកគាត់មិនបានទៅស្រុកកំណើតវិញ មិនបានធ្វើការងារ ដើម្បីចិញ្ចឹមគ្រួសារនិងថែរក្សាឪពុកម្តាយ។ ជនជាតិចិននកចិត្តទុកដាក់ទៅលើគ្រួសារនិងកតញ្ញូ បើឪពុកម្តាយនៅរស់នឹងមិនទៅណាឆ្ងាយចាលពួកគាត់ឡើយ ត្រូវនៅផ្ទះថែរក្សាឪពុកម្តាយ។ ពួកគេមិនបានថែរក្សាឪពុកម្តាយដោយសារការបង្គត់ឱ្យធ្វើពលកម្មនេះ។ ដូច្នេះ កវីនិពន្ធបានប្រកាន់យ៉ាងខ្លាំងនិងប្រឆាំងចំពោះការគៀបសង្កត់របស់ថ្នាក់ដឹកនាំ។

50. 葛生

【原文】

夏之日,冬之夜。百岁之后,归于其居!

《诗经·唐风·葛生》四章

【释文】

夏季白日太长,而冬天则长夜漫漫。只有在我死后,才能与你在坟墓里再相逢!

【解析】

这是一首悼亡诗歌。诗共五章。诗歌先写到白天与黑夜给人带来的矛盾,嫌白天太长,无法消除对亲人离世的思念,所以渴望黑夜,希望在睡眠中暂时忘记痛苦;但到了晚上,却又睡不着,辗转反侧,所以又希望白天早点到来。唯一的期待只能是死后,两个人能够在一起,永远不分开。生时不能相聚,死后期待相逢,这也是古代中国人的习惯思维。

៥០. វល្លិ៍ដំស្រស់បំព្រង

[សេចក្តីពន្យល់]

រដូវក្តៅពេលថ្ងៃឈូរ រដូវរងាពេលយប់ឈូរ។ មានតែខ្ញុំស្លាប់ទៅ ខ្ញុំទើបអាចជួបអ្នកនៅក្នុងផ្នូរបាន។

វគ្គទី៤នៃ *វល្លិ៍ដំស្រស់បំព្រង ចាំងហ៊ីង តម្លីរកំណាព្យ*

[បំណកស្រាយ]

កំណាព្យនេះមាន៥វគ្គ បានរៀបរាប់អំពីការកាន់ទុក្ខ។ វេលាថ្ងៃរងំណាស់ករវីពន្ធនឹកអាឡោះអាល័យដល់សមាជិកគ្រួសារដែលបានទទួលមរណភាពទៅ។ ដូច្នេះ ចង់បានដល់ពេលយប់ សង្ឃឹមថានឹងបំភ្លេចអារម្មណ៍ឈឺចាប់ក្នុងដំណេកជាបណ្ដោះអាសន្ន ប៉ុន្តែដល់ពេលយប់បែរជាគេងមិនលក់ ប្រែខ្លួនចុះឡើងៗ ហើយចង់ឱ្យមេឃឆាប់ភ្លឺចូលមកដល់។ គាត់មានក្តីសង្ឃឹមតែមួយគត់ គឺក្រោយពេលស្លាប់ ទាំងពីរនាក់នឹងអាចនៅជាមួយគ្នាជារៀងរហូត។ ជនជាតិចិនគិតថា បើមិនបានរួមរស់ជាមួយគ្នាពេលនៅរស់ ប្រហែលជានឹងអាចសម្រេចការជួបជុំគ្នាក្រោយពេលខ្លួនស្លាប់ទៅ។

51. 小戎

【原文】

小戎伐收,五楘梁辀。游环胁驱,阴靷鋈续。文茵畅毂,驾我骐馵。言念君子,温其如玉。在其板屋,乱我心曲。

《诗经·秦风·小戎》首章

【释文】

战车轻小车厢浅,用五根皮条缠绕车辕。用皮环皮扣来固定车马,用白铜环来装饰拉车的皮带。用虎皮做成的坐垫和长长的车轴,驾驶着花纹相杂的马车。想起我出征在外的丈夫,他的人品温和如美玉。如今他从军到了西戎,这让我心烦意乱。

【解析】

这是一位妇女思念她远征的丈夫的诗歌。诗共三章。诗歌回想起丈夫驾战车出征的情形,虽是战车,但装饰得整齐亮丽,可见她的丈夫是一位严谨的士兵。诗以玉写人,影响深远,此后,中国人认为玉具有仁、义、智、勇、洁五种品德,应当都是受《诗经》的启示。

៥១. រទេះចម្ប្រាំងតូច

[សេចក្តីពន្យល់]

រទេះចម្ប្រាំងធន់តូច មានបាំងរទេះតូចៗ យកខ្សែស្បែកចងទ្រូងរទេះ។ យកកងស្បែកមកផ្ដោបនឹងរទេះជាប់គឺងល្អ យកកងស្ពាន់ពណ៌សមកតុបតែងលម្អខ្មែររទេះ។ យកស្បែកខ្លាធ្វើជាទ្រនាប់អង្គុយ បងបររទេះសេះដែលមានពណ៌ចម្រុះគ្នាបែបនេះ។ ខ្ញុំនឹកដល់ប្ដីខ្ញុំ ដែលបំពេញកាតព្វកិច្ចយោធានៅកន្លែងឆ្ងាយ តរិយាបថរបស់គាត់ទន់ភ្លន់ដូចថ្មគុជ ប៉ុន្តែសព្វថ្ងៃនេះគាត់បានទៅដល់តំបន់ព្រំដែនភាគខាងលិច ពិតជាធ្វើឱ្យខ្ញុំមានអារម្មណ៍អន់ចិត្តណាស់។

វគ្គដំបូងនៃ ***រទេះចម្ប្រាំងតូច ឈីន តម្លីរកំណាព្យ***

[បំណកស្រាយ]

កំណាព្យនេះមាន៣វគ្គ បានរៀបរាប់អំពីស្ត្រីម្នាក់នឹកប្ដីដែលបំពេញកាតព្វកិច្ចយោធានៅកន្លែងឆ្ងាយ។ ស្ត្រីម្នាក់នេះ បានរំលឹកដល់ពេលដែលប្ដីជិះរទេះចម្ប្រាំង ទោះបីជារទេះនេះជារទេះចម្ប្រាំងមួយគ្រឿង ប៉ុន្តែវត្ថុត្រូវបានប្ដីតុបតែងរៀបចំយ៉ាងស្អាត បានសង្កេតឃើញចាប្ដីរបស់គាត់ជាទាហានដ៏ម៉ឺងម៉ាត់ម្នាក់។ កំណាព្យនេះយកថ្មគុជមកប្រៀបផ្ទឹមនឹងចរិតរបស់មនុស្ស វិធីបែបនេះបានជះឥទ្ធិពលយ៉ាងខ្លាំងដល់ប្រជាជនជំនាន់ក្រោយ។ ចាប់ពីពេលនោះមក ជនជាតិចិនបានចាត់ទុកថាថ្មគុជ មានតរិយាបថ៥យ៉ាងគឺ មេតា យុត្តិធម៌ ប្រាជ្ញា ភាពក្លាហាននិងបរិសុទ្ធ ដែលមានប្រភពពីតម្លីរកំណាព្យនេះ។

52. 蒹葭

【原文】

蒹葭苍苍,白露为霜。所谓伊人,在水一方。溯洄从之,道阻且长。溯游从之,宛在水中央。

《诗经·秦风·蒹葭》首章

【释文】

河边的芦苇长得茂盛青苍,秋天的白露已经结成了霜。我所爱慕的意中人,就在河水的那一边。我逆着河流去寻找她,但道路却险阻悠长。我顺着河流寻找她,她好像又在河水的中央。

【解析】

这是一首追求意中人不得的诗歌。诗共三章。诗中写诗人追求的"伊人"行止飘忽不定,难以接近。诗歌的意义在于启示我们,在追求理想的过程中,总会遇到各种曲折艰难,只有克服困难,才能收获美好的东西。

៥២. ដើមត្រែង

[សេចក្ដីពន្យល់]

ដើមត្រែងដុះយ៉ាងខៀវស្រងាត់នៅតាមដងទន្លេ ទឹកសន្សើមបានភ្លាយទៅជាសន្សើមកកនារដូរវ័រហើយ។ នារីដែលខ្ញុំស្រឡាញ់ដើរលេងនៅត្រើយម្ខាងមាត់ទន្លេនោះ។ ខ្ញុំស្វែងរកគាត់បញ្ច្រាស់ទិសទឹកទន្លេ ប៉ុន្ដែផ្លូវវែងឆ្ងាយរកមិនឃើញឡើយ។ ខ្ញុំបែរមករកគាត់តាមការហូរស្របទិសនៃទឹកទន្លេវិញ ប៉ុន្ដែគាត់ហាក់ដូចជានៅចំកណ្ដាលទឹកទន្លេនោះ។

វគ្គដំបូងនៃ ***ដើមត្រែង ឈិនហ្វឹង គម្ពីរកំណាព្យ***

[បំណកស្រាយ]

កំណាព្យនេះមានពរគ្គ បានរៀបរាប់អំពីការសុំស្នេហ៍តែបរាជ័យ។ ក្នុងបទកំណាព្យនេះ ករវិនិពន្ធតាមស្រឡាញ់នារីម្នាក់នោះ តែនាងមិននៅមួយកន្លែងទេ ធ្វើឱ្យពិបាកនៅជិតគ្នាណាស់។ អត្ថន័យនៃកំណាព្យនេះបំភ្លឺយើងថា យើងនឹងជួបក្ដីលំបាកគ្រប់បែបយ៉ាងក្នុងដំណើរសម្រេចគោលបំណងរបស់យើង មានតែពុះពាររបស់សត្ថទាំងនោះ ទើបអាចទទួលបានភាពជោគជ័យនាពេលអនាគតបាន។

詩經選譯

黄鸟
សត្វចាប

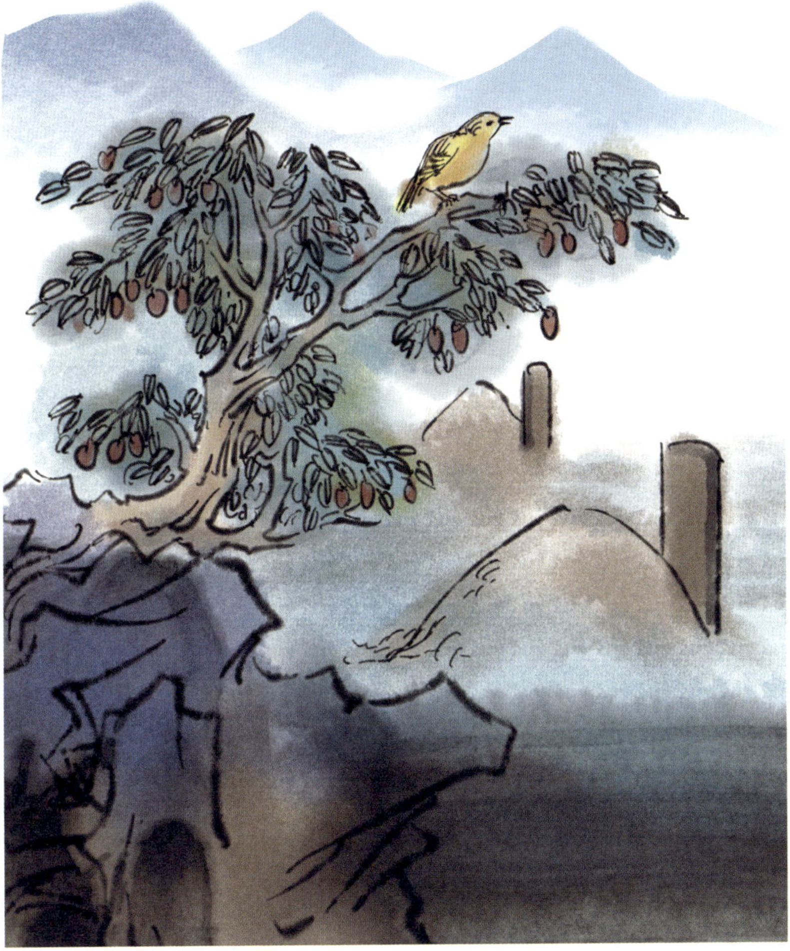

53. 黄鸟

【原文】

　　交交黄鸟,止于棘。谁从穆公?子车奄息。维此奄息,百夫之特。临其穴,惴惴其栗。彼苍者天,歼我良人!如可赎兮,人百其身!

　　　　　　　　　　　　　　　《诗经·秦风·黄鸟》首章

【释文】

　　黄雀发出"交交"的哀鸣声,飞落在酸枣树枝上。是谁追随秦穆公殉葬了?就是那个子车奄息。子车奄息啊,他的才德没有人能比得上。走近奄息的墓穴,让人战栗心惊。苍天不公平啊,灭亡我们的好善人!如果可以赎回他,我们愿死一百次来抵命!

【解析】

　　这是秦国人挽"三良"的诗歌。诗共三章。秦穆公死后,以秦国的三位良臣子车氏之三子奄息、仲行、鍼虎陪葬,秦人对此深感痛心。诗歌不仅表达了对贤人的同情,而且也对这种野蛮的殉葬习俗进行控诉。

៥៣. សត្វចាប

[សេចក្តីពន្យល់]

សត្វចាប់ស្រែកយំចេប១ ហោះហើរទំលើដើមពុទ្រា។ តើនរណាត្រូវពួកគេកប់ទាំងរស់ជាមួយស្តេចលានមួកុងដែលទទួលមរណភាពនោះ? គឺលោកនីយ៍សីុទេតើ! គ្មាននរណាមានគុណសម្បត្តិល្អជាងគាត់ទេ។ ពេលដើរជិតដល់ផ្លូវរបស់លោកពិតជាធ្វើឱ្យយើងភ័យខ្លាចណាស់។ ព្រះអើយ! ហេតុអ្វីអយុត្តិធម៌ យ៉ាងនេះ សម្លាប់មនុស្សល្អម្នាក់បែបនេះ! បើអាចជំនួសគាត់បាន យើងសុទ្ធចិត្តស្លាប់១០០ដងក៏បានដែរ។

វគ្គដំបូងនៃ *សត្វចាប ឈីនហ៊ឹង ក្នុងគម្រើរកំណាព្យ*

[បំណកស្រាយ]

កំណាព្យនេះមាន៣វគ្គ បានរៀបរាប់អំពីប្រជាជននគរឈានកាន់ទុក្ខចំពោះមហាបុរសទាំង៣នាក់។ ក្រោយពេលស្តេចលានមួកុងដែលបានទទួលមរណភាព លោកនីយ៍សីុ គឺជុំសាន និងនីចេនហ៊្វូ បងប្អូន៣នាក់ដែលជាមនុស្សមានគុណធម៌ត្រូវគេកប់ទាំងរស់ជាមួយស្តេចលានមួកុង។ ដូច្នេះ ធ្វើឱ្យប្រជាជនឈឺចាប់ខ្លាំងណាស់។ កំណាព្យមួយបទនេះ មិនត្រាន់តែបង្ហាញពីមនោសញ្ចេតនាអាណិតអាសូរដល់មនុស្សថ្លៃថ្នូរប៉ុណ្ណោះទេ ថែមទាំងចាទប្រកាន់ប្រពៃណីបែបនេះដែលគ្មានមនុស្សធម៌ទៀតផង។

54. 晨风

【原文】

　　山有苞棣,隰有树檖。未见君子,忧心如醉。如何如何?忘我实多!

　　　　　　　　　　《诗经·秦风·晨风》三章

【释文】

　　山上长满了棣树,洼地长有山梨树。没有看见我的丈夫,我心里忧愁得就像喝醉了酒。我应该怎么办呀?或许他早已经把我忘记了!

【解析】

　　这是一位妇女疑心被丈夫抛弃的诗歌。诗共三章。诗先以山上树木丛生起兴,大自然生机勃勃,但这位妇女心中却如醉酒一般无精打采,原因是她的丈夫外出太久,又毫无音讯,从而感觉自己被丈夫抛弃了。

៥៤. សត្វបក្សីសាហាវ

[សេចក្តីពន្យល់]

ដើមឱដុះពេញលើភ្នំ ដើមប៉ៃដុះនៅតបន់ទំនាប។ ខ្ញុំពិតជាឈឺចាប់និងព្រួយបារម្មណាស់ ហាក់បីដូចជាដឹកស្រាស្រវឹងដោយសារមិនបានជួបប្តីខ្ញុំ។ តើខ្ញុំគួរតែធ្វើយ៉ាងណា? ប្រហែលគាត់ភ្លេចខ្ញុំបាត់ហើយ។

វគ្គទី៣នៃ *សត្វបក្សីសាហាវ ឈីនហ្វឹង តម្លីរកំណាព្យ*

[បំណកស្រាយ]

កំណាព្យនេះមាន៣វគ្គ បានរៀបរាប់អំពីស្ត្រីម្នាក់សង្ស័យថាត្រូវប្តីគាត់បោះបង់ចោល។ កំណាព្យនេះ ចាប់ផ្តើមដោយដើមឈើដុះលើភ្នំ ទេសភាពពោរពេញដោយភាពបៃតងរស់រវើក ប៉ុន្តែស្ត្រីម្នាក់នេះឈឺចាប់ដូចជាបានដឹកស្រាស្រវឹងដោយសារប្តីគាត់ចេញទៅខាងក្រៅបាត់រយៈពេលយូរហើយ និងគ្មានដំណឹងជូនមកទៀតផង។ ដូច្នេះ គាត់គិតថាត្រូវបានប្តីគាត់បោះបង់ចោលហើយ។

詩經選譯

无衣
គ្មានឈុតចម្រាំង

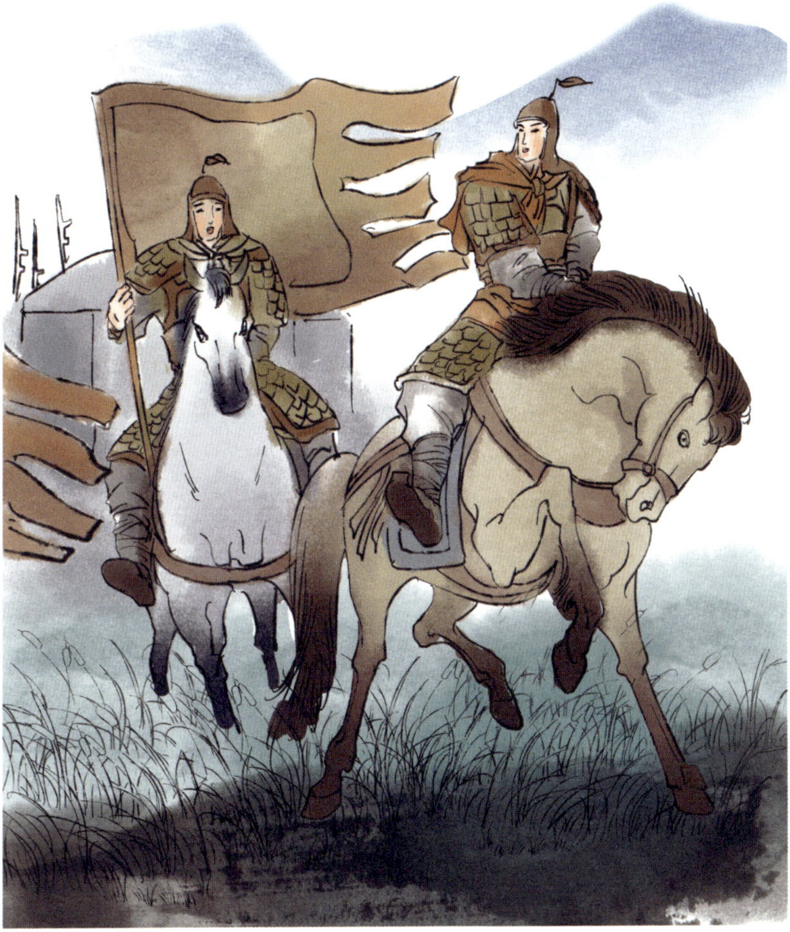

55. 无衣

【原文】

岂曰无衣？与子同袍。王于兴师，修我戈矛，与子同仇！

《诗经·秦风·无衣》首章

【释文】

怎么能说没有衣服穿呢？我和你合穿一件战袍。君王要起兵打仗，我们修理好戈矛，共同对付入侵的敌人！

【解析】

这是一首秦地的军中战歌。诗共三章。全诗充满慷慨激昂、热情互助的气氛，表现战士们英勇抗敌的精神。大约在公元前771年，因周幽王无道而导致外族入侵镐京，秦人靠近京畿，与周王室休戚相关，遂奋起反抗。周王虽昏庸，但士兵踊跃杀敌，抵抗外族，表现了强烈的爱国主义精神。"同袍"一词也成了战友的代名词。

៥៥. គ្មានឈ្នះចម្បាំង

[សេចក្ដីពន្យល់]

ហេតុអ្វីបានជាអ្នកស្មានថា ខ្ញុំគ្មានសមត្ថភាពបំពាក់? ខ្ញុំនឹងពាក់អាវក្រោះតែម្នួយរូបជាមួយអ្នក។ មនុស្សនាំនឹងប្រកាសសង្គ្រាម ទាហានយើងទាំងអស់គ្នាបានជួសជុលសម្រេចលំពែងរួចហើយ ដើម្បីរួមគ្នាប្រឆាំងនឹងសត្រូវដែលឈ្លានពានទឹកដីយើង។

វត្ថុដំបូងនៃ **គ្មានឈ្នះចម្បាំង ឈិនហ៊ឹង គម្ពីរកំណាព្យ**

[បំណកស្រាយ]

កំណាព្យនេះមានពាក្យ ជាចម្រៀងសមរភូមិនៃជំរុំទ័ពទៅនៅគរណាន។ កំណាព្យមួយនេះ ពោរពេញដោយបរិយាកាសស្កៀតតឹងនិងផ្ទៀវភ្លា បង្ហាញពីសេចក្ដីក្លាហានរបស់ទាហាន។ ប្រហែលនៅមុនគ.ស.៧៧១ នគរផ្សេងចូលមកឈ្លានពានទីក្រុងខៅជីងដែលជារាជធានីរបស់រាជវង្សចូវខាងលិច ដោយសាររបបផ្ដាច់ការយ៉ាងឃោរឃៅរបស់ស្ដេចចូរយៅវ៉ាំង។ ទោះបីជាក្បត់ដឹកនាំគ្មានសមត្ថភាពក្ដី តែទាហាននៅប្រយុទ្ធប្រឆាំងជាមួយនឹងសត្រូវយ៉ាងក្លាហាន រឿងនេះបានបង្ហាញអំពីការស្នេហាជាតិយ៉ាងខ្លាំងក្លា។ ពាក្យ **ឈ្នះចម្បាំង** គឺមាននន័យថា **យុទ្ធមិត្ត**។

57. 衡门

【原文】

岂其食鱼，必河之鲂？岂其取妻，必齐之姜？

《诗经·陈风·衡门》二章

【释文】

难道我们吃鱼，一定要吃河中的鲂鱼吗？难道我们娶妻子，一定要娶齐国的姜姓女子吗？

【解析】

这是一位没落贵族安于贫贱、自我宽慰的诗。诗共三章。这位贵族有过风光体面的日子，可以吃最好的东西，也可以娶最美的女子为妻。然而落魄以后就只能自我安慰了。春秋时，齐国的统治者姓姜，齐国是当时的强国，也是当时众多诸侯国联姻的首选之国，所以诗以齐姜代指美女。当然，如果抛开这个背景来看这首诗的话，诗歌倒是给我们一些启示：人世间的佳肴、美女并非都适合每个人，我们只需要找到适合自己的，那就是最好的。

៥៧. សុំមទ្ទារ

[សេចក្ដីពន្យល់]

ពេលយើងញាំត្រី តើប្រាកដថានឹងញាំតែត្រីgurnardមួយប្រភេទនេះក្នុង ទន្លេដែរឬយ៉ាងណា? ពេលយើងយកប្រពន្ធ តើគង់តែនឹងយកប្រពន្ធដែលមាន នាមត្រកូលជាជាំង[1] នៃនគរឈីឬយ៉ាងណា?

វគ្គទី២នៃ *សុំមទ្ទារ ឈិនហ្គីង តម្លីរកំណាព្យ*

[បំណកស្រាយ]

កំណាព្យនេះមានពាវគ្គ បានរៀបរាប់អំពីអភិជនម្នាក់ល្អងចិត្តខ្លួនឯងពេល គាត់បានធ្លាក់ខ្លួនក្រ។ អតីតអភិជនម្នាក់នេះ ធ្លាប់មានទ្រព្យសម្បត្តិច្រើននិងមាន កេរ្ដិ៍ឈ្មោះល្បីប្រពៃ អាចញាំមួបអាហារថ្លៃនិងឆ្ងាញ់ៗជាងគេ និងអាចយកប្រពន្ធ ស្អាតដាច់គេបាន ប៉ុន្ដែដល់ពេលធ្លាក់ខ្លួនក្រ មានតែល្អងចិត្តខ្លួនឯងបែបនេះ។ សម័យរដូវផ្ការីកនិងស្លឹកឈើជ្រុះ(៧៧០-៤៧៥មុនគ.ស.) ថ្នាក់ដឹកនាំនៃនគរ ឈីមាននាមត្រកូលជាជាំង នគរឈីជានគរមួយដែលមានអំណាចខ្លាំងនៅពេល នោះ។ ហេតុនេះ នគរចំណុះផ្សេងៗទៀតចង់យកប្រពន្ធដែលជាជនជាតិឈី ដើម្បីបង្កើនការប្រាស្រ័យទាក់ទងជាមួយនឹងនគរនេះ។ ដូច្នេះ គេបានប្រើពាក្យ ឈីជាំងមកតំណាងឱ្យស្រីស្អាត។ កំណាព្យនេះ អប់រំទូន្មានយើងថា មួបឆ្ងាញ់និង នារីស្អាតមិនមែនសមស្របសម្រាប់អ្នកទាំងអស់គ្នាទេ យើងគួរតែស្វែងរកអ្វីដែល សក្ដិសមនឹងខ្លួនឯងទើបជាការល្អបំផុត។

---

[1]ជាំង ជានាមត្រកូលរបស់ស្ដេចនៃនគរឈី។

詩經選譯

月出
ព្រះចន្ទរះ

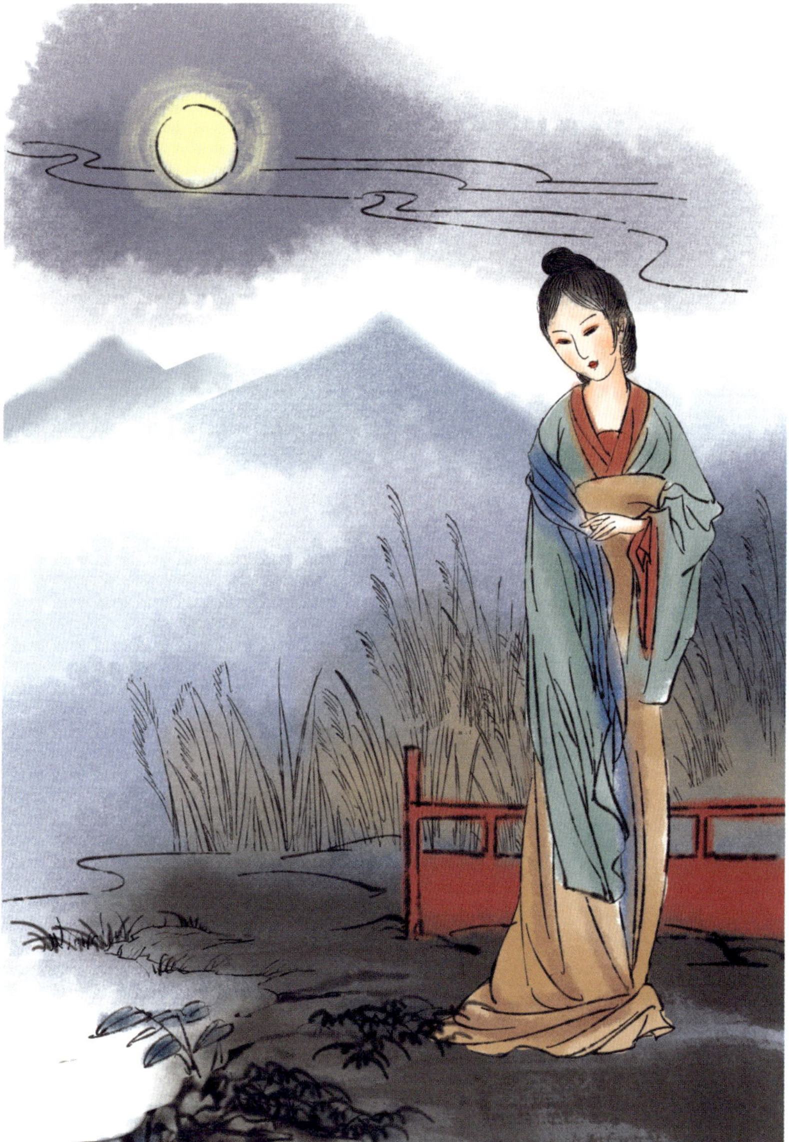

58. 月出

【原文】

月出皎兮,佼人僚兮,舒窈纠兮,劳心悄兮!

《诗经·陈风·月出》首章

【释文】

月亮出来月光皎洁,月下的美人更娇美,她苗条又娴雅,让我思念心烦忧!

【解析】

这是一首月夜怀人的诗。诗共三章。诗写夜月初升而思及爱人,其迷离朦胧的意境和忧伤的感情,对中国文化影响尤大。此后的文人或因游学仕宦,或因其他种种原因,往往不能与家人团聚,常借明月的团圆来反衬诗人之孤独。

៥៨. ព្រះចន្ទរះ

[សេចក្ដីពន្យល់]

ព្រះចន្ទរះបញ្ចេញពន្លឺស្រទន់ល្អ នៅក្រោមពន្លឺព្រះចន្ទមាននារីម្នាក់ស្រស់ស្អាត គាត់មានរាងកូចច្រឡឹងនិងទន់ភ្លន់ ធ្វើឱ្យខ្ញុំមានចិត្តនឹកអាល័យក្រៃពេក។ វត្ថុដំបូងនៃ *ព្រះចន្ទរះ ឈិនហ្វឺង គម្មីរកំណាព្យ*

[បំណកស្រាយ]

កំណាព្យនេះមានពរវគ្គ បានរៀបរាប់អំពីការនឹករវីម្នាក់នៅពេលយប់។ ករវិនិពន្ធនឹកដល់អ្នកដែលគាត់ស្រឡាញ់ ពេលព្រះចន្ទរះមានទិដ្ឋភាពស្រទន់ល្អបែបនេះ ហើយក៏បានជះឥទ្ធិពលយ៉ាងខ្លាំងដល់វប្បធម៌ចិន។ ចាប់ពីពេលនោះមក អ្នកប្រាជ្ញមិនបានជួបជុំគ្រួសារដោយសារមូលហេតុជាច្រើនដូចជា ទៅសិក្សាឬធ្វើមន្ត្រី ដើម្បីបំពេញកាតព្វកិច្ចនៅកន្លែងឆ្ងាយជាដើម។ ពួកគាត់តែងតែយក ព្រះចន្ទដែលមានរូបរាងមូលមកកន្លះបញ្ចាំងពីភាពឯកោរបស់ខ្លួនឯង។

60. 隰有苌楚

【原文】

隰有苌楚,猗傩其枝。夭之沃沃,乐子之无知!

《诗经·桧风·隰有苌楚》首章

【释文】

低湿地里长满了羊桃,树枝婀娜多姿。树木长得细嫩有光泽,我爱慕你的纯真和淳朴啊!

【解析】

这是女子爱慕一个未婚的男子的恋歌。诗共三章。诗歌以低湿地上长出鲜嫩的羊桃起兴,写一位女子对纯真淳朴的男子的爱慕之情。在中国文化里,对真诚坦率、保有赤子之心的人非常欣赏;而对那些在世俗社会中变得机心重重的人,多不持赞赏的态度。诗中这位男子,正如山间的草木一样纯真淳朴,这正是这个女子所爱慕的。

៦០. ដើមស្ពឺដែលដុះនៅដីទំនាប

【 សេចក្តីពន្យល់ 】

ដើមស្ពឺដុះពាសពេញលើតំបន់ទំនាប មេកស្រស់បំព្រងពណ៌ខៀវស្រងាត់។ ងដើមលើវិញក៏ដុះយ៉ាងល្អស្រស់បំព្រងដែរ អូនពេញចិត្តនឹងភាពស្មោះត្រង់និងភាពបរិសុទ្ធរបស់បង។

វគ្គដំបូងនៃ *ដើមស្ពឺដែលដុះនៅដីទំនាប ហ៊ុយហ៊ឹង គម្ពីរកំណាព្យ*

【 បំណកស្រាយ 】

កំណាព្យនេះមានពារគ្គ បានពណ៌នាអំពីនារីដែលមានចិត្តស្រឡាញ់បុរសម្នាក់។ កំណាព្យចាប់ផ្តើមដោយដើមស្ពឺដុះនៅក្នុងដីទំនាប មកបញ្ជាក់អំពីសេចក្តីស្នេហាចំពោះប្រុសម្នាក់ដ៏ស្មោះត្រង់។ វប្បធម៌ចិន គឺជនជាតិចិនគោរពមនុស្សដ៏ស្មោះត្រង់ ហើយស្អប់ខ្ពើមមនុស្សដែលមានចិត្តរៀចរវៃ។ កំណាព្យនេះបានរៀបរាប់ពីបុរសម្នាក់ដែលមានលក្ខណៈស្មោះត្រង់និងមានភក្តីភាពដូចជាស្តៅ និងដើមឈើដែលបានធ្វើឱ្យនារីម្នាក់នេះចាប់ចិត្តស្រឡាញ់យ៉ាងខ្លាំង។

61. 鸤鸠

【原文】

　　鸤鸠在桑,其子七兮。淑人君子,其仪一兮。其仪一兮,心如结兮。

《诗经·曹风·鸤鸠》首章

【释文】

　　布谷鸟在桑树上筑巢,无私地喂养七只小鸟儿。那些善良有才德的好君子,他们的言行都是一致的。他们表里如一,忠诚之心如磐石般坚固。

【解析】

　　这是赞美在位统治者的诗。诗共四章。诗歌以鸤鸠有七子起兴,飞鸟有七子,但人的言行必须表里如一。中国人讲究忠信诚实,待人诚恳,言必信,行必果,这是淑人君子应当具备的最基本美德。

៦១. សត្តាវរៃ

[សេចក្តីពន្យល់]

សត្តាវរៃធ្វើសំបុកនៅលើដើមមន ដើម្បីចិញ្ចឹមកូនចំនួនពីក្បាលដោយមិនគិតពីការសង់គុណអ្វីទេ។ សុភាពបុរសដែលមានចិត្តល្អនិងមានគុណធម៌បែបនេះ ពាក្យសំដីនិងទង្វើរបស់គាត់ គឺតែមួយ។ តរិយាបថខាងក្រៅនិងខាងក្នុងរបស់គាត់ គឺដូចគ្នា ហើយទឹកចិត្តស្មោះត្រង់ហាក់ដូចជាដុំថ្មដ៏រឹងមាំអ្វីចឹងដែរ។

វត្ថុដំបូងនៃ ***សត្តាវរៃ នៅហឹង តម្លើរកំណាព្យ***

[បំណកស្រាយ]

កំណាព្យនេះមាន៤វគ្គ ជាបទកំណាព្យមួយដែលលោកសរសើរថ្នាក់ដ៏កនាំ។ កំណាព្យចាប់ផ្តើមដោយសត្តាវរៃមានកូនចំនួនពីក្បាល ដើម្បីបង្ហាញថាសត្តាវរៃក៏អាចចិញ្ចឹមកូនទាំងពីក្បាលដោយភាពស្មើគ្នាបានដែរ។ រីឯមនុស្សវិញក៏គួរតែមានអំពើនិងពាក្យសម្តីដូចគ្នាដែរ។ ប្រជាជនចិនប្រកាន់ខ្ជាប់នូវភាពស្មោះត្រង់ ភក្តីភាព និងជឿជាក់គ្នា។ សុភាពបុរស គឺគួរតែមានមារយាទទាំងនេះ។

62. 下泉

【原文】

冽彼下泉,浸彼苞稂。忾我寤叹,念彼周京。

《诗经·曹风·下泉》首章

【释文】

地下的泉水非常冷冽,淹泡得杂草都难以生长。我睡醒之后心中充满了感慨,总是想念以往稳定的京城。

【解析】

这是曹人赞美晋国的诗。诗共四章。春秋末期,周王室内乱,晋文公派人护持周王室,得到曹人的赞美。东周初期,周天子对天下诸侯尚有相当的约束力,天下也相对太平。但自从天子失政之后,诸侯争霸,天下动荡,百姓失所,人民思念周京,也就是对太平社会的期待。

៦២. ទឹកធុសពីក្រោមដី

【 សេចក្ដីពន្យល់ 】

ទឹកធុសចេញពីក្រោមដីត្រជាក់ណាស់ ធ្វើឱ្យស្ពៃពិបាកដុះរីង។ ពេលខ្ញុំភ្ញាក់ឡើងក៏មានសេចក្ដីសោកស្ដាយក្នុងចិត្ត និងនឹករលឹកដល់ស្ថានភាពសុរិភាពនៅអតីតរាជធានី។

វគ្គដំបូងនៃ ***ទឹកធុសពីក្រោមដី នៅហឹង តម្លឺកំណាព្យ***

【 បំណកស្រាយ 】

កំណាព្យនេះមាន៤វគ្គ បានពណ៌នាអំពីជនជាតិនគរនៅ[1] កោតសរសើរពីសុរិភាពសង្គមនៅនគរជីន[2]។ នៅចុងសម័យដូវផ្ការីកនិងស្លឹកឈើជ្រុះ(៧៧០-៤៧៥មុន គ.ស.) រាជវង្សចូរមានការវណ្ឌោមតំណែងនឹងគ្នា។ ហេតុនេះ ស្តេចជឹងវិនកុង[3]បានបញ្ជូនជនជាតិនគរជីនទៅជួយដោះស្រាយបញ្ហាទាំងនេះ។ រឿងនេះ បានទទួលការសរសើរពីជនជាតិនគរនៅ។ នៅដើមរាជវង្សចូរខាងកើត ស្តេចចូរមានអំណាចអាចគ្រប់គ្រងនគរចំណុះនានាបាន។ ដូច្នេះ ក្នុងសង្គម គឺមានសុរិភាព។ ប៉ុន្តែចាប់ពីពេលដែលស្តេចរបស់នគរនេះទទួលបរាជ័យលែងមានអំណាចមក នគរចំណុះនានាបានក្រោកឡើងមកដណ្ដើមអំណាច នាំឱ្យសង្គមមានភាពរញ្ជេរញ្ជើមិននឹងនរ ធ្វើឱ្យពលរដ្ឋចាប់បង់ក់ន្លែងជ្រះសំបែង ហេតុនេះហើយប្រជាពលរដ្ឋក៏នឹកដល់ជីវភាពដ៏ល្អនៅទីក្រុងចូរជីង សង្ឃឹមចង់បានសង្គមដែលមានសន្ដិភាពនេះវិញ។

---
[1] នគរនៅ ជានគរមួយនៅរាជវង្សចូរ
[2] នគរជីន ជានគរមួយនៅរាជវង្សចូរ។
[3] ស្តេចជឹងវិនកុង ជាស្តេចមួយអង្គនៃនគរជីន។

63. 七月

【原文】

　　二之日凿冰冲冲，三之日纳于凌阴。四之日其蚤，献羔祭韭。九月肃霜，十月涤场。朋酒斯飨，曰杀羔羊。跻彼公堂，称彼兕觥，万寿无疆！

　　　　　　　　　　　　　　　　《诗经·豳风·七月》八章

【释文】

　　腊月里开凿冰块咚咚地响，正月又要送去冰窖里。二月取出冰块来为祭礼作准备，献上韭菜和羊羔作为祭品。九月天高气爽，十月清扫打谷场。用两壶美酒来招待客人，再宰杀羔羊。走进乡亲们集会的公堂上，举起手中的酒杯，齐声高祝万寿无疆！

【解析】

　　这是叙写西周农民一年辛苦劳作的诗。诗共八章。诗歌写人民终年劳作的情况，这一章则是写他们为贵族统治者大办酒宴、庆贺祝寿的事。中国人有浓厚的尊祖祈福的观念，在年终岁末，往往要祭祀祖先，感谢祖先的保佑与恩赐。

៦៣. ខែកក្កដា

[សេចក្ដីពន្យល់]

ខែធ្លូប្រជាជនកាត់ដុំទឹកកកទូង១ ចាំដល់ខែមករាបញ្ជូនទៅក្នុងបន្ទប់ទឹក កក។ យកទឹកកកដែលបានបម្រុងទុកនោះទៅរៀបចំពិធីសក្ការៈបូជានៅខែកុម្ភៈ រៀបចំបន្លែនិងសាច់កូនចៀមធ្វើជាគ្រឿងបូជា។ ខែកញ្ញាមានអាកាសធាតុល្អ ប្រសើរឡើងវិញ ឯនៅខែតុលាប្រជាជនបោសសម្អាតកន្លែងបោកស្រូវ។ គេធ្វើពិធី ជប់លៀងអបអរញ៉ាំញ៉ីក្នុងក្ដីរីករាយសមកចូលរួម រៀបចំស្រាភ្ញាញ់ល្អជូនចំពោះភ្ញៀវនិង សម្ភាប់កូនចៀមទៀតទៅទឹកកន្លែងជួបជុំគ្នា។ ភ្ញៀវទាំងអស់បានលើកពែងស្រាមក ជូនពរឱ្យមានអាយុយឺនយូរទៅវិញទៅមក។

វគ្គទី៨នេះ **ខែកក្កដា ប៉ុនហ៊ឹង តម្លីរកំណាព្យ**

[បំណកស្រាយ]

កំណាព្យនេះមាន៨វគ្គ បានពណ៌នាអំពីកសិករឈ្មោះយាមធ្វើការអស់មួយឆ្នាំ។ វគ្គនេះរៀបរាប់អំពីប្រជាជនរៀបចំពិធីជប់លៀងអបអរសាទរជូនអភិជនដែលជា អ្នកដឹកនាំ។ ជនជាតិចិន មានគំនិតគោរពបុព្វបុរសដូនតាខ្លាំងណាស់។ អ៊ីចឹង ហើយនៅចុងឆ្នាំ តែងតែប្រារព្ធពិធីបូជាដល់ដូនតា ដើម្បីថ្លែងអំណរគុណចំពោះ អំណោយផលនិងការការពារ។

鹿鳴
ក្តាន់ស្រែកហៅ

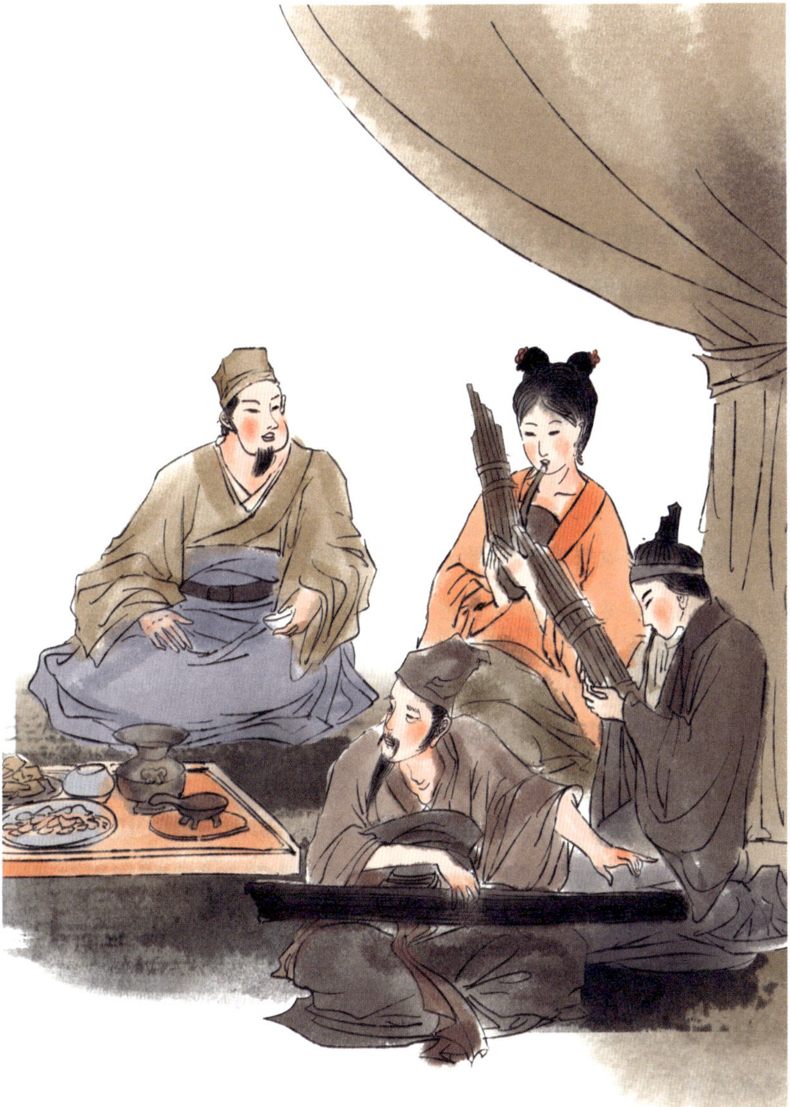

詩經選譯

伐木
កាប់ដើមឈើ

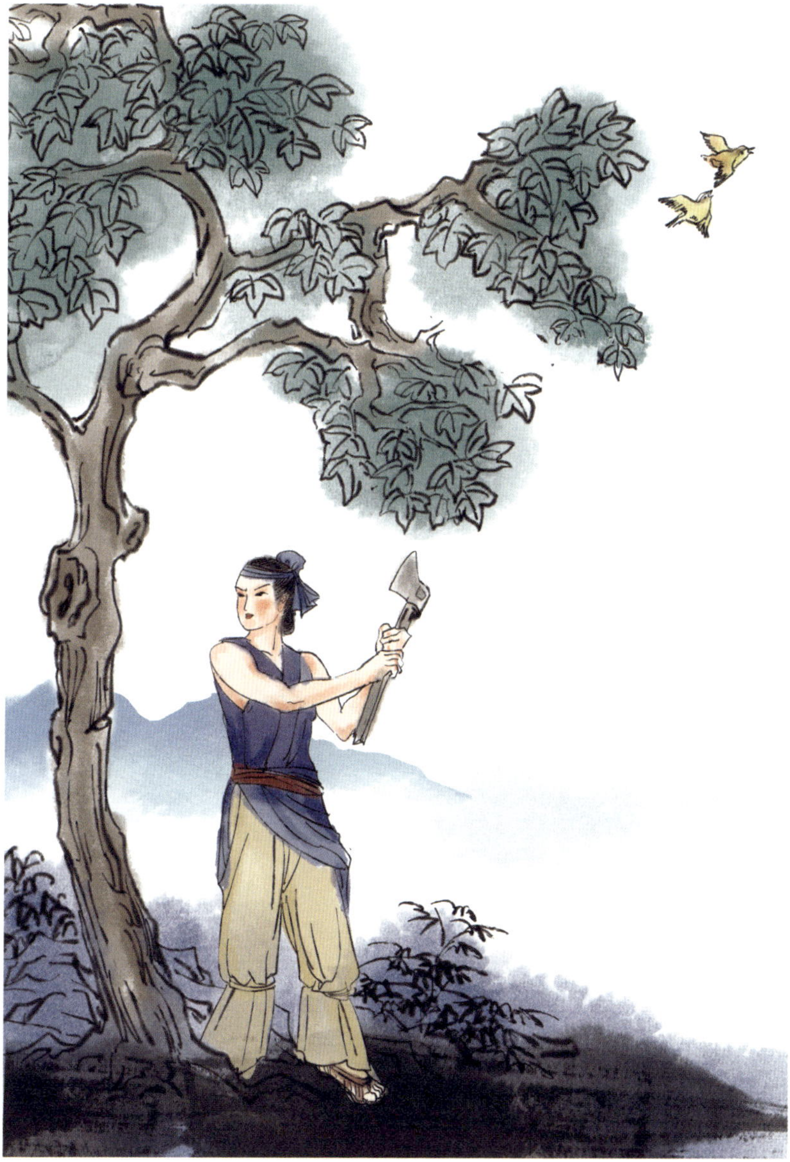

66. 伐木

【原文】

伐木丁丁，鸟鸣嘤嘤。出自幽谷，迁于乔木。嘤其鸣矣，求其友声。相彼鸟矣，犹求友声。矧伊人矣，不求友生？神之听之，终和且平。

《诗经·小雅·伐木》首章

【释文】

砍伐树木时发出叮叮的响声，小鸟嘤嘤地鸣叫。小鸟虽然来自深谷，却飞到高树上筑巢。小鸟嘤嘤地叫唤，是在呼唤朋友。看看这些小鸟儿，它们尚且寻找朋友。何况我们这些人，怎能不结交朋友？天上的神明都能听见我们交友的心声，它定会赐予我们和乐安宁。

【解析】

这是一首宴享亲友故旧的诗歌。诗共三章。诗歌以飞鸟从山谷高飞到高树上建巢起兴，写人应当结交朋友，相互切磋。中国古人很重视交友，而且应当结交比自己优秀的朋友，以提高修养。诗歌中的"出于幽谷，迁于乔木"，就是讲人起步虽低，但可以通过努力来提高学问、道德。

៦៦. កាប់ដើមឈើ

[សេចក្តីពន្យល់]

ពេលពុះឈើ វាបានបញ្ចេញសំឡេងលឺគីង១ សត្វបក្សីយំចេចច ចាច។ ទោះបីជាកូនបក្សីមកពីជ្រលងដងណាក្តី តែពួកគេបានហោះឆ្លាយទៅដល់ដើមឈើខ្ពស់ដើម្បីធ្វើសំបុក។ ស្ងួរសំឡេងសត្វបក្សីយំ និងស្រុកច្រៀង ជាសញ្ញាហៅមិត្តភក្តិ។ សូម្បីតែសត្វបក្សីក៏មានបំណងទៅសេពគប់មិត្តភក្តិដែរ។ ចុះយើងជាមនុស្ស មិនទៅសេពគប់មិត្តភក្តិម្ដេចនឹងកើត? ទេវតានៅលើហានស្ងួតអាចស្តាប់ពីបំណងចង់សេពគប់មិត្តភក្តិរបស់យើង លោកប្រាកដជានឹងជួនពរឱ្យយើងមានសេចក្តីសុខនិងសុភមង្គលជាក់ជាមិនខាន។
វគ្គដំបូងនៃ **កាប់ដើមឈើ សោយ៉ា គម្ពីរកំណាព្យ**

[បំណកស្រាយ]

កំណាព្យនេះមានពាវគ្គ បានពណ៌នាអំពីការរៀបចំពិធីជប់លៀងសម្រាប់អញ្ជើញមិត្តសម្លាញ់មកចូលរួម។ កំណាព្យនេះ ចាប់ផ្ដើមដោយបក្សាបក្សីមកពីជ្រលងដងអូរដ៏ឆ្ងាយហើរទៅដើមឈើខ្ពស់ដើម្បីធ្វើសំបុក ដើម្បីឱ្យយើងដឹងថាបុគ្គលម្នាក់១ត្រូវតែសេពគប់មិត្តភក្តិ។ ជនជាតិចិនផ្ដោតសំខាន់ទៅការលើការសេពគប់មិត្តភក្តិ ព្រមទាំងគូរតែស្គាល់មិត្តភក្តិដ៏ល្អប្រសើរ ដើម្បីរៀនសូត្រពីគ្នាទៅវិញទៅមក។ ទោះបីជាមនុស្សនោះ គ្មានទេពកោសល្យក៏ដោយ តែក៏អាចពង្រីកចំណេះដឹងនិងលើកកម្ពស់សមត្ថភាពដោយការខិតខំប្រឹងប្រែងបានដែរ។

67. 天保

【原文】

如月之恒,如日之升。如南山之寿,不骞不崩。如松柏之茂,无不尔或承。

《诗经·小雅·天保》六章

【释文】

您好像上半夜升起的月亮一样渐满,您如同东升的太阳一样有朝气。您如南山一般高寿,永远不会亏损和崩塌。您如松柏一样茂盛青翠,子子孙孙永远繁衍传承。

【解析】

这是一首臣子祝颂君主的诗。诗共六章。诗歌用了四个比喻来表达美好的祝愿,月恒日升、山高松茂,这都是大自然里恒久不变的现象,用以祝愿短暂的人生。这个祝寿之词,在中国后来的文化里,演变成了"寿比南山不老松"这么简单的一句话,寄寓了人们对长寿的美好期待。

៦៧. ព្រះប្រទានពរ

[សេចក្ដីពន្យល់]

សូមជូនពរមានសេចក្ដីសុខប្រៀបដូចព្រះច័ន្ទរះពេញបូរមី មានថាមពលប្រៀបដូចព្រះអាទិត្យភ្លឺចែងចាំងរះពីទិសខាងកើត។ សូមឱ្យមានអាយុវែងប្រៀបដូចភ្នំណានសាន[1] ដែលនឹងនមិនដួលរលំជារៀងរហូត។ សូមជូរឱ្យមានកូនចៅបន្តត្រប់ជំនាន់ ដូចជាដើមស្រល់ប្រកបដោយភាពបៃតងស្រស់ជានិរន្ដរ៍។

វគ្គទី៦នៃ *ព្រះប្រទានពរ សៅយ៉ា តម្លើរកំណាញ់*

[បំណកស្រាយ]

កំណាញ់នេះមាន៦វគ្គ បានរៀបរាប់អំពីមន្ដ្រីរាជការថ្វាយព្រះពរព្រះមហាក្សត្រ។ កំណាញ់នេះ បានប្រើការប្រៀបធៀប៤ចំណុច មកបង្ហាញនូវការជូនពរដ៏ល្អប្រសើរឥមាន ព្រះច័ន្ទរះពេញបូរមី ព្រះអាទិត្យរះពីទិសខាងកើត ភ្នំណានសានដ៏ខ្ពស់ និងដើមស្រល់មានសម្រស់បៃតងស្រស់អមតៈ។ ទាំងនេះជាទិដ្ឋភាពនិងបាតុភូតមិនងាយផ្លាស់ប្ដូរនៅលើពិភពលោក។ ពាក្យជូនពរអាយុយឺនយូរនៅក្នុងវប្បធម៌ចិន នៅជំនាន់ក្រោយបានក្លាយទៅជាឃ្លាគឺ សូមមានអាយុវែងដូចជាដើមស្រល់នៅភ្នំណានសាន ហើយក៏ជាក្ដីសង្ឃឹមដ៏ល្អប្រសើរសម្រាប់បញ្ញាក់ពីអាយុយឺនយូរក្នុងលោក។

---

[1]ភ្នំណានសាន ជាភ្នំមួយនៅស្ថិតនៅខេត្តស៊ីអាន ជានិមិត្តសញ្ញានៃអាយុយឺនយូរ។

詩經
選譯

采薇
បេះសណ្ដែកទ្រែង

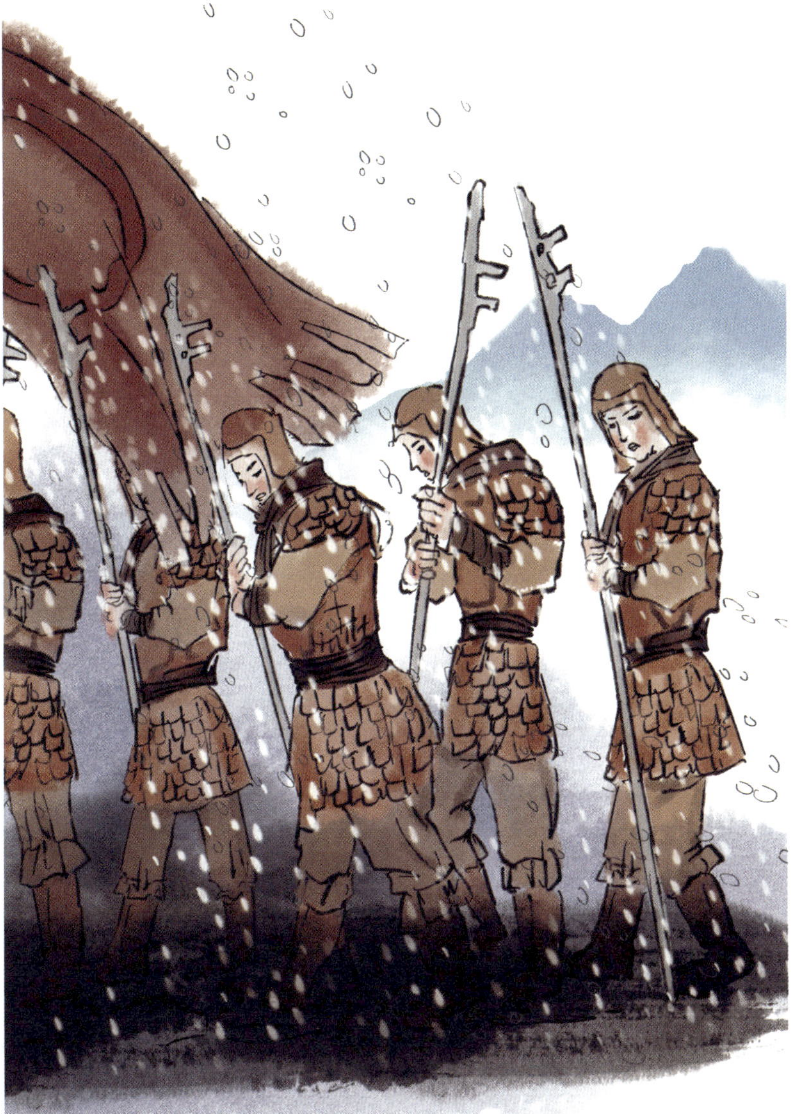

68. 采薇

【原文】

　　昔我往矣,杨柳依依。今我来思,雨雪霏霏。行道迟迟,载渴载饥。我心伤悲,莫知我哀!

《诗经·小雅·采薇》六章

【释文】

　　当初我出征的时候,杨柳枝条随风轻摆。如今我征战归来,大雪却纷纷漫漫。回家的道路泥泞曲折,我也饥渴疲惫。我心里充满了伤悲,但这些悲哀有谁能理解!

【解析】

　　这是一位守边兵士在归途中写的诗。诗共六章。西周末年,北方少数民族势力强悍,频繁入侵中原。戍守边塞的将士满腔热情,抗击外患,保家卫国。诗歌用对比的手法,先回忆起出征之时天朗气清,归来时则雨雪纷飞,这也暗示了出征时为国征战的踊跃积极,而多年的征战之后则是满腔悲伤。杨柳依依的明丽景色,与悲伤的感情反衬,正是中国文学以乐景写哀情的传统。

៦៨. បេះសណ្ដែកទ្រើង

[សេចក្ដីពន្យល់]

ពេលខ្ញុំធ្វើដំណើរបំពេញបេសកកម្មចូលបម្រើទ័ព មែករបស់ដើមស្ងួលយោលយោគស្រាល១តាមខ្យល់បក់រំភើយ១។ សព្វថ្ងៃនេះ ខ្ញុំបានបញ្ចប់បេសកកម្មរួចត្រឡប់មកផ្ទះវិញ បែរជាធ្លាក់ព្រិលយ៉ាងខ្លាំង១។ ការធ្វើដំណើរត្រឡប់ទៅផ្ទះបានជួបនឹងការលំបាកជាច្រើននៅតាមផ្លូវ ធ្វើឱ្យខ្ញុំហ្មូនបាយ ស្រកទឹក នឿយហត់ណាស់។ ខ្ញុំពិតជាលីចាប់ណាស់ ប៉ុន្តែគ្មាននរណាដឹងពីអារម្មណ៍របស់ខ្ញុំទាំងនេះទេ។

វគ្គទី៦នៃ ***បេះសណ្ដែកទ្រើង សៅយ៉ា គម្ពីរកំណាព្យ***

[បំណកស្រាយ]

កំណាព្យនេះមាន៦វគ្គ បានតែងឡើងដោយទាហានការពារព្រំដែនម្នាក់នៅតាមផ្លូវដំណើរត្រឡប់ទៅផ្ទះវិញ។ ចុងរាជវង្សចូវខាងលិច ជនជាតិភាគតិចស្ថិតនៅភាគខាងជើង ដែលមានអនុភាពខ្លាំងមកឈ្លានពាននគរដែលមានទីតាំងស្ថិតនៅតំបន់ទំនាបភាគខាងកណ្ដាល។ ទាហានការពារព្រំដែនដែលមានភាពក្លាហាននិងស្នេហាជាតិ គឺសកម្មនៅក្នុងការប្រយុទ្ធនឹងសត្រូវ ដើម្បីការពារជាតិ។ កំណាព្យនេះ រៀបរាប់ដោយប្រើវិធីប្រៀបធៀប ដំបូងឡើយបានរំលឹកដល់អាកាសធាតុដ៏ល្អប្រសើរនៅពេលចេញដំណើរប្រយុទ្ធនឹងសត្រូវ ផ្ទុយពីនេះ អាកាសធាតុត្រជាក់និងមានព្រិលពេលទៅ គឺការប្រៀបធៀបទាំងពីរ បានបង្ហប់អត្តន័យថាទាហានម្នាក់នេះ សកម្មក្នុងការប្រយុទ្ធនឹងសត្រូវ ដើម្បីការពារទឹកដី។ ក្រោយពេលបញ្ចប់សង្គ្រាមហើយ គាត់បែរជាកើតទុក្ខទៅវិញ។ ការយកទេសភាពដ៏ស្រស់ស្អាតប្រៀបធៀបជាមួយនឹងអារម្មណ៍សោកសៅ ជារបៀបតែងកំណាព្យបែបបុរាណរបស់អ្នកអក្សរសាស្ត្រចិន។

69. 杕杜

【原文】

陟彼北山,言采其杞。王事靡盬,忧我父母。檀车幝幝,四牡痯痯,征夫不远!

《诗经·小雅·杕杜》三章

【释文】

我登上那座北山,采摘着山上的枸杞。永无休止地为君王服兵役,我心里却担忧家中的父母。用檀木做的兵车已破烂,战马也早已疲惫不堪,征夫回家的日子应该不远了吧!

【解析】

这是一首写征夫思妇的诗。诗共四章。此章写男子为国出征而不能侍奉父母,心中感到忧愁不已。中国人讲忠孝,忠指忠于国事,孝指在家里孝敬父母。但忠孝之间,往往有冲突,在家孝敬父母,就难以出来为国纾难;若是出来做官为国谋事,又不能时时在父母跟前侍奉,因此,古人常说"忠孝难两全"。此诗中的这个男子正是陷入了这种两难的困境。

៦៩. ដើមប៉ែរ

[សេចក្តីពន្យល់]

ខ្ញុំឡើងភ្នំនោះ ដើម្បីបេះផ្លែព្រៃលើភ្នំ។ ខ្ញុំត្រូវបម្រើកាតព្វកិច្ចយោធាដែលជាបទបញ្ញារបស់ស្តេចគ្មានទីបញ្ចប់ និងធ្វើឲ្យខ្ញុំព្រួយបារម្ភពីមាតាបិតារបស់ខ្ញុំខ្លាំងណាស់។ រទេះចម្បាំងដែលធ្វើពីដើមឈើចន្ទន៍ក្រស្នាបានខូចអស់ហើយ សេះប្រយុទ្ធក៏ខ្សោយអស់កម្លាំងទៅហើយ ពេលវេលាដែលខ្ញុំអាចត្រឡប់ទៅផ្ទះវិញប្រហែលជាជិតមកដល់ហើយ។

វគ្គទី៣នៃ ***ដើមប៉ែរ សៅយ៉ា គម្ពីរកំណាព្យ***

[បំណកស្រាយ]

កំណាព្យនេះមាន៨វគ្គ បានពណ៌នាអំពីទាហាននឹករលឹកស្រុកកំណើត។ វគ្គនេះរៀបរាប់អំពីប្រសម្មាក់ មិនបានថែរក្សាឪពុកម្តាយដោយសារចូលកងទ័ពទៅកន្លែងឆ្ងាយដើម្បីការពារប្រទេសជាតិ ហើយក៏ធ្វើឲ្យគាត់ព្រួយបារម្ភមួយឈឺចាប់ខ្លាំង។ ជនជាតិចិនមានភាពស្មោះត្រង់និងកតញ្ញូ គឺភាពស្មោះត្រង់ចំពោះប្រទេសជាតិ និងកតញ្ញូចំពោះមាតាបិតា។ ប៉ុន្តែតែងតែមានភាពផ្ទុយគ្នារវាងភាពស្មោះត្រង់និងកតញ្ញូ។ ប្រសិនបើថែរក្សាមាតាបិតានៅផ្ទះ មិនអាចបំពេញការកិច្ចប្រទេសជាតិនោះទេ ប្រសិនបើធ្វើជានាហ៊ឺនម្នាក់បំពេញកាតព្វកិច្ច មិនបានថែរក្សាមាតាបិតានៅផ្ទះទេ។ អ៊ីចឹង! ប្រជាជនសម័យបុរាណចិនបាននិយាយថា ភាពស្មោះត្រង់និងកតញ្ញូមិនអាចសម្រេចទាំងពីរបានទេ។ ដូច្នេះ ប្រសម្មាក់នេះជាប់នឹងក្តីលំបាកនូវរវៃជ្រើសទាំងពីរនេះក្នុងជីវិត។

詩經選譯

鴻雁
ហងស

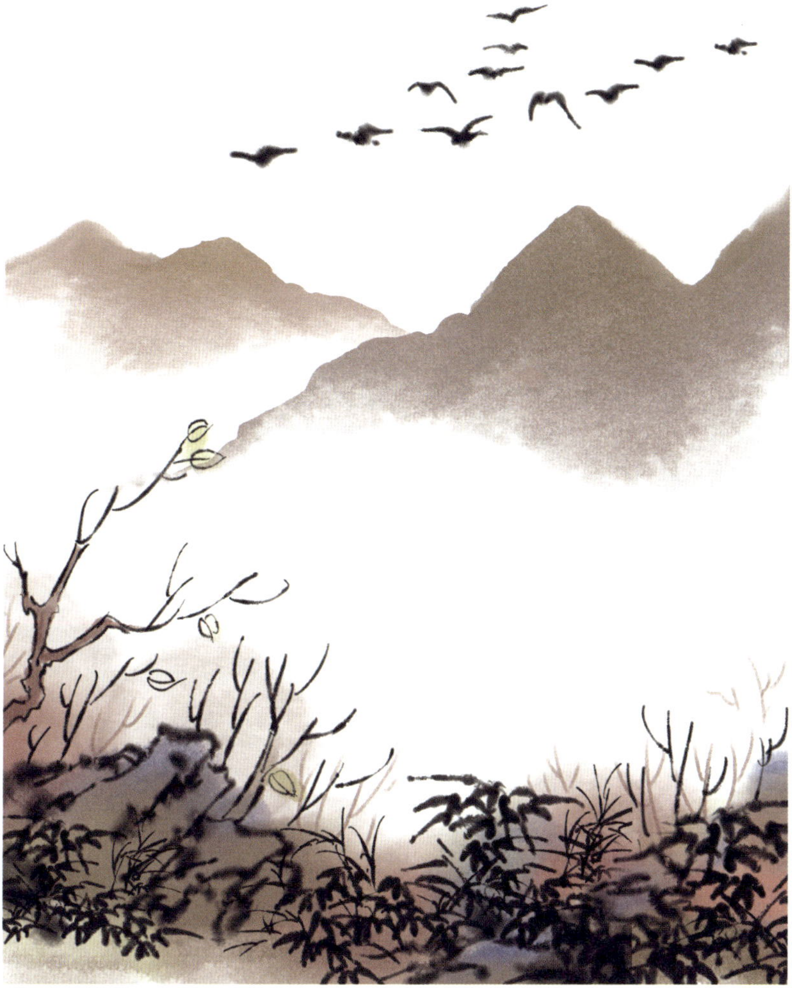

70. 鸿雁

【原文】

鸿雁于飞,哀鸣嗷嗷。维此哲人,谓我劬劳。维彼愚人,谓我宣骄。

《诗经·小雅·鸿雁》三章

【释文】

大雁展翅高飞,它的哀鸣凄凉惨恻。只有明白事理的人,才能了解我的辛劳。而那些愚蠢的人,竟说我在炫耀排场。

【解析】

这是一首写周王派遣使臣救济难民的诗。诗共三章。诗歌以鸿雁飞于草野起兴,比喻使臣奔走四方。周宣王中兴,派遣使臣救济难民。但使臣的行为,却被人误解,因此心中郁闷。哀鸿一词,后来常常作为流民的代名词,就是从此诗引申出来的。

៧០. ក្បានព្រៃ

[សេចក្ដីពនរ្យល់]

ក្បានព្រៃហើរលើមេឃ យំរំពងដោយទុក្ខព្រួយ។ មានតែបុគ្គលដែលមានសុករិនិច្ឆ័យទេ ទើបអាចដឹងពីក្ដីលំបាករបស់ខ្ញុំ។ ឯបុគ្គលល្ងង់ខ្លៅវិញនោះ បែរជានិយាយថា ខ្ញុំគ្រាន់តែអួតអាងខ្លួនប៉ុណ្ណោះ។

វត្ថុទីបីនៃ *ក្បានព្រៃ សៅយ៉ា គម្ពីរកំណាព្យ*

[បំណកស្រាយ]

កំណាព្យនេះមានពាក្យ បានរៀបរាប់អំពីស្ដេចចូរបញ្ចូនបេសកជនទៅសង្គ្រោះជនភៀសខ្លួន។ កំណាព្យចាប់ផ្ដើមដោយក្បានព្រៃហើរលើមេឃ មកប្រៀបធៀបនឹងបេសកជនធ្វើដំណើរទៅគ្រប់ទិស។ ស្ដេចចូរសានរុំង[1] បានបញ្ជូនបេសកជន ដើម្បីទៅសង្គ្រោះជនភៀសខ្លួន ប៉ុន្តែគោលបំណងបេសកជនត្រូវបានពលរដ្ឋយល់ច្រឡំ។ រឿងនេះ ធ្វើឱ្យស្ដេចអង្គនេះមានការអាក់អន់ចិត្តជាខ្លាំង។ ពាក្យ ក្បានព្រៃស្រែកយំ គឺមានប្រភពដើមមកពីកំណាព្យនេះឯង។

---

[1]ស្ដេច ចូរ សានរុំង ជាស្ដេចធំនាន់ទី១១នៃរាជវង្សច្រខាងលិច។

71. 鹤鸣

【原文】

鹤鸣于九皋,声闻于天。鱼在于渚,或潜在渊。乐彼之园,爰有树檀,其下维榖。它山之石,可以攻玉。

《诗经·小雅·鹤鸣》二章

【释文】

白鹤在曲折的沼泽中鸣叫,它的叫声响亮得传到天上。鱼在沙洲边自由遨游,有时又潜入深渊中。那个美丽快乐的花园里,种植了高大的檀树,也有矮小的榖树。别的山上的石头,可以用来琢磨玉器。

【解析】

这是一首抒发招纳人才为国所用的诗。诗共两章。诗以鹤鸣九皋、鱼潜深渊起兴,比喻人才有显隐之别,但都可以取为国用,不必拘限于本国。先秦时期,各诸侯国都有一些君王如魏文侯等,能够励精图治,向天下招揽人才。而当时人才流通也相对自由,因此有识之士往往能够吸纳他国人才为本国所用。

៧១. សម្រែកសត្វក្រៀល

[សេចក្ដីពន្យល់]

សត្វក្រៀលជាប់ក្នុងភក់យ៉ាងត្រដាប់ត្រដួស ស្រែកយ៉ាងរំពងដល់អាកាស។ ត្រីហែលដោយសេរីនៅមាត់ច្រាំង ពេលខ្យល់ហែលចូលទៅទឹកជ្រៅ។ ក្នុងសួនច្បារដ៏ស្អាតនិងពោរពេញដោយបរិយាកាសរីករាយនោះ គេបានដាំដើមម៉ាក្រៀលខ្ពស់ៗ ព្រមទាំងដើមឈូកទាបៗដែរ។ ថ្មដែលនៅលើភ្នំនានាក់អាចទាញយកមកកិនថ្មគុជបានដែរ។

វត្តទី២នៃ ***សម្រែកសត្វក្រៀល សៅយ៉ា គម្ពីរកំណាព្យ***

[បំណកស្រាយ]

កំណាព្យនេះមាន២វត្ត បានពណ៌នាអំពីការជ្រើសរើសធនធានមនុស្ស ដើម្បីបម្រើជាតិ។ កំណាព្យចាប់ផ្ដើមដោយសត្វក្រៀលស្រែកហើររទៅវេហា និងត្រីហែលចូលទឹកជ្រៅ ដើម្បីបញ្ជាក់ថា ធនធានមនុស្សមានលក្ខណៈ៖ខុសៗគ្នា ប៉ុន្តែសុទ្ធតែអាចតែងតាំងជាមន្ត្រីបាន មិនកំណត់ជនជាតិនគរណានោះទេ។ នៅសម័យមុនរដ្ឋកាលឈិន មេដឹកនាំខ្លះនៃនគរចំណុះនីមួយៗមានសមត្ថភាពក្នុងការគ្រប់គ្រងនគរបានល្អ និងបានជ្រើសរើសធនធានមនុស្សពីនគរផ្សេងៗទៀត ដូចជាស្ដេចវេនហ្វូ ជាស្ដេចនៃនគរវេវ(៤៧២-៣៩៦មុនគ.ស.)ជាដើម។ លើសពីនេះ កាលនោះ គឺធនធានមនុស្សមានសិទ្ធិជ្រើសរើសដោយសេរី។ ដូច្នេះ ស្ដេចដែលមានសមត្ថភាពនឹងទាក់ទាញធនធានមនុស្សមកពីនគរផ្សេងៗមកបម្រើប្រទេសជាតិរបស់ខ្លួន។

詩經選譯

白駒
សេៈសតូច

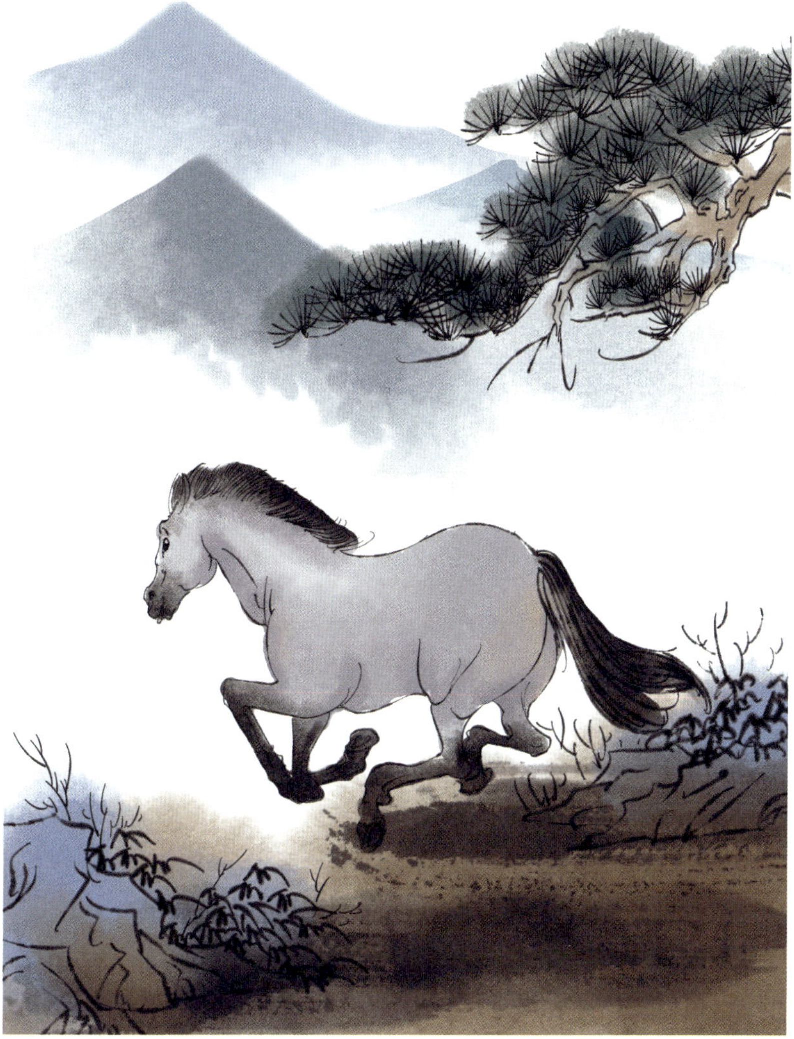

72. 白驹

【原文】

皎皎白驹,在彼空谷。生刍一束,其人如玉。毋金玉尔音,而有遐心。

《诗经·小雅·白驹》四章

【释文】

洁白的小马,在山谷里自由地奔跑。以一捆娇嫩的青草作礼物,期盼如玉一样高洁的朋友的到来。请不要吝惜你的音信,使我们彼此有疏远之心。

【解析】

这是一首别友思贤的诗。诗共四章。诗歌以白马来亲近主人起兴,反衬友人离别之后,音讯全无。"生刍一束",指新割的青草,代指送给朋友的礼物;"其人如玉",指朋友之德美如玉。两句诗说的是礼物虽轻,但待友之情却深厚之意。

៧២.សេះសត្ងូច

[សេចក្ដីពន្យល់]

សេះស្សេកសរត់ដោយសេរីនៅជ្រលងភ្នំ។ យកស្ដៅខ្ញីមួយបាច់ទុកជាវត្ថុអនុស្សាវរីយ៍ រង់ចាំមិត្តភក្តិដែលមានទឹកចិត្តល្អប្រសើរដូចជាថ្កុងជ។ កុំកំណាញ់ដោយមិនជូនដំណឹងដល់ខ្ញុំ បើធ្វើអ៊ីចឹងអាចធ្វើឱ្យយើងឃ្លាតឆ្ងាយពីគ្នាបាន។

វគ្គទី៤នៃ ***សេះសត្ងូច សោយ៉ា គម្លីរកំណាញ់***

[បំណកស្រាយ]

កំណាព្យនេះមាន៤វគ្គ បានពណ៌នាអំពីការជូនដំណើរ និងនឹករលឹកមិត្តភក្តិ។ កំណាព្យចាប់ផ្ដើមដោយកូនសេះជិតស្ទុះនឹងម្ចាស់ ប្រៀបធៀបជាមួយនឹងមិត្តភក្តិរបស់គាត់ចាកចេញទៅដោយគ្មានដំណឹងអ្វីសោះ។ ស្ដៅដែលបានច្រូតថ្មីសំដៅទៅលើវត្ថុអនុស្សាវរីយ៍ដែលជូនឱ្យមិត្តភក្តិ។ ទឹកចិត្តល្អប្រសើរដូចជាថ្កុងជសំដៅទៅលើទឹកចិត្តរបស់មិត្តភក្តិដែលល្អដូចជាថ្កុងជ។ ឃ្លាទាំងពីរនេះ មានអត្ថន័យថា ទោះវត្ថុអនុស្សាវរីយ៍មិនសូវវ័ថ្លៃក្ដី តែចំណងមិត្តភាពពិតជាប្រាណប្រៀណាស់។

詩經選譯

十月之交
ដើមខែតុលា

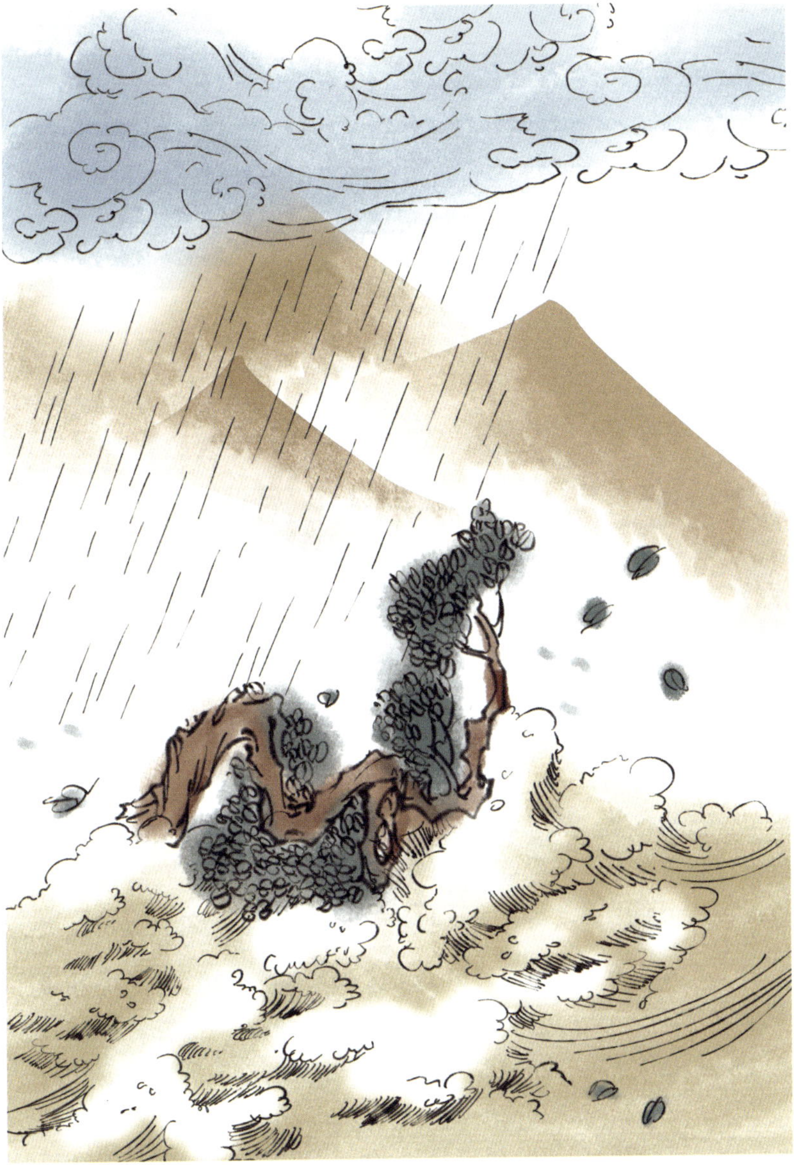

74. 十月之交

【原文】

烨烨震电,不宁不令。百川沸腾,山冢崒崩。高岸为谷,深谷为陵。哀今之人,胡憯莫惩!

《诗经·小雅·十月之交》三章

【释文】

天上雷声轰鸣闪电不息,国家政治黑暗使百姓不得安宁。江海河川的水流奔腾不止,山崩地裂乱石纷飞。高山下降变成深谷,深谷上升变为丘陵。可悲的是现在的当权者,却不能引以为戒啊!

【解析】

这是一首讽刺周幽王无道致使人民受难的诗。诗共八章。诗歌开头写道"日有食之",这是中国最早记载日食、月食的诗歌。全诗描写自然灾难,以喻社会的动荡变幻,把日食、月食、强烈的地震同朝廷用人不善联系起来,在中国文化史上,逐渐形成所谓的"天人感应"思想,即认为自然灾难和自然异象的出现与统治者的失德有关。"高岸为谷,深谷为陵",这两句诗常常被后人用来比喻人世间的剧烈变化。

៧៤. ដើមខែតុលា

[សេចក្ដីពន្យល់]

ផ្ទុះលាន់ខ្លាំងៗរន្ទះបាញ់តួណប់ ប្រជាជនកើតទុក្ខព្រោះនយោបាយខ្មៅងងឹត។ ទឹកហូរយ៉ាងខ្លាំងមិនចេះឈប់ ភ្នំបាក់ ដីបែក ដីនិងថ្មភ្នំបាក់សង្គត់និងកប់។ ភ្នំខ្ពស់បាក់ធ្លាក់ក្លាយទៅជាជ្រលងជ្រៅ ជ្រលងបែរជាដុសឡើងក្លាយទៅជាភ្នំខ្ពស់។ អ្វីដែលគួរឱ្យសោកស្ដាយ គឺរបបផ្ដាច់ការនិងអំពើឃោរឃៅរបស់ថ្នាក់ដឹកនាំ។

វគ្គទី៣នៃ *ដើមខែតុលា សៅយ៉ា តម្លើរកំណាព្យ*

[បំណកស្រាយ]

កំណាព្យនេះមាន៨វគ្គ បានរិះគន់អំពីអំពើឃោរឃៅរបស់ស្ដេចចូវយៅវ៉ាំង ដែលធ្វើឱ្យប្រជាជនទទួលរងនូវទុក្ខវេទនាយ៉ាងខ្លាំង។ កំណាព្យនេះ ជាកំណាព្យដំបូងគេដែលកត់ត្រាពីចន្ទ្រគ្រាសនិងសុរ្យគ្រាស។ កំណាព្យទាំងមូលបានរៀបរាប់អំពីគ្រោះថ្នាក់ធម្មជាតិ មកផ្ទៀងនឹងភាពរំជើបរំជួលនិងអស្ថិរភាពសង្គម។ តាមរយៈទិដ្ឋភាពចន្ទ្រគ្រាស សុរ្យគ្រាស ផ្ទុះយ៉ាងខ្លាំងទៅភ្ជាប់ជាមួយនឹងរឿងដែលថ្នាក់ដឹកនាំតែងតាំងមន្រ្តីអាក្រក់ វាក្លាយទៅទ្រឹស្ដីជាបន្តបន្ទាប់នៅក្នុងប្រវត្តិសាស្រ្តបុរាណចិន គឺគិតថាហេតុការណ៍នៃការកើតឡើងនូវគ្រោះថ្នាក់ធម្មជាតិមានទំនាក់ទំនងជាមួយនឹងការខុសសីលធម៌របស់ថ្នាក់ដឹកនាំ។ មនុស្សជំនាន់ក្រោយបានយកឃ្លាពីនេះគឺ **ភ្នំខ្ពស់បាក់ក្លាយទៅជាជ្រលងជ្រៅ ជ្រលងបែរជាដុសឡើងក្លាយទៅជាភ្នំ** មកបង្ហាញអត្ថន័យនៃបម្លាស់ប្ដូរយ៉ាងខ្លាំងនៅក្នុងសង្គមមនុស្ស។

75. 小旻

【原文】

不敢暴虎，不敢冯河。人知其一，莫知其他。战战兢兢，如临深渊，如履薄冰。

《诗经·小雅·小旻》六章

【释文】

不敢徒手与老虎搏斗，不敢徒步涉过长河。人人都明白这个道理，却不懂其他危险。做任何事都要小心谨慎，就好像在深渊边上行走，像在薄冰上踩过一样。

【解析】

这是一首讽刺周幽王任用小人以致朝政昏乱的诗。诗共六章。中国人处事，讲究谋定而后动、三思而后行，诗歌以暴虎、冯河起兴，比喻莽撞行事之不可取。诗末三句尤其提醒人们，做任何事都要认真谨慎，才能防患于未然。

៧៥. របបផ្តាច់ការដ៏យោរយៅ

[សេចក្តីពន្យល់]

មនុស្សយើង មិនហ៊ានវាយជាមួយនឹងខ្លាដោយគ្មានអាវុធទេ ក៏មិនហ៊ានឆ្លងទន្លេវែងដោយគ្មានទូកទេ។ មនុស្សគ្រប់រូបសុទ្ធតែដឹងពីគ្រោះថ្នាក់ទាំង២នេះ ប៉ុន្តែគេមិនដឹងអំពីគ្រោះថ្នាក់ផ្សេងទៀតទេ។ យើងគួរតែប្រុងប្រយ័ត្នលើអ្វីទាំងអស់ ហាក់បីដូចជាយើងកំពុងដើរនៅមាត់អន្លង់ដ៏ជ្រៅមួយ ព្រមទាំងឈានជើងជាន់លើទឹកកកដ៏ស្រួចអ៊ុចឹងដែរ។

វគ្គទី៦នៃ ***របបផ្តាច់ការដ៏យោរយៅ សៅយ៉ា គម្ពីរកំណាញ***

[បំណកស្រាយ]

កំណាញ់នេះមាន៦វគ្គ បានពណ៌នាអំពីស្តេចចូរយៅរាំងតែងតាំងមន្ត្រីអាក្រក់ដែលបណ្តាលឱ្យមានភាពវឹកវរប្ញុកច្របល់ដល់ប្រទេសជាតិ។ ជនជាតិចិនធ្វើការងារដោយផ្អែកលើការគិតសុីនសឹមគួរ។ កំណាញ់នេះ ចាប់ផ្តើមដោយខ្លាសាហាវនិងទន្លេជ្រៅ ក្នុងអត្ថន័យបញ្ជាក់ថា ការធ្វើអ្វីដោយមិនចេះគិតគូរនិងមិនប្រុងប្រយ័ត្នទេនោះ ជារឿងមិនល្អទេ។ ជាពិសេស នៅផ្នែកចុងក្រោយនៃកំណាញ់នេះ បានឱ្យដំបូន្មានដល់មនុស្សយើង គឺត្រូវប្រុងប្រយ័ត្នលើអ្វី១ទាំងអស់ ទើបយើងអាចជៀសវាងគ្រោះថ្នាក់បាន។

詩經
選譯

小弁
ចិត្តព្រួយបារម្ភ

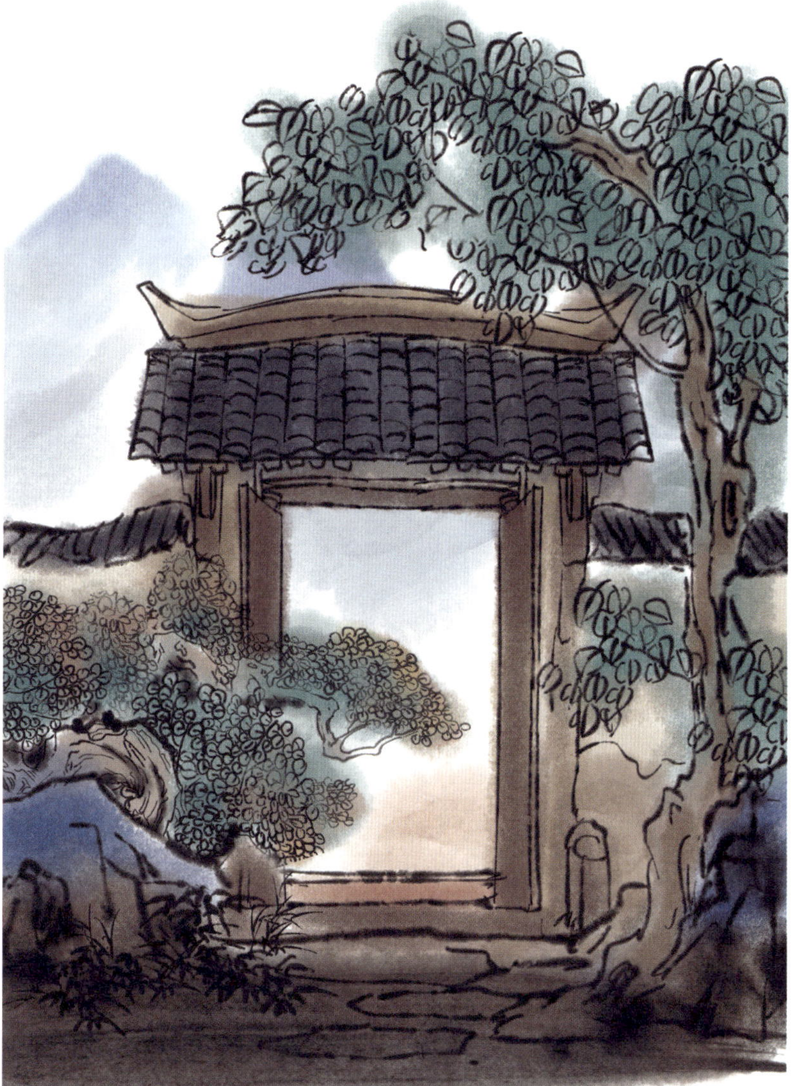

76. 小弁

【原文】

维桑与梓，必恭敬止。靡瞻匪父，靡依匪母。不属于毛，不离于里。天之生我，我辰安在？

《诗经·小雅·小弁》三章

【释文】

对父母种植的桑梓树，我们也必须怀有恭敬心。没有人不恭敬父亲，没有人不依靠母亲。我的皮毛生于父亲，我的血肉连着母亲。上天既然生育了我，却为何让我命运不佳而遭父母放逐？

【解析】

这是一首抒发被父亲放逐、心中哀怨的诗。诗共八章。从诗本身所表述的内容来看，当是诗人的父亲听信了谗言，把他放逐，致使他幽怨哀伤、零泪悲怀。中国人重视孝道，父母虽有过错，作儿女的也不能因此而怨恨父母。此诗所写的情况，就反映了中国传统孝道的文化特质。而诗中桑梓是父母种于门前的树木，后来就成了故乡的代称。

៧៦. ចិត្តព្រួយបារម្ភ

[សេចក្តីពន្យល់]

ចំពោះដើមមនដែលខ្ញុំពូកម្ដាយបានដាំ យើងគួរឱ្យគោរព។ គ្មាននរណាមិនគោរពខ្ញុំពូកទេ ក៏គ្មាននរណាមិនពឹងផ្អែកលើម្ដាយនោះដែរ។ ស្បែកនិងសរសៃណាខ្ញុំជាប់ទាក់ទងជាមួយនឹងខ្ញុំពូកម្ដាយ។ ខ្ញុំពូកម្ដាយ បានបង្កើតនិងចិញ្ចឹមខ្ញុំរួចហើយ តើហេតុអ្វីបានជាប្រាសចាលខ្ញុំឱ្យទៅកន្លែងឆ្ងាយទៅវិញ?

វគ្គទី៣នៃ **ចិត្តព្រួយបារម្ភ សៅយ៉ា គម្ពីរកំណាព្យ**

[បំណកស្រាយ]

កំណាព្យនេះមាន៨វគ្គ បានរៀបរាប់អំពីការនិពន្ធក្រៀមក្រំដោយសារខ្ញុំពូកម្ដាយរបស់គាត់ដែលបានប្រាសគាត់ចោលឱ្យទៅកន្លែងឆ្ងាយ។ កំណាព្យនេះបានបញ្ជាក់ថា ខ្ញុំពូកម្ដាយរបស់អ្នកនិពន្ធស្ដាប់ពាក្យមូលបង្គាប់របស់មនុស្សចោរទាប ហើយបានបោះបង់ការនិពន្ធឱ្យទៅកន្លែងឆ្ងាយ ធ្វើឱ្យការនិពន្ធមានអារម្មណ៍សោកសៅនិងក្រៀមក្រំជាខ្លាំង។ ជនជាតិចិន ផ្ដោតសំខាន់លើភាពកតញ្ញូ សូម្បីតែខ្ញុំពូកម្ដាយធ្វើខុសក៏ដោយ ក៏កូនប្រុសកូនស្រីមិនគួរតែអាក់អន់ចិត្តចំពោះខ្ញុំពូកម្ដាយដែរ។ ជាទូទៅ ដើមមន ជាដើមឈើមួយប្រភេទដែលខ្ញុំពូកម្ដាយជានៅមុខផ្ទះ ដូច្នេះក្រោយមកដើមមនបានក្លាយជារូបជាតិតំណាងឱ្យស្រុកកំណើត។

詩經選譯

巧言
ពាក្យសម្ដីផ្អែមល្ហែម

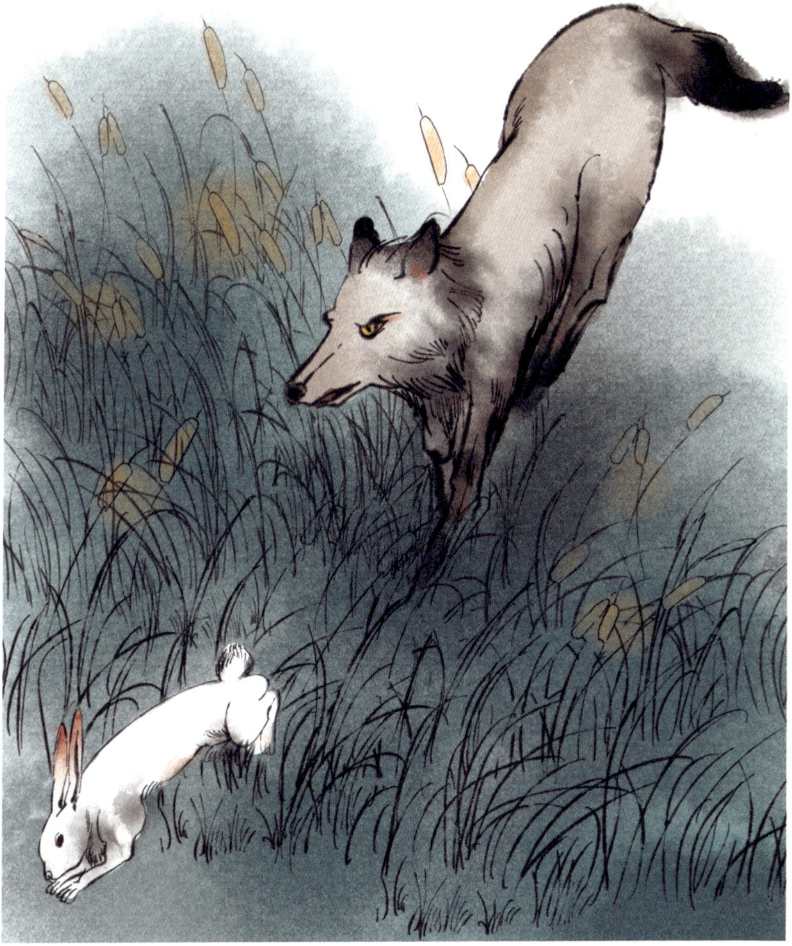

77. 巧言

【原文】

　　奕奕寝庙，君子作之。秩秩大猷，圣人莫之。他人有心，予忖度之。跃跃毚兔，遇犬获之。

《诗经·小雅·巧言》四章

【释文】

　　高大雄伟的宫殿宗庙，是先王下令建成的。完善的典章制度，是圣人制订保留下来的。有人存心要破坏它，我能揣度猜测得到。狡猾的兔子跑得再快，碰到猎狗也会遭殃。

【解析】

　　这是一首讽刺统治者听信谗言而祸国殃民的诗。诗共六章。诗歌以先王所建宫殿、典章起兴，比喻优良的传统应当坚持，不应听信谗言而改弦更张。此章后两句用比喻的手法指出，诗人能够预先判断出谗言的危害，希望君王能善用贤臣，以消除谗言的破坏。

៧៧. ពាក្យសម្ដីផ្ដែមផ្ដើម

[សេចក្ដីពន្យល់]

រាជវាំងដ៏ខ្ពស់អស្ចារ្យទាំងនេះ ជាស្នាដៃរបស់អតីតស្ដេចដែលបានបញ្ជា ឱ្យកសាងឡើង ក្បួនច្បាប់ដ៏ល្អិតល្អន់ត្រូវបានរៀបចំឡើងដោយជនតាដែលមានឧត្តមមតិ។ ខ្ញុំអាចទាយបានថា មានមនុស្សអាក្រក់ចង់បំផ្លាញសមិទ្ធផលទាំងនេះ។ ទន្ទឹមមានកលល្បិចប៊ិនប្រសប់រត់យ៉ាងណាក៏ដោយ តែបើបានជួបនឹងផ្ទៃដេញប្រហារ នោះវានឹងជួបគ្រោះថ្នាក់មិនខាន។

វគ្គទី៤នៃ ***ពាក្យសម្ដីផ្ដែមផ្ដើម សៅយ៉ា គម្ពីរកំណាព្យ***

[បំណកស្រាយ]

កំណាព្យនេះមាន៦វគ្គ បានរៀបរាប់អំពីថ្នាក់ដឹកនាំដែលស្ដាប់ពាក្យមូលបង្កាច់ជាហេតុនាំឱ្យគ្រោះថ្នាក់ដល់ប្រជាជន។ កំណាព្យនេះ យកការកសាងរាជវាំងនិងការរៀបចំក្បួនច្បាប់មកផ្ដើមសេចក្ដី ដើម្បីបញ្ជាក់ថាគួរតែអនុវត្តប្រពៃណីដ៏ល្អបច្ចុប្បន្ន មិនគួរតែស្ដាប់ពាក្យមូលបង្កាច់របស់អ្នកដទៃឱ្យមានការផ្លាស់ប្ដូរនោះទេ។ ឃ្លាទាំង២នៅចុងកំណាព្យនេះ បានប្រើឧបមាប្រៀបធៀបដែលបានបញ្ជាក់ថា ការវិនិចឆ័យអាវិរិច្ឆ័យដឹងពីគ្រោះថ្នាក់នៃពាក្យមូលបង្កាច់ជាមុន ហើយសង្ឃឹមថាថ្នាក់ដឹកនាំអាចតែងតាំងមនុស្សដែលមានគុណធម៌ល្អ ដើម្បីជៀសវាងគ្រោះថ្នាក់ដែលបណ្ដាលមកពីពាក្យមូលបង្កាច់ទាំងនោះ។

78. 巷伯

【原文】

　　彼谮人者，谁适与谋？取彼谮人，投畀豺虎。豺虎不食，投畀有北。有北不受，投畀有昊。

《诗经·小雅·巷伯》六章

【释文】

　　那个爱造谣的人，谁愿和他多说话？抓住那个造谣人，拿去喂豺狼和老虎。虎狼都不愿吃他，再丢到寒冷的北方。如果北方不愿接受他，就交给上天治他的罪。

【解析】

　　这是寺人孟子因遭受谗言受害而作的怨诗。诗共七章。这里用顶真排比的手法来加强对谗言者的愤怒。寺人是中国古代遭受过宫刑的宦官。

៧៨. សុំងប៉ាយ

[សេចក្ដីពន្យល់]

មនុស្សដែលចូលចិត្តនិយាយពាក្យចាមអារាម គឺប្រាកដជាគ្មាននរណាចង់និយាយជាមួយគាត់ទេ។ ចាប់មនុស្សដែលនិយាយពាក្យចាមអារាមនោះទៅបោះចោលឱ្យសត្វចកនិងខ្លាស៊ី។ បើសត្វចកនិងខ្លាមិនចង់ស៊ីគាត់ យកចោលទៅតំបន់ត្រជាក់ដាច់ស្រយាលនៅភាគខាងជើង។ បើនៅទីនោះ ក៏គ្មានអ្នកសុខចិត្តទទួលគាត់ អ៊ីចឹងបញ្ជូនគាត់ទៅហននរកចុះ។

វត្ថុទី៦នៃ *សុំងប៉ាយ សៅយ៉ា គម្ពីរកំណាព្យ*

[បំណកស្រាយ]

កំណាព្យនេះមាន៧វត្ថុ បានរៀបរាប់អំពីអាមាត្យមួយដែលឈ្មោះលោក មឹងជី បានទទួលរងគ្រោះថ្នាក់ដោយសារពាក្យចាមអារាមរបស់មនុស្សអាក្រក់។ កំណាព្យនេះប្រើវិធីតែងនិទាន ជាលក្ខណៈស្របដើម្បីបញ្ចេញកំហឹងចំពោះអ្នកដែលនិយាយពាក្យចាមអារាមនោះ។

79. 谷风

【原文】

习习谷风,维风及雨。将恐将惧,维予与女。将安将乐,女转弃予。

《诗经·小雅·谷风》首章

【释文】

山谷里的大风不停地吹,狂风暴雨漫天下。当初担惊受怕的日子,只有我为你分担忧愁。如今过上了安乐的日子,你竟狠心地抛弃我。

【解析】

这是一首弃妇诗。诗共三章。中国古代婚姻制度,使女子常常处于婚姻的不利困境中,甚至被抛弃。而妇女社会地位低下的现实,又使她们在面对遗弃时,大多没有更好的应对举措,只能在忧怨、悲愤中结束人生。

៧៩. ខ្យល់ខ្លាំងក្នុងជ្រលង

[សេចក្តីពន្យល់]

ខ្យល់បក់យ៉ាងខ្លាំពីជ្រលងភ្នំ ភ្លៀងធំដូចគេចាត់ទឹកពីលើ។ មានតែខ្ញុំម្នាក់នៅជាមួយអ្នកគ្រប់ពេលវេលា ដើម្បីប្រឈមមុខនឹងការលំបាកនិងទុក្ខវេទនាកាលពីមុន។ សព្វថ្ងៃនេះ អ្នកមានជីវភាពសុខសាន្តហើយ អ្នកបែរជាចោះបង់ចោលខ្ញុំដោយគ្មានក្តីអាណិតមេត្តាទៅវិញ។

វត្ថុដំបូងនៃ ***ខ្យល់ខ្លាំងក្នុងជ្រលង សៅយ៉ា តម្លើរកំណាព្យ***

[បំណកស្រាយ]

កំណាព្យនេះមាន៣វគ្គ បានរៀបរាប់អំពីស្ត្រីម្នាក់ដែលត្រូវប្តីគាត់ចោះបង់ចោល។ វប្បធម៌ប្រពៃណីអាពាហ៍ពិពាហ៍សម័យបុរាណចិន គឺស្ត្រីតែងតែស្ថិតនៅក្នុងស្ថានភាពលំបាកក្នុងចំណងអាពាហ៍ពិពាហ៍។ ដោយសារតែស្ត្រីមានហានះទាបនៅក្នុងសង្គម ដូច្នេះនៅពេលប្រឈមមុខនឹងស្ថានភាពនៃការបោះបង់ចោលដោយប្តីបែបនេះ ពួកគេតែងតែគ្មានវិធីដើម្បីដោះស្រាយនោះទេ គឺមានតែត្អូញត្អែរនិងខឹងអស់មួយជីវិត។

詩經選譯

蓼莪
ស្ដៅប៉ុយងំខ្លស់

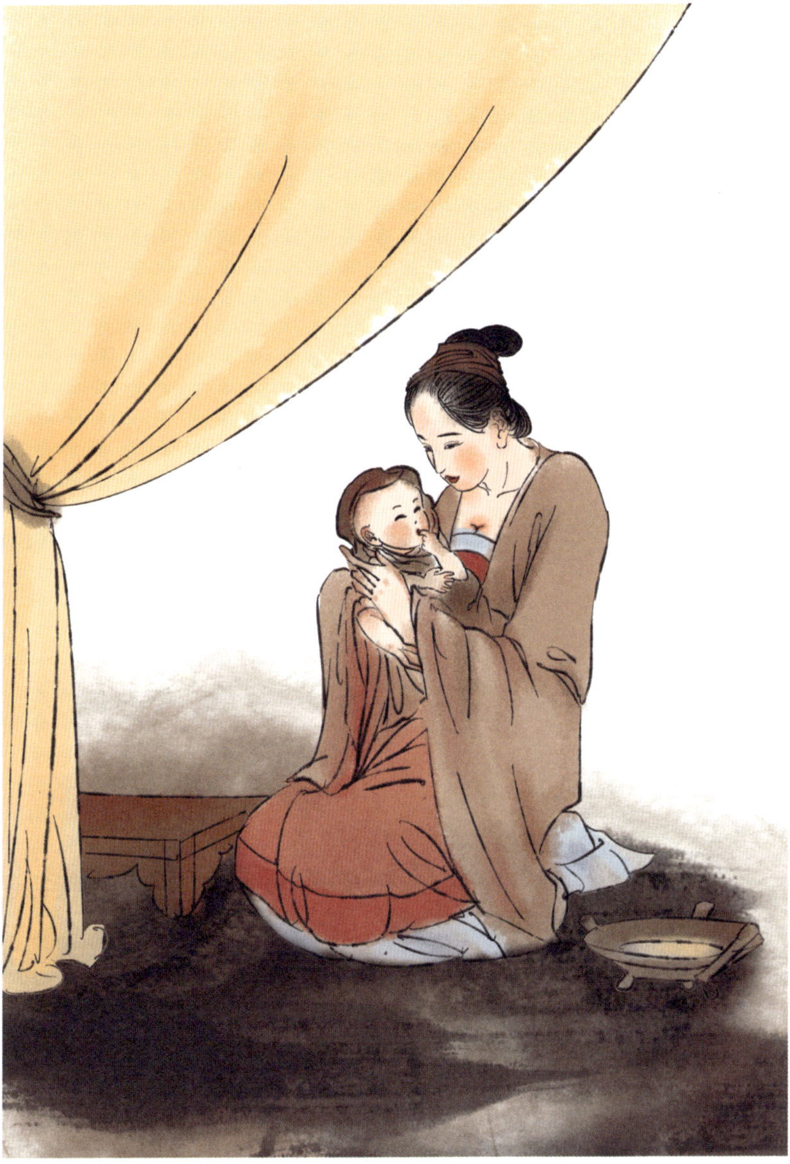

80. 蓼莪

【原文】

父兮生我，母兮鞠我。拊我畜我，长我育我，顾我复我，出入腹我。欲报之德，昊天罔极！

《诗经·小雅·蓼莪》四章

【释文】

父亲生养我，母亲哺育我。他们抚摸爱护我，养育教导我，照顾挂念我，进出都抱着我。如今我想报答父母的恩情，不料父母已双亡！

【解析】

这是一首苦于服役、悼念父母的诗。诗共六章。诗人因为长久在外服役，不能回来侍奉父母，等他回来时，父母已过世。诗歌不仅表达了对父母生养艰辛的感慨，更多的是悔恨内疚，这种情形就是中国俗语常说的"子欲养而亲不待"。

៨០. ស្តៅប៉ុយដំខ្ពស់

[សេចក្តីពន្យល់]

ឪពុកម្តាយចិញ្ចឹមបីបាច់ថែរក្សានិងបង្ហាត់បង្រៀនខ្ញុំចាប់ពីវ័យក្មេងហូតដល់បច្ចុប្បន្ន។ ខ្ញុំចង់សងគុណដល់ឪពុកម្តាយវិញ តែមិននឹកស្មានថា ឪពុកម្តាយបានទទួលមរណភាពទៅហើយ។

វគ្គទី៤នៃ *ស្តៅប៉ុយដំខ្ពស់ សៅយ៉ា គម្ពីរកំណាព្យ*

[បំណកស្រាយ]

កំណាព្យនេះមាន៦វគ្គ បានរៀបរាប់អំពីកូនកាន់ទុក្ខចំពោះឪពុកម្តាយ។ គឺមិនបានត្រឡប់ទៅផ្ទះមើលថែឪពុកម្តាយអស់រយៈពេលយ៉ាងយូរដោយសារគាត់ត្រូវប្រឹតិចការងារកម្មនៅកន្លែងឆ្ងាយ ដល់ពេលគាត់ទៅវិញបែរជាឪពុកម្តាយគាត់បានទទួលមរណភាពបាត់ទៅហើយ។ កំណាព្យនេះ មិនគ្រាន់តែបង្ហាញពីការដឹងគុណចំពោះការវិចែរក្សារបស់ឪពុកម្តាយគាត់ប៉ុណ្ណោះទេ ថែមទាំងសម្តែងនូវការសោកស្តាយនិងវិប្បដិសារីផងដែរ។ មានសុភាសិតចិនមួយឃ្លាពោលថា ធ្វើបុណ្យទាន់ខែភ្លើ។

81. 大东

【原文】

　　维南有箕,不可以簸扬。维北有斗,不可以挹酒浆。维南有箕,载翕其舌。维北有斗,西柄之揭。

《诗经·小雅·大东》七章

【释文】

　　南方有箕星,却不能簸扬米糠。北边有北斗星,也不能舀酒浆。南方有箕星,却缩着大舌头。北边有北斗星,但它的柄却指向西方。

【解析】

　　这是一首东方诸侯国的臣民讽刺周王残暴不恤百姓的诗。诗共七章。诗以天上的北斗和南箕设喻,这些东西可看不能用,无法解决臣民的温饱。这反映了臣民对现实的不满。

៨១. នគរចំណុះឆ្ងាយពីរាជធានី

[សេចក្តីពន្យល់]

នៅភាគខាងត្បូងមានផ្កាយជី តែមិនអាចយកទៅដែងអង្ករបាន។ នៅភាគខាងជើងមានហូងផ្កាយក្រពើ ក៏មិនអាចយកទៅធ្វើបាយស្រាបានដែរ។ ផ្កាយជីនៅភាគខាងត្បូង តែរួញអណ្តាត ហូងផ្កាយក្រពើនៅភាគខាងជើង តែដងវារបែរជាចង្អុលទៅទិសខាងលិច។

វត្ថុទី៧នៃ ***នគរចំណុះឆ្ងាយពីរាជធានី សៅយ៉ា តម្លីកំណាព្យ***

[បំណកស្រាយ]

កំណាព្យនេះមាន៧វត្ត បានរៀបរាប់អំពីមន្ត្រីរបស់នគរចំណុះនៅភាគខាងកើតបានរិះគន់ដល់របបផ្តាច់ការយ៉ាងយោរយោះរបស់ស្តេច។ កំណាព្យនេះបានយកផ្កាយក្រពើនិងផ្កាយជីមកធ្វើការប្រៀបធៀប។ វត្ថុទាំងនេះអាចមើលបានប៉ុន្តែប្រើមិនបានឡើយ មិនអាចដោះស្រាយបញ្ហាជាក់ស្តែងក្នុងជីវភាពរស់នៅរបស់ប្រជាជនបានទេ។ អត្ថន័យនៃកំណាព្យនេះ បានបញ្ជាក់អំពីប្រជាជនមិនពេញចិត្តនឹងស្ថានភាពបច្ចុប្បន្ននេះ។

詩經選譯

北山
ភ្នំខាងជើង

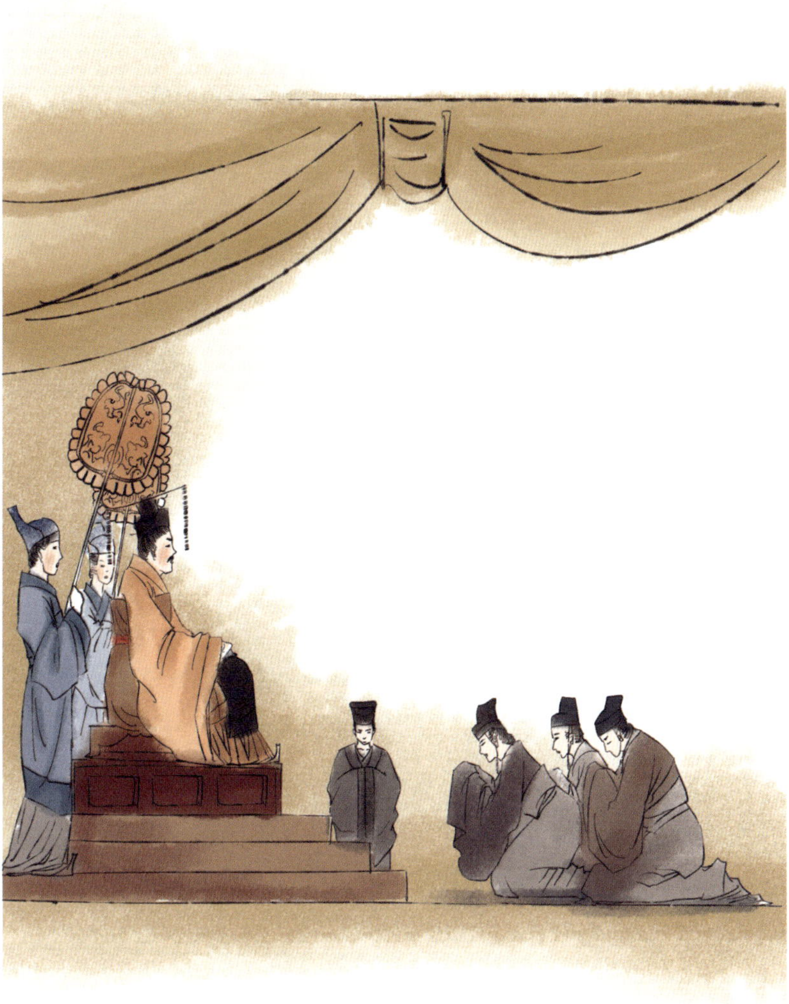

82. 北山

【原文】

溥天之下,莫非王土。率土之滨,莫非王臣。大夫不均,我从事独贤。

《诗经·小雅·北山》二章

【释文】

普天之下的土地,没有不是君王的领土。四海之内的人民,没有不是君王的臣民。大夫安排工作很不公平,给我的差事最艰苦。

【解析】

这是一首抱怨徭役不均的诗。诗共六章。诗歌谴责统治者的徭役繁重和不均,诗歌开头的四句,对中国人的思想影响尤大。中国古代人认为,天子代表国家,富有天下、臣民、土地,一切都属于天子。此诗强调周天子至高无上的地位,客观上也促成了中国古代多民族融合和大一统观念的形成。

៨២. ភ្នំខាងជើង

[សេចក្ដីពន្យល់]

ក្រោមមេឃលើដី សុទ្ធតែជាទឹកដីរបស់ស្ដេច ប្រជាពលរដ្ឋទាំងអស់ក៏សុទ្ធតែត្រូវគ្រប់គ្រងដោយស្ដេចដែរ។ មន្ត្រីនោះអយុត្តិធម៌ណាស់ បានរៀបចំការងារហួសប្រមាណឱ្យខ្ញុំ ធ្វើឱ្យខ្ញុំនឿយហត់ខ្លាំងណាស់។

វគ្គទី២នៃ *ភ្នំខាងជើង សៅយ៉ា គម្ពីរកំណាព្យ*

[បំណកស្រាយ]

កំណាព្យនេះមាន៦វគ្គ បានរៀបរាប់អំពីប្រជាជនវិគតចំពោះការបង្ខំឱ្យធ្វើពលកម្ម។ កំណាព្យនេះ បានថ្កោលទោសចំពោះការបង្ខំឱ្យធ្វើពលកម្មដ៏ធ្ងន់ធ្ងរ និងការបែងចែកការងារគ្មានសើ្មភាពចំពោះពលរដ្ឋសាមញ្ញ ហ្វាទាំង៤នៃការចាប់ផ្ដើមកំណាព្យនេះ បានជះឥទ្ធិពលយ៉ាងខ្លាំងដល់គំនិតរបស់ជនជាតិចិន។ ជនជាតិចិនសម័យបុរាណគិតថា ស្ដេចតំណាងឱ្យប្រទេសជាតិ ប្រជាពលរដ្ឋ និងទឹកដី អ្វីៗទាំងអស់សុទ្ធតែជាកម្មសិទ្ធិរបស់ស្ដេច។ កំណាព្យនេះ បានគូសបញ្ជាក់អំពីទាន:ខ្ពស់បំផុតរបស់ស្ដេចនៃរវាជវង្សចូវ។ ម្យ៉ាង នេះក៏បានជំរុញនូវការបង្កើតជាគំនិតដែលការលាយបញ្ចូលគ្នានូវវប្បហុជនជាតិ និងឯកភាពនិយមនៅសម័យបុរាណចិន។

83. 小明

【原文】

嗟尔君子！无恒安处。靖共尔位，正直是与。神之听之，式穀以女。

《诗经·小雅·小明》四章

【释文】

我的老朋友啊！请不要安于现状。做好你的本职工作，亲近正直贤良的人。神明看到你的努力，必定会赐予你福禄。

【解析】

这是一首官吏自述久役思归和念友的诗。诗共五章。此章是告诫老朋友要忠于本职工作，更要选贤授能，这样才能得到神明的保佑护持。中国人主张忠于其事，为人谋事而尽心尽力，做到无愧于天地良心。诗中"无恒安处"更有启示的意义，告诫人们不要安于现状，而要兢兢惕惕，居安思危。

៨៣. នគរខ្វាងងឹត

[សេចក្តីពន្យល់]

ឱ! មិត្តសំឡាញ់ខ្ញុំអើយ សូមកុំពេញចិត្តនឹងស្ថានភាពបច្ចុប្បន្ន។ អ្នកគួរតែធ្វើការងារឱ្យបានល្អ សេចក្តីបំពេញភក្តិមានគុណធម៌និងភាពស្មោះត្រង់។ ទេវតាអាចមើលឃើញនូវការខិតខំប្រឹងប្រែងរបស់អ្នក គង់នឹងផ្តល់ជូនសំណាងនិងទ្រព្យសម្បត្តិចំពោះអ្នកមិនខានឡើយ។

វគ្គទី៤នៃ **នគរខ្វាងងឹត សោយ៉ា តម្លើរកំណាញ់**

[បំណកស្រាយ]

កំណាព្យនេះមាន៥វគ្គ បានបង្ហាញអំពីមន្ត្រីម្នាក់រៀបរាប់ពីការនឹករលឹកស្រុកកំណើតនិងមិត្តសំឡាញ់របស់គាត់នៅពេលដែលគាត់ បានបម្រើកិច្ចការពលកម្មរយៈពេលយូរនៅតំបន់ឆ្ងាយ។ វគ្គនេះ បានឱ្យដំបូន្មានដល់មិត្តចាស់ត្រូវមានភក្តីភាពចំពោះកិច្ចការរបស់ខ្លួន ហើយត្រូវនៅជិតជាមួយអ្នកមានគុណធម៌ មានតែធ្វើបែបនេះ ទើបអាចទទួលបានប្រធានពរជ័យពីទេវតា។ ជនជាតិចិន ប្រកាន់ខ្ជាប់នូវទស្សនៈអំពីការផ្តង់ចិត្តផ្តង់អារម្មណ៍បំពេញការកិច្ចអ្នកឱ្យអស់ពីសមត្ថភាព។ លើសពីនេះទៀត កំណាព្យនេះបានឱ្យដំបូន្មានដល់ប្រជាជនកុំពេញចិត្តនឹងស្ថានភាពសុខសាន្ត ត្រូវគិតពិចារណាពីគ្រោះថ្នាក់ដែលនឹងអាចកើតមានក្នុងស្ថានភាពសុខសាន្តនេះផង។

84. 车舝

【原文】

　　高山仰止,景行行止。四牡骓骓,六辔如琴。觏尔新昏,以慰我心。

《诗经·小雅·车舝》五章

【释文】

　　高山需要仰望才能看见山顶,平坦的大路则任人驰骋。驾着四匹马儿欢快地跑,抓着六根缰绳如调琴弦。我看见车上的新婚青年,心里也感觉欢喜和宽慰。

【解析】

　　这是一首诗人在迎娶途中所赋的诗。诗共五章。诗以高山大路起兴,比喻诗人见到这对新人的车马,内心为新人的幸福而欢欣鼓舞。"高山仰止,景行行止"这两句诗后来浓缩为成语"高山景行",比喻人的崇高的品德。

៨៤. ភ្នាវទេះ

[សេចក្តីពន្យល់]

ភ្នំខ្ពស់ត្រូវសម្លឹងមើល ទើបអាចមើលឃើញកំពូលភ្នំបាន ឯផ្លូវដ៏ទូលាយវិញ មនុស្សអាចជិះសេះដោយសេរី។ ជិះសេះ៤ក្បាលយ៉ាងរឹករាយ កាន់ខ្សែពួងសេះ៦ក៏ដូចជាកាន់ខ្សែឧបករណ៍តន្ត្រីដែរ។ ខ្ញុំបានឃើញគូស្រករថ្មីនៅលើរទេះសេះ ក៏មានអារម្មណ៍យ៉ាងសប្បាយដូចពួកគេដែរ។

វគ្គទី៥នៃ *ភ្នាវទេះ សៅយ៉ា តម្រីរកំណាព្យ*

[បំណកស្រាយ]

កំណាព្យនេះមាន៥វគ្គ បានតាក់តែងដោយកវីនិពន្ធដែលបានមើលឃើញពីការដង្ហែក្បួនអាពាហ៍ពិពាហ៍។ កំណាព្យចាប់ផ្តើមដោយភ្នំខ្ពស់និងផ្លូវទូលាយនេះបានបញ្ជាក់ថា កវីនិពន្ធសប្បាយរីករាយដោយសារបានឃើញការដង្ហែក្បួនអាពាហ៍ពិពាហ៍។ ឃ្លាទី១នៃកំណាព្យនេះមានន័យពិសេស គឺសំដៅទៅលើចរិតដ៏ថ្លៃថ្នូររបស់មនុស្ស។

85. 青蝇

【原文】

营营青蝇,止于樊。岂弟君子,无信谗言。

《诗经·小雅·青蝇》首章

【释文】

嗡嗡叫的苍蝇到处飞舞,飞到篱笆才停下来。平易近人的君子,不要相信谗言。

【解析】

这是一首斥责谗人害人祸国的诗。诗共三章。诗歌以青蝇止于篱笆起兴,比喻谗言满天,希望君子不要听信谗言。"岂弟"就是"恺悌",意思是和乐平易,泛指品德优良、平易近人的人。而诗中"青蝇"就成了谗言或进谗佞人的代称。

៨៥. រុយ

【 សេចក្ដីពន្យល់ 】

រុយបន្លឺសូរងូង១ហើរគ្រប់ទីកន្លែង ហើរហូតដល់របងទើបឈប់មួយភ្លែត។ សូមសុភាពបុរសកុំជៀសនឹងពាក្យសម្ដីចាក់ដោតរបស់មនុស្សអាក្រក់អី។

វគ្គដំបូងនៃ *រុយ សៅយ៉ា គម្ពីរកំណាព្យ*

【 បំណកស្រាយ 】

កំណាព្យនេះមាន៣វគ្គ បានរៀបរាប់អំពីការស្ដីបន្ទោសពាក្យសម្ដីចាក់ដោតរបស់មនុស្សនាំឱ្យគ្រោះថ្នាក់ដល់ប្រទេសជាតិ។ កំណាព្យនេះ យករុយហើរទំនៅលើរបង មកប្រៀបធៀបពាក្យសម្ដីចាក់ដោតមានច្រើន។ ក្នុងភាសាចិនពាក្យ Kaiti មានន័យជាមនុស្សដែលមានគុណធម៌ សុភាពរាបសារ និងរួសរាយរាក់ទាក់។ ចាប់ពីពេលនេះទៅ រុយគឺតំណាងឱ្យពាក្យសម្ដីចាក់ដោត។

86. 角弓

【原文】

尔之远矣，民胥然矣。尔之教矣，民胥效矣。

《诗经·小雅·角弓》二章

【释文】

你如果疏远了亲属，人民也会跟着你变坏。你假如教导他们向善，人民也会效仿你变好。

【解析】

这是一首劝告王公贵族不要疏远兄弟亲戚而亲近小人的诗。诗共八章。这一章写王公贵族的言行举止对百姓的影响。中国古代虽有司徒之官以掌教化，引导百姓行善明礼，但总体而言，普通百姓没有什么知识文化，他们往往会以王公贵族和官员的话语行为作榜样而亦步亦趋，所以诗人对此多有警示，希望统治者能积德导善，以作榜样。

៨៦. ធូរស្តេងគោ

[សេចក្តីពន្យល់]

បើអ្នកឃ្លាតឆ្ងាយពីញាតិមិត្ត ប្រជារាស្ត្រក៏ធ្វើតាមអ្នកដែរ។ បើអ្នកធ្វើអំពើល្អ និងមានចិត្តមេត្តា ប្រជារាស្ត្រក៏ក្លាយជាមនុស្សល្អនិងមានគុណធម៌ដូចអ្នកដែរ។ វគ្គទី២នៃ *ធូរស្តេងគោ សៅយ៉ា តម្ងីរកំណាព្យ*

[បំណកស្រាយ]

កំណាព្យនេះមាន៨វគ្គ បានរៀបរាប់អំពីការដំបូន្មានដល់អភិជននិងមន្ត្រីកុំឲ្យឃ្លាតឆ្ងាយពីញាតិមិត្តនិងកុំនៅជិតស្និទ្ធមនុស្សថោកទាប។ វគ្គនេះ រៀបរាប់ពីពាក្យសម្តីនិងអំពើរបស់អភិជននិងមន្ត្រីដែលអាចជះឥទ្ធិពលដល់ប្រជារាស្ត្រ។ នៅសម័យបុរាណចិន ទោះបីជាមានការតែងតាំងមន្ត្រីទៅផ្សព្វផ្សាយអំពីសុធីរធម៌ ដើម្បីឲ្យប្រជារាស្ត្រចេះគួរសមនិងប្រព្រឹត្តអំពើល្អ ប៉ុន្តែដោយសារប្រជារាស្ត្រមិនសូវមានចំណេះដឹង ពួកគេភាគច្រើននឹងធ្វើតាមអំពើរបស់អភិជននិងមន្ត្រី។ ដូច្នេះកវីនិពន្ធបានអប់រំព្រមានដល់ថ្នាក់ដឹកនាំ ដោយសង្ឃឹមថាថ្នាក់ដឹកនាំអាចមានអំពើល្អនិងចិត្តមេត្តា ដើម្បីធ្វើជាគំរូល្អចំពោះប្រជារាស្ត្រ។

采绿
បះស្បៀង

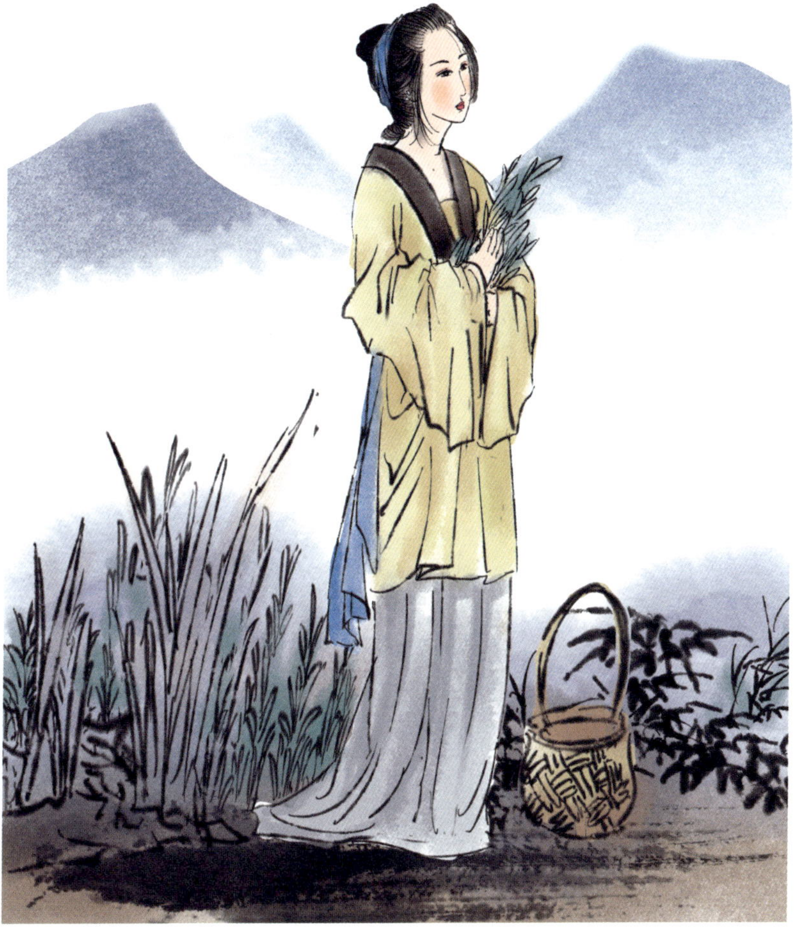

87. 采绿

【原文】

终朝采绿,不盈一匊。予发曲局,薄言归沐。

《诗经·小雅·采绿》首章

【释文】

整个早晨都在采荩草,却采不满一捧草。我的头发又卷又曲,我还是赶紧回家洗头去。

【解析】

这是一首妇女思念外出的丈夫的诗。诗共四章。丈夫逾期不归,她无心采荩,也无心打扮。诗歌以两个细节写出这位妇女内心的不平静:整整一个早上的时间,却采不满一捧的草,那是因为思念着丈夫,无心采摘;头发散乱没有洗梳,也同样是因为思念而无心修饰。

៨៧. បេះស្តៀជាន

[សេចក្តីពន្យល់]

ខ្ញុំបានបេះស្តៀជាន[1] ពេញមួយព្រឹក តែមិនទាន់ប្រមូលបានមួយបាច់ទេ។ សក់ខ្ញុំពិតជារួញណាស់ គួរតែប្រញាប់ទៅផ្ទះកក់សក់សិន។

វត្តដំបូងនៃ **បេះស្តៀជាន សៅយ៉ា តម្អីរកំណាព្យ**

[បំណកស្រាយ]

កំណាព្យនេះមាន៤វគ្គ បានរៀបរាប់អំពីស្ត្រីម្នាក់បាននឹកប្តីដែលចេញទៅខាងក្រៅ។ ប្តីគាត់មិនទាន់ត្រឡប់ទៅផ្ទះវិញតាមពេលវេលាកំណត់ ដូច្នេះស្ត្រីម្នាក់នេះគ្មានអារម្មណ៍ទៅតុបតែងខ្លួនទេ។ កំណាព្យនេះ បានសង្កាញ់អំពីស្ត្រីម្នាក់នេះព្រួយបារម្ភនឹកប្តីគាត់ដោយសេចក្តីលម្អិត២យ៉ាងគឺ ទី១ ស្ត្រីម្នាក់នេះមិនទាន់បានប្រមូលស្តៀមួយបាច់អស់រយៈពេលមួយព្រឹក គឺមិនបានប្រមូលអារម្មណ៍ដោយសារនឹកប្តី។ ទី២ សក់របស់គាត់រួញណាស់ហើយ គឺគ្មានអារម្មណ៍ទៅកក់សក់និងតុបតែងខ្លួនព្រោះនឹកប្តីពេក។

---

[1]ស្តៀជាន hispid arthraxon ជាឱសថរុក្ខជាតិម្យ៉ាងរបស់ចិន

89. 何草不黄

【原文】

何草不黄？何日不行？何人不将？经营四方。

《诗经·小雅·何草不黄》首章

【释文】

哪一种草不枯黄？哪一天不忙活？哪一个人不出征？我们总是不停地在四方奔走。

【解析】

这是一首征夫哀叹行役的诗。诗共四章。周代徭役繁杂沉重，种类繁多，但大致可以归纳成力役和兵役两种。统治者频繁征调民力，使平民苦不堪言，因而怨声载道。

៨៩. ស្ពៃប្រភេទណាមិនត្រៀមស្ងួត

[សេចក្ដីពន្យល់]

តើមានស្ពៃប្រភេទណាមិនចេះត្រៀមស្ងួត? តើមានថ្ងៃណាទំនេរអាចសម្រាកបាន? តើមានបុគ្គលណាដែលមិនទៅបម្រើទៀតនៅកន្លែងឆ្ងាយ? យើងទាំងអស់គ្នាតែងតែធ្វើដំណើរទៅគ្រប់ទីកន្លែងឥតឈប់ឈរ។

វត្ថុដំបូងនៃ ***ស្ពៃប្រភេទណាមិនត្រៀមស្ងួត សោយ៉ា គម្ពីរកំណាព្យ***

[បំណកស្រាយ]

បានរៀបរាប់អំពីប្រជាជនដែលទទួលសោកនឹងការបង្កើនផលកម្ម។ ការបង្កើនផលកម្មនៅរដូវកាលចូរពិតជាធន់ធ្ងរនិងមានច្រើនប្រភេទ។ ជាទូទៅអាចចែកជាពីរប្រភេទ រួមទាំងការបម្រើដោយប្រើកម្លាំងនិងការចូលកងទ័ព។ ថ្នាក់ដឹកនាំបង្ខំឱ្យប្រជារាស្ត្រធ្វើផលកម្មជាញឹកញាប់ ធ្វើឱ្យប្រជារាស្ត្រកើតទុក្ខវេទនាយ៉ាងខ្លាំង។

90. 文王

【原文】

文王在上，於昭于天。周虽旧邦，其命维新。有周不显，帝命不时。文王陟降，在帝左右。

《诗经·大雅·文王》首章

【释文】

文王的神明高高在上，在天上大放光明。岐周虽然是古老的邦国，但接受天命建立新王朝。周朝的前途无限，遵照上天赋予的使命。文王的神明升到了天上，就在上帝的左右旁。

【解析】

这是一首诗人追述文王事迹以告诫成王的诗。诗共七章。诗中写周民族虽是一个古老的民族，有悠久的历史，但它能创新，因此具有顽强的生命力。西周民族起源于中国西北，其始祖后稷在尧时被任命为管理农业的官员，其后经过几百年繁衍，至文王姬昌时，逐渐发展成为与殷商王朝抗衡的新兴强国。此后武王继承文王的事业，一举剿灭残暴无道的殷商王朝，建立了相对开明的西周政权。西周制订的一系列典章文化制度，一直影响到中国人今天生活的方方面面。

៩០. ស្តេចចូវវិនវ៉ាង

[សេចក្តីពន្យល់]

ព្រលឹងស្តេចចូវវិនវ៉ាងស្ថិតនៅហានស៊ុគ លើមេឃបញ្ចេញពនឺដ៏ភ្លឺថ្លា។ ទោះបីស្រុកចូវ ជាប្រទេសមួយដ៏ចាស់ក្តី ប៉ុន្តែបានទទួលការបញ្ជាពីអាទិទេពទៅកសាងរជ្ជកាលថ្មីមួយ។ ការបំពេញរបសកកម្មតាមអាទិទេព រាជវង្សចូវនឹងមានអនាគតដ៏ភ្លឺស្វាង។ ព្រលឹងនៃស្តេចចូវវិនវ៉ាង បានទៅដល់ហានស៊ុគហើយ។
វគ្គដំបូងនៃ ***ស្តេចចូវវិនវ៉ាង កាយ៉ា គម្ពីរកំណាព្យ***

[បំណកស្រាយ]

កំណាព្យនេះមាន៧វគ្គ បានរៀបរាប់អំពីប្រវត្តិនៃស្តេចចូវវិនវ៉ាងនិង ដាស់តឿនស្តេចឪនវ៉ាង។ កំណាព្យនេះ រៀបរាប់ថាទោះបីជាជនជាតិចូវជា ជនជាតិមួយដែលមានប្រវត្តិសាស្រ្តយូរលង់មកហើយក្តី តែជនជាតិនេះនៅតែមានគំនិតច្នៃប្រឌិតថ្មី ដូច្នេះអាចស្វែងរងរង្វាន់រហូតដល់ពេលនេះ។ ជនជាតិស៊ូចូវ មានប្រភពទីតាំងនៅភាគពាយព្យនៃប្រទេសចិន។ លោក ហូវ ជី ដែលជាបុព្វបុរសដើមដំបូងនៃជនជាតិចូវ ត្រូវបានតែងតាំងជាមន្ត្រីម្នាក់ខាងការគ្រប់គ្រងកសិកម្មនៅសម័យយ៉ៅ(២៣៥៦-២២៥៥មុន.គ.ស) នាពេលនោះ។ ក្រោយពីទទួលការអភិវឌ្ឍរាប់ពាន់ឆ្នាំហើយ រហូតដល់សម័យកាលដែលស្តេចចូវវិនវ៉ាង ឡើងធ្វើជាស្តេច នគរទាំងមូលបានរីកចម្រើននិងក្លាយទៅជាប្រទេសថ្មីដ៏ខ្លាំងជាបន្តបន្ទាប់។ បន្ទាប់មកស្តេចចូវវិនវ៉ាង បានលុបចោលនូវរាជគ្រប់គ្រងដ៏សាហាវយោរយៅរបស់រជ្ជកាលសាំង ហើយកសាងឡើងនូវរបបសេរីនិយម។ ក្បួនច្បាប់និងប្រព័ន្ធវប្បធម៌ដែលរាជវង្សចូវខាងលិចបង្កើតឡើង គឺមានឥទ្ធិពលយ៉ាងខ្លាំងដល់ជីវភាពរស់នៅរបស់ប្រជាជនចិនរហូតដល់បច្ចុប្បន្ននេះ។

詩經選譯

旱麓
ជើងភ្នំហាន

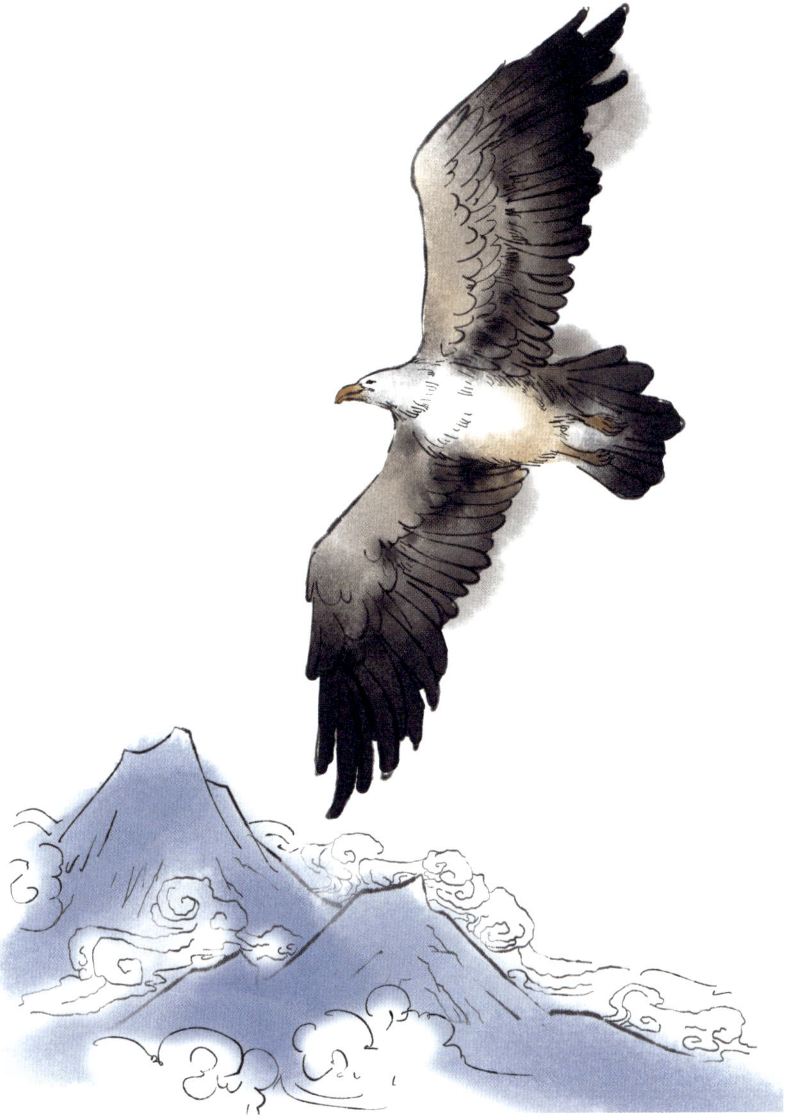

91. 旱麓

【原文】

鸢飞戾天,鱼跃于渊。岂弟君子,遐不作人?

《诗经·大雅·旱麓》三章

【释文】

老鹰飞到天上去,鱼儿跳跃到深潭里。平易近人的君子,为什么不培养人才呢?

【解析】

这是一首歌颂周文王祭祖得福、培养人才的诗。诗共六章。诗以鹯鹰展翅、鱼儿跃渊起兴,比喻恺悌之士能够培养青年、提携后学。周王朝的兴盛,就得益于人才的重用和培养,周文王、周武王重用姜太公,印证了此诗所叙写的用贤育才事实。

៩១. ជើងភ្នំហាន

[សេចក្តីពន្យល់]

តន្ត្រីហោះទៅលើរហា ត្រីលោតចូលក្នុងស្រះ។ ហេតុអ្វីសុភាពបុរសមិនទៅបណ្ដុះបណ្ដាលធនធានមនុស្សបន្តទៅទៀត?

វគ្គទី៣នៃ **ជើងភ្នំហាន តាយ៉ា តម្លីរកំណាព្យ**

[បំណកស្រាយ]

កំណាព្យនេះមាន៦វគ្គ រៀបរាប់អំពីការកោតសរសើរស្តេចចូវវ៉េនវុាំង ដែលសំពះសែនដួនតា ដើម្បីសុំសេចក្តីសុខនិងបណ្ដុះបណ្ដាលធនធានមនុស្យ។ កំណាព្យយកតន្ត្រីហោះទៅលើរហានិងត្រីលោតចូលក្នុងស្រះ មកធ្វើការប្រៀបធៀប បញ្ជាក់ពីសុភាពបុរសអាចបណ្ដុះបណ្ដាលធនធានមនុស្យ និងបានផ្តល់ឱកាសធ្វើជាមន្ត្រីដល់យុវជនដែលមានចំណេះដឹង។ ការរីកចម្រើននៃរដ្ឋកាលចូរពឹងផ្អែកលើតម្រោងយកចិត្តទុកដាក់ទៅលើអ្នកចេះដឹង និងការបណ្ដុះបណ្ដាលធនធានមនុស្ស។ តាមប្រវត្តិសាស្ត្រវិញ ស្តេចចូវវ៉េនវុាំងនិងស្តេចចូវវ៉ូវុាំង បានផ្តល់តំណែងដ៏សំខាន់ដល់លោកចាំងថៃកុង[1]។ កំណាព្យនេះ បានបញ្ជាក់រឿងពិតនេះម្តងទៀត ដោយស្តេចចូវវ៉េនវុាំងជាមេដឹកនាំម្នាក់ដែលបានយកចិត្តទុកដាក់ទៅលើអ្នកចេះដឹងនិងបណ្ដុះបណ្ដាលធនធានមនុស្ស។

---

[1] លោកចាំងថៃកុង ជាអ្នកនយោបាយនិងអ្នកយុទ្ធសាស្ត្រល្បីម្នាក់។

92. 思齐

【原文】

惠于宗公,神罔时怨,神罔时恫。刑于寡妻,至于兄弟,以御于家邦。

《诗经·大雅·思齐》二章

【释文】

文王能够敬顺祖宗,祖宗没有埋怨,祖宗也没有伤心过。文王以礼仪贤德成为妻子的榜样,也是兄弟的模范,进而以此治理国家。

【解析】

这是一首歌颂文王善于修身、齐家、治国的诗。诗共五章。诗歌写文王以礼待妻、兄弟,并以此治国而国事亨通。国家并称,大则为国,小则治家,古人相信,治理家国的道理都是相通的,所以后人说"求忠臣必于孝子之门",正与此诗异曲同工。

៩២. អ្នកម្ដាយរមទម្យ

[សេចក្ដីពន្យល់]

ស្ដេចចូរវិនរាំង មានកតញ្ញចំពោះជីដូនជីតា។ ដូច្នេះ មិនឆ្នាប់ផ្ដើឱ្យជីដូនជីតា
តួញត្អែរនិងឈឺចាប់ទេ។ ស្ដេចចូរវិនរាំង មានសុជីវធម៌និងគុណធម៌ ជាតម្រាប់
ចំពោះប្រពន្ធ និងជាគំរូដ៏ល្អចំពោះបងប្អូនរបស់គាត់។ យោងតាមគុណសម្បត្ដិ
បែបនេះ ហើយទើបអាចគ្រប់គ្រងប្រទេសបានល្អ។

វគ្គទី២នៃ *អ្នកម្ដាយរមទម្យ ភាយ៉ា តម្មីរកំណាព្យ*

[បំណកស្រាយ]

កំណាព្យនេះមាន៥វគ្គ បានកោតសរសើរស្ដេចចូរវិនរាំងក្នុងការកសាងខួន
កសាងគ្រួសារ និងគ្រប់គ្រងប្រទេសបានល្អ។ ស្ដេចចូរវិនរាំង មានចិត្ដមេត្ដា
ចំពោះប្រពន្ធនិងបងប្អូនរបស់គាត់ គ្រប់គ្រងប្រទេសឱ្យមានការអភិវឌ្ឍយ៉ាង
ល្អ។ ប្រជាជនសម័យបុរាណជឿជាក់ថា របៀបគ្រប់គ្រងប្រទេសដូចគ្នានឹង
របៀបកសាងគ្រួសារ។ ដូច្នេះ មនុស្សជំនាន់ក្រោយវនិយាយថា **មន្ដ្រីស្មោះត្រង់
ម្នាក់ប្រាកដជាមនុស្សម្នាក់ដែលមានភាពកកញ្ញ** គឺមានគំនិតដូចគ្នាជាមួយបទ
កំណាព្យនេះ។

生民
ការសម្រាលលោកហ្វូជី

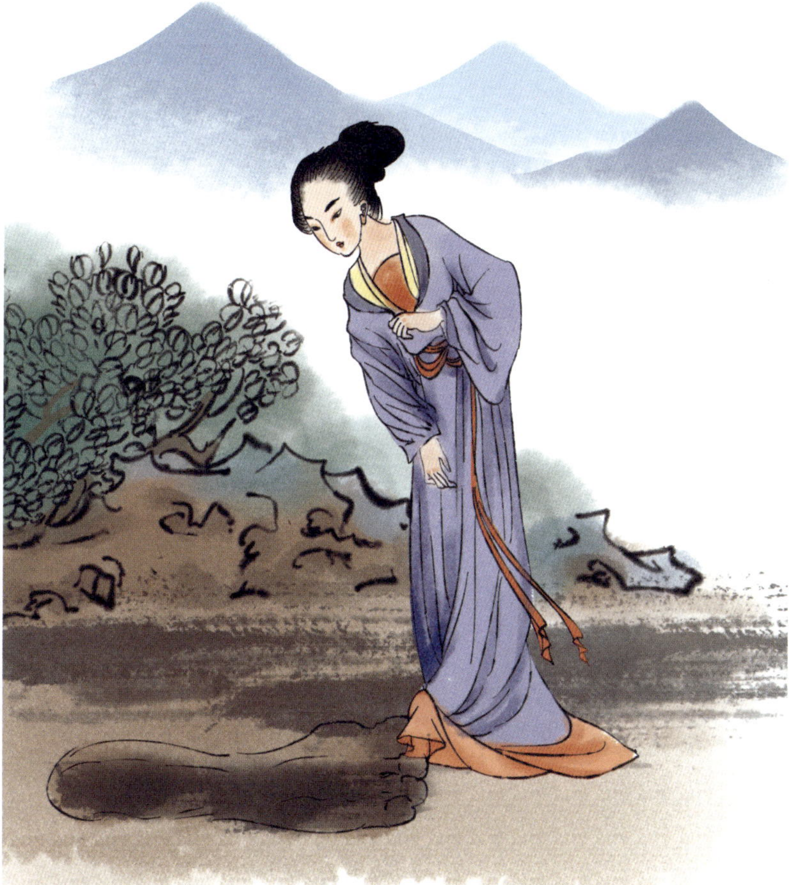

93. 生民

【原文】

　　厥初生民，时维姜嫄。生民如何？克禋克祀，以弗无子。履帝武敏歆，攸介攸止。载震载夙，载生载育，时维后稷。

　　　　　　　　　　《诗经·大雅·生民》首章

【释文】

　　当初周民族的祖先能出生，都是因为姜嫄淑德贤惠。她是怎么生下周民的始祖的呢？她虔诚地祷告神灵与上天，祈求怀孕生子。此后她就踩了天帝的拇趾印，得到神灵的保佑和恩赐。怀孕时精心呵护胎儿，勤劳养育新生儿，这个孩子就是周人的祖先后稷。

【解析】

　　这是一首叙写周民族始祖后稷神奇事迹的诗。诗共八章。周民族有久远的历史，经过十几代人的苦心经营，至周武王时灭商，建立周王朝。其后代子孙追述祖先创业的艰辛，旨在表彰祖宗的功业，也是期待得到祖宗的保佑、庇护与恩赐。

៩៣. ការសម្រាលលោកហ្វរជី

[សេចក្ដីពន្យល់]

បុព្វបុរសដើមដំបូងរបស់ជនជាតិចូរអាចសម្រាលបាន គឺដោយសារលោកស្រីចាំងយ័រមានគុណធម៌និងរមទម្យ។ តើគាត់សម្រាលបុព្វបុរសរបស់ជនជាតិចូរដោយវិធីអ្វី? ជាដំបូង គាត់ឃ្លងស្ងងចង់បានកូនមួយនៅមុខទេវតាដោយចិត្តទៀងត្រង់។ ក្រោយមក គាត់បានដេរដ្ឋានលើស្នាមមេដៃរបស់ទេវតា ហើយចាប់ពីពេលនោះមក ក៏បានទទួលបានការប្រទានពរពីទេវតា។ ក្នុងអំឡុងពេលមានផ្ទៃពោះ៖ គាត់យកចិត្តទុកដាក់ថែរក្សាទារក ហើយក៏ព្យាយាមចិញ្ចឹមកូនទៀត។ កូនប្រុសនេះ ជាបុព្វបុរសដើមដំបូងរបស់ជនជាតិចូរដែលឈ្មោះថា ហ្វរជី។

វត្ថុដំបូងនៃ *ការសម្រាលលោកហ្វរជី សៅយ៉ា គម្ពីរកំណាញ*

[បំណកស្រាយ]

កំណាព្យនេះមាន៨វគ្គ បានរៀបរាប់អំពីរឿងដ៏អស្ចារ្យរបស់លោកហ្វរជីដែលជាបុព្វបុរសដើមរបស់ជនជាតិចូរ។ ជនជាតិចូរ មានប្រវត្តិសាស្ត្រយូរលង់ណាស់មកហើយ តាមរយៈការខិតខំជំរុញការអភិវឌ្ឍដោយជនជាតិចូរពីមួយជំនាន់ទៅមួយជំនាន់។ រហូតដល់ពេលស្តេចចូវវីងវ៉ាង បានដឹកនាំប្រជាជនទៅលុបបំបាត់នូវការគាបសង្កត់ និងការគ្រប់គ្រងដ៏ឃោរឃៅរបស់រដ្ឋកាលសាំងហើយបានកសាងរាជវង្សចូវឡើង។ កូនចៅចូរជំនាន់ក្រោយ រលឹកដល់ក្ដីលំបាករបស់បុព្វបុរសរបស់ពួកគេ ដើម្បីសរសើរពីសមិទ្ធផលដែលបង្កើតឡើងដោយជីដូនជីតា ហើយក៏សង្ឃឹមថា បានទទួលការការពារថែរក្សា និងអំណោយផលពីជីដូនជីតាផងដែរ។

詩經選譯

公刘
លោកកុងលវ

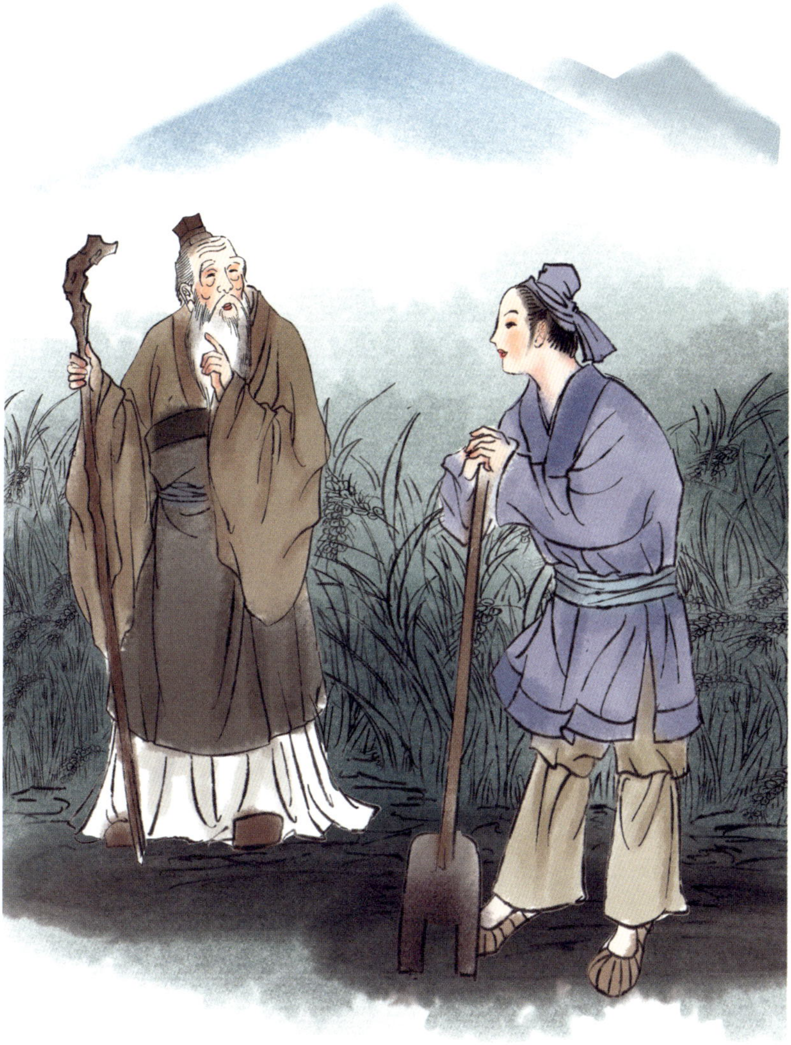

94. 公刘

【原文】

笃公刘,匪居匪康。迺埸迺疆,迺积迺仓。迺裹糇粮,于橐于囊。思辑用光,弓矢斯张。干戈戚扬,爰方启行。

《诗经·大雅·公刘》首章

【释文】

笃实忠厚的公刘,不敢安居图享受。带领周人划分疆界耕种田地,收获粮食装入仓库。准备食物作为干粮,装入小袋和大囊。公刘带领大家团结一致争光荣,佩上弓箭武装起来。拿好盾戈斧钺,奋勇争先向前进。

【解析】

这是一首叙述周人祖先公刘带领周人由邰迁豳的诗。诗共六章。此篇与《大雅·生民》《大雅·绵》一起构成了周人史诗系列。公刘是后稷的曾孙,他带领流落于戎狄的部族迁居于豳地,从事农业生产、开拓疆土、厚积民德,使周民族初具邦国气象。

៩៤. លោកុងសារ

[សេចក្តីពន្យល់]

លោកុងសារ មានភាពស្មោះត្រង់និងភក្តីភាព គាត់មិនឆ្នាប់គិតពីសុខមង្គលខ្លួនឯងទេ។ គាត់បែងចែកទឹកដីគ្រប់គ្រង និងដឹកនាំប្រជាជនចូររើថ្មីស្រែចម្ការ ហើយផលដែលប្រមូលបាន គឺយកទៅទុកនៅក្នុងឃ្លាំងសៀង។ ក្រៅពីនេះ បានអំពាវនាវប្រជាជនត្រៀមរៀបចំសៀងទុកដាក់ឱ្យបានល្អមទៀត។ លោកុងសារ បានដឹកនាំប្រជាជនទាំងអស់ទៅរៀបចំត្រៀមធ្នូ ព្រួញ លំពែង និងខែល។ ប្រជាពលរដ្ឋទាំងអស់កាន់ធ្នូ ព្រួញ លំពែង និងខែល រួមគ្នាឈានទៅមុខដោយសកម្មនិងភាពក្លាហាន។

*វគ្គដំបូងនៃ **លោកុងសារ គាសៅ តម្លើរកំណាញ***

[បំណកស្រាយ]

កំណាញ្យនេះមាន៨វគ្គ បានរៀបរាប់អំពីរឿងម្នាក់ឈ្មោះលោកុងសារដែលបានដឹកនាំជនជាតិចូរផ្លាស់ទីលំនៅពីទីក្រុងថៃទៅដល់ទីក្រុងពាន។ វគ្គនេះមានចំណងជើងថា តាយ៉ា សិងមីង និង តាយ៉ា មាន បានធ្វើជាប្រជុំកំណាញ្យដែលរៀបរាប់អំពីប្រវត្តិសាស្ត្រនៃជនជាតិចូរ។ លោកុងសារ ជាកូនចៅទួតរបស់លោកហួរជី លោកបានដឹកនាំប្រជាជនផ្លាស់ទីលំនៅទៅដល់តំបន់ពាន និងដឹកនាំប្រជាជនចូលរួមការងារកសិកម្ម ព្រមទាំងស្រែកទំហំទឹកដី និងធ្វើបុណ្យចំពោះប្រជាជន។ ដូច្នេះ បានចាត់ត្រឹះដ៏រឹងមាំ ហើយបានក្លាយទៅជានគរមួយនាពេលក្រោយទៀត។

95. 板

【原文】

上帝板板,下民卒瘅。出话不然,为犹不远。靡圣管管,不实于亶。犹之未远,是用大谏。

《诗经·大雅·板》首章

【释文】

国君昏乱乖戾反常,百姓因此辛劳疲病。说出的话都不合理,制定的政策没有远见。一意孤行不尊重贤人,言不由衷缺少诚信。你治理国家没有远见,因此我要劝谏你。

【解析】

这是一首劝告厉王施行仁政的诗。诗共八章。周人以举贤授能立国,周朝要想绵延传承下去,也需要贤能的辅佐。但西周末年,厉王抛弃祖宗规制,背离先人道德,倒行逆施,对敢言者采取监视和屠杀的严厉手段,最终导致国家的覆灭。

៩៥. ខិលខូចភាន់ភាំង

[សេចក្ដីពន្យល់]

ស្ដេចកំណាចខិលខូចភាន់ភាំង ប្រជាជនឃើចាប់ទុក្ខវេទនា។ សម្ដីមិនសម ហេតុផល គោលនយោបាយតវេងឆ្នាយ។ ព្រះអង្គធ្វើតាមទំនើងចិត្តមិនស្ដាប់ គតិបណ្ឌិត និយាយមិនស្មោះគ្មានពិតប្រាកដ។ ព្រះអង្គគ្រប់គ្រងប្រទេសមិន វេងឆ្នាយ។ ដូច្នេះ ខ្ញុំត្រូវការដាស់តឿនព្រះអង្គ។

វគ្គដំបូងនៃ *ខិលខូចភាន់ភាំង ឋាប៉ា តម្លើរកំណាញ*

[បំណកស្រាយ]

កំណាព្យនេះមាន៨វគ្គ គោលបំណង គឺព្រមានស្ដេចលីរ៉ាំង[1]ឱ្យគ្រប់គ្រង ប្រទេសដោយចិត្តមេត្ដា។ ស្ដេចនៅវជ្ជកាលចូរ[2]តែងតែគ្រប់គ្រងប្រទេស ដោយចិត្តមេត្តា បើចង់ឱ្យវជ្ជកាលចូរបន្តពន្លាស្ដែងទៅមុខទៀត ត្រូវតែមាន គតិបណ្ឌិតជួយឧបត្ថម្ភគ្រងរាជ្យ។ ប៉ុន្តែដល់ចុងវជ្ជកាលស៊ីចូរ[3] ស្ដេចលីរ៉ាំង ចោះបង់របៀបរបបដូនតា ក្បត់សីលធម៌ដែលដូនតាគោរព ប្រព្រឹត្តអកុសល ក្រតពតិនិឆ្យនិងធ្វើបាបសម្លាប់គតិបណ្ឌិត ទើបញាំងឱ្យប្រទេសលត់លោយ។

---

[1]ស្ដេចលីរ៉ាំង ជាស្ដេចកំណាចល្បីមួយអង្គនៅវជ្ជកាលស៊ីចូរ។
[2]វជ្ជកាលចូរ គឺចាប់ពីឆ្នាំ(១០៤៦-២៥៦មុនគ.ស.)។
[3]វជ្ជកាលស៊ីចូរ គឺចាប់ពីឆ្នាំ(១០៤៦-៧៧១មុនគ.ស.)។

詩經
選譯

荡
ខិលខូចក្រអឺតក្រទម

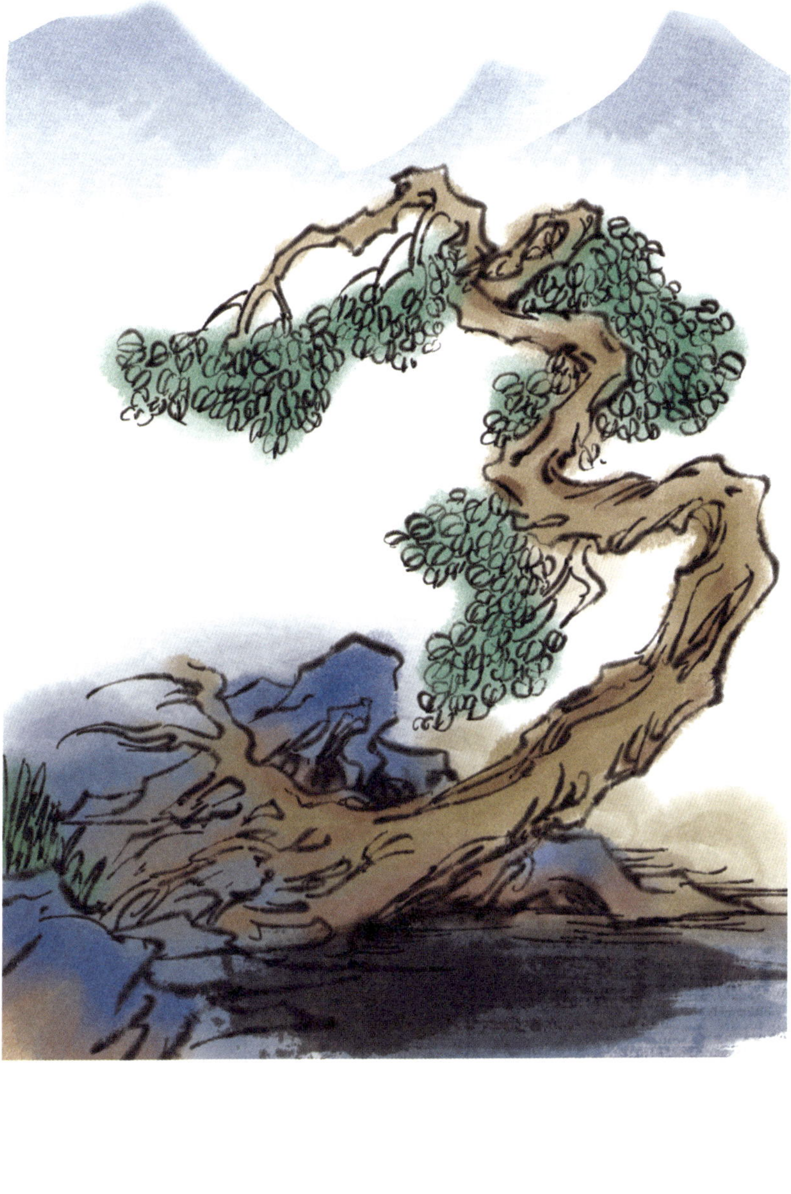

96. 荡

【原文】

文王曰咨，咨女殷商！人亦有言："颠沛之揭，枝叶未有害，本实先拨。"殷鉴不远，在夏后之世。

《诗经·大雅·荡》八章

【释文】

当年文王心中曾经有感慨，叹息殷商末代君王的昏乱！古人也曾这样说："树木拔倒露出了树根，枝叶虽然暂时没有受伤，但树根已经被破坏。"殷商覆灭的教训并不遥远，就在夏桀的时代。

【解析】

这是一首诗人哀伤厉王无道、周室将亡的诗。诗共八章。诗歌回忆文王曾经对殷商贵族的告诫之语，以此规劝周王。诗末"殷鉴不远，在夏后之世"两句，提醒周王要借鉴历史，从历史上的兴衰成败来检讨治国的策略，这形成中国源远流长的鉴古知今传统。

៩៦. ខិលខូចក្រអឺតក្រទម

[សេចក្ដីពន្យល់]

កាលពីមុន ស្ដេចវិនរុំង[1]ថ្នាប់មានប្រសាសន៍ថា រដ្ឋកាលសាំង[2]លាយ ដោយស្ដេចចុងក្រោយខិលខូចពេក។ ពាក្យបុរាណបានពោលថា **ដើមឈើរល់ លេចចេញបួស ទោះបីស្ដឹកឈើនៅមិនទាន់រួចក្ដី តែបួសវាត្រូវបានបំផ្លាញ ហើយ។** មេរៀនរបស់រដ្ឋកាលសាំងក៏មិនឆ្ងាយដែរ គឺស្ដេចជៀ[3] នៅរដ្ឋកាល សៀ[4]។

វគ្គទីនែ *ខិលខូចក្រអឺតក្រទម ភាយ៉ា តម្លីរកំណាញ់*

[បំណកស្រាយ]

កំណាញ់នេះមាន៨វគ្គ បានសម្ដែងទុក្ខព្រួយយ៉ាងខ្លាំងចំពោះស្ដេចលីរុំង ខិលខូចក្រអឺតក្រទម រដ្ឋកាលចូរជិតរលត់។ ការរើឡើងវិញអំពីឱវាទរបស់ ស្ដេចវិនរុំងចំពោះរដ្ឋកាលសាំង ដើម្បីក្រើនស្ដេចរដ្ឋកាលចូរ។ ឃ្លាទាំងពីរនៅ ចុងក្រោយកំណាញ់ មេរៀនរបស់រដ្ឋកាលសាំងក៏មិនឆ្ងាយដែរ គឺស្ដេចជៀនៅ រដ្ឋកាលសៀ គឺក្រើនរំលឹកស្ដេចរដ្ឋកាលចូរត្រូវការរៀបចំព្រឹត្តិ។ នេះគឺយក មេរៀនជោគជ័យនិងបរាជ័យពីប្រវត្តិសាស្ត្រ មកវិភាគនយោបាយគ្រប់គ្រង ប្រទេស បានបង្កើតជាប្រពៃណីចិនដ៏ឪអង្វែង គឺរៀនពីប្រវត្តិបានដឹងសព្វថ្ងៃ។

---

[1]ស្ដេចវិនរុំង ជាស្ដេចមេភ្នាល់មួយអង្គ ជាព្រះឪរបស់ស្ដេចជំឯូងនៅរដ្ឋកាលចូរ។
[2]រដ្ឋកាលសាំង គឺចាប់ពី(១៦០០-១០៤៦មុនគ.ស.)។
[3]ស្ដេចជៀ ជាស្ដេចកំណាចម្លឹមួយអង្គ ជាស្ដេចចុងក្រោយនៅរដ្ឋកាលសៀ។
[4]រដ្ឋកាលសៀ គឺចាប់ពី(២១-១៦មុនគ.ស.)។

97. 抑

【原文】

　　质尔人民，谨尔侯度，用戒不虞。慎尔出话，敬尔威仪，无不柔嘉。白圭之玷，尚可磨也。斯言之玷，不可为也！

《诗经·大雅·抑》五章

【释文】

　　安定你的人民，谨慎遵守法度，以防灾祸的突然发生。说话一定要谨慎，行为举止必须端正，为人和善友好。如果白玉上有斑点，还可以磨干净。要是开口不慎说错话，想要挽回就不可能了！

【解析】

　　这是一首周王朝老臣劝告、讽刺周王的诗。诗共十二章。诗以白玉有玷容易清除设喻，规劝周王要谨慎言行，因为君王的所作所为往往影响着国家的大政方针。中国人自古以来就有尊老敬贤的传统，认为这些宿老耆旧承载了古人累积的智慧与经验，大则可资治国，小则有益修身。他们对新人新事的指点、导向，往往有先见先觉的功效。

៩៧. មុឹងម៉ាត់ប្រយ័ត្ន

[សេចក្ដីពន្យល់]

រក្សាសុខឱ្យប្រជាជន គោរពច្បាប់បញ្ញត្តិ ដើម្បីជៀសវាងមហន្តរាយ។ ពេលចេញស្ដីត្រូវតែប្រយ័ត្ន តរិយាបថត្រូវតែទៀងត្រង់ ចរិយាត្រូវតែសុភាពរាបសា។ បើគ្មានយក់មានចំណុចស្មាម អាចដុសខាត់ឱ្យស្អាតបាន។ បើមិនប្រយ័ត្នចេញស្ដីខុស ចង់យកមកថ្លែងវិញក៏មិនបានដែរ!

វគ្គទី៥នៃ *មុឹងម៉ាត់ប្រយ័ត្ន ភាយ៉ា តម្អីរកំណាព្យ*

[បំណកស្រាយ]

កំណាព្យនេះមាន១២វគ្គ បានបង្ហាញមន្ដ្រីចាស់ៗនៅរជ្ជកាលចូវ ក្រើនរំលឹកនិងតិះដៀលស្ដេចរជ្ជកាលចូវ។ ក្នុងកំណាព្យ គ្មានយក់ដែលមានចំណុចស្មាមងាយដុសខាត់មកប្រៀបផ្ទឹម។ ក្រើនរំលឹកស្ដេចរជ្ជកាលចូវឱ្យត្រូវចេះប្រុងប្រយ័ត្នសម្ដី ព្រោះស្ដេចប្រព្រឹត្តិភ្លឺអ្វី គឺតែងតែជះឥទ្ធិពលដល់នយោបាយជាតិ។ ជនជាតិចិន មានប្រពៃណីគោរពចាស់ៗ និងតតិបណ្ឌិតតាំងពីយូរយារមកហើយ ចាត់ទុកថាពួកគេបានតស្មូងបញ្ញានិងបទពិសោធន៍ដ៏ថ្លៃថ្លា អាចត្រង់ត្រងប្រទេសបាន អាចសម្រួលកាយចិត្តខ្លួនបាន។ ពួកគេអាចចង្អុលនិងណែនាំហេតុការណ៍ថ្មីតែងតែមានប្រសិទ្ធភាពមុនគេ។

詩經選譯

桑柔
ស៊ីកមនខ្ទី

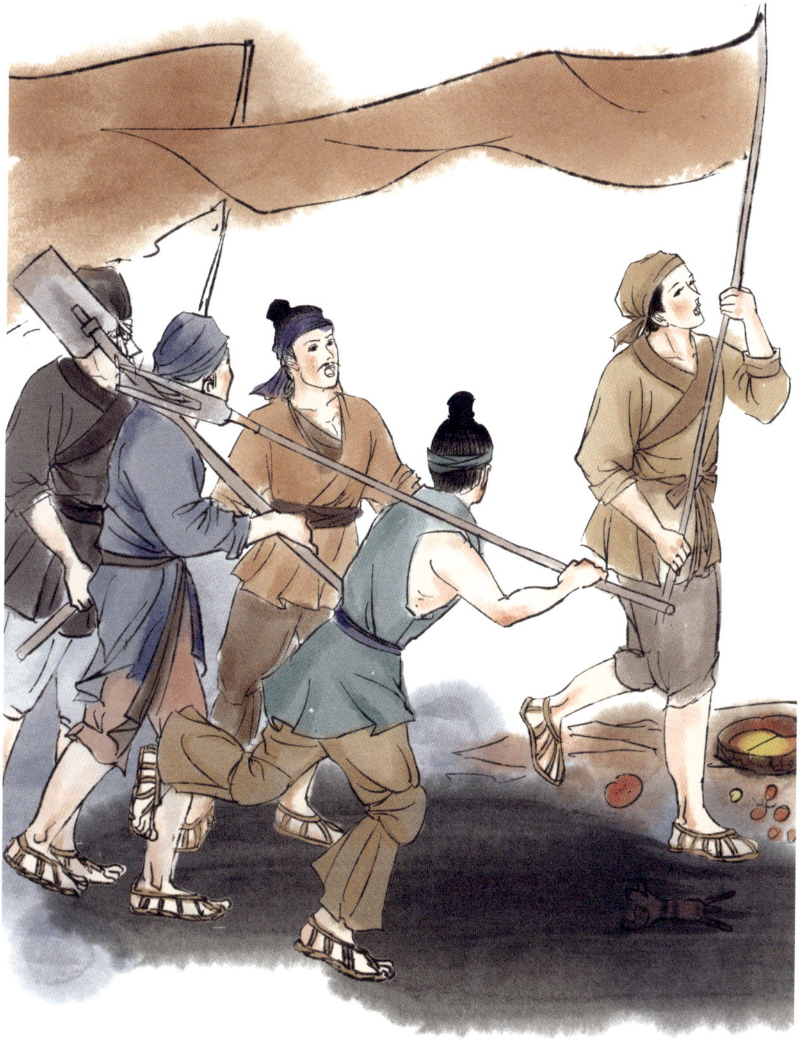

98. 桑柔

【原文】

　　国步蔑资，天不我将。靡所止疑，云徂何往？君子实维，秉心无竞。谁生厉阶？至今为梗。

《诗经·大雅·桑柔》三章

【释文】

　　国运艰难民生困苦，上天也不肯帮助我们。没有居住的地方，我们该往何处去？我们都在反思，我们没有争权夺利的想法。是谁制造这些祸端？至今还在为害人民。

【解析】

　　这是周厉王的大臣芮良夫讽刺厉王的诗。诗共十六章。西周末年，厉王无道，导致国危政乱，但诗人却明知故问，可知是痛恨太甚。而诗中"厉阶"一语也成为后来祸乱的代称。

៩៨. ស្ដីកមនខ្លី

【 សេចក្ដីពន្យល់ 】

វាសនាប្រទេសនិងជីវភាពប្រជាជនពិបាក ហើយមេឃក៏មិនជួយដល់ពួកយើងទៀត។ គ្មានកន្លែងស្នាក់នៅ តើពួកយើងត្រូវទៅរកកន្លែងណាទៀត? យើងសុទ្ធតែពិចារណា ពួកយើងគ្មានសិទ្ធិដណ្ដើមយកប្រយោជន៍របស់គេទេ។ តើនរណាបង្កើតក្ដីវិនាសទាំងនេះ? សព្វថ្ងៃនេះ នៅតែធ្វើបាបប្រជាជនទៀត។
វគ្គទី៣នៃ **ស្ដីកមនខ្លី ភាយ៉ា គម្ពីរកំណាព្យ**

【 បំណកស្រាយ 】

កំណាព្យនេះមាន១៦គូ បានបង្ហាញពីរូប លាំងហ្វូ មន្ត្រីរបស់ ស្ដេច លី វុំាង តិះដៀល ស្ដេច លី វុំាង។ នៅចុងរជ្ជកាលស៊ីចូវ ស្ដេច លី វុំាង ខិលខូច ធ្វើឱ្យប្រទេសមានវិបត្ដិ នយោបាយវឹកវរ ហើយនៅទីនេះករវឹស្សដោយចេតនា គឺសម្ដែងការស្ដាប់ខ្លើមជាខ្លាំង។ រឹងពាក្យ **លីផៀ** ក្នុងកំណាព្យក៏ក្លាយទៅជាពាក្យហៅហេតុនាំមហន្តរាយ។

99. 烝民

【原文】

　　天生烝民，有物有则。民之秉彝，好是懿德。天监有周，昭假于下。保兹天子，生仲山甫。

《诗经·大雅·烝民》首章

【释文】

　　上天养育了天下的人民，万事万物也都有法则。人们都有共同的禀赋，他们都喜欢美好的品德。上天观察周王朝，看到周王虔诚地祈祷。它保佑我大周天子，因此生下仲山甫来做辅佐的大臣。

【解析】

　　这是尹吉甫送别仲山甫的诗。诗共八章。宣王中兴，有贤臣辅佐，而仲山甫就是其中最出色的一位。他受宣王之命到齐地筑城，临别时又得好友尹吉甫作此诗赞美。这一章从万物都有法则说起，认为仲山甫是一位贤良之人，因此才能得到百姓的爱戴，帮助宣王中兴。诗中提到好善是人的本性，影响深远。

៩៩. ប្រជាជនក្រោមមេឃ

【 សេចក្ដីពន្យល់ 】

ធម្មជាតិចិញ្ចឹមប្រជាជនក្រោមមេឃ វត្ថុគ្រប់រូបសុទ្ធតែមានហន:។ ប្រជាជនសុទ្ធតែមានលក្ខណៈរួមដែលធម្មជាតិផ្ដល់ឱ្យ ពួកគេសុទ្ធតែនិយមគុណធម៌។ មេឃសង្កេតមើលរដ្ឋកាលចូរ ឃើញស្ដេចរដ្ឋកាលចូរបូងសូងដោយភក្ដី ទើបបានរក្សាប្រសិទ្ធពរស្តេច។ ដូច្នេះ ទើបសម្រាលបានគតិបណ្ឌិតចូង សានហ្សូមកជួយស្ដេចគ្រងរាជ្យ។

វត្ថុដំបូងនៃ ***ប្រជាជនក្រោមមេឃ គាយ៉ា តម្លើរកំណាព្យ***

【 បំណកស្រាយ 】

កំណាព្យនេះមាន៨វគ្គ និពន្ធដោយ យីន ជីហ្ស៊ូ ដើម្បីជូនដំណើរឱ្យ ចូង សាន ហ្ស៊ូ។ ស្ដេចសាន់រាំង[1]គ្រប់គ្រងប្រទេសបានល្អដោយមានគតិបណ្ឌិតមកជួយគ្រងរាជ្យ ក្នុងចំណោមនោះចូង សានហ្ស៊ូ គឺល្បីជាងគេ។ ពេលគាត់ទទួលរាជបញ្ជាទៅតំបន់ឈីកសាងកំពែង យីន ជីហ្ស៊ូ ដែលជាកល្យាណមិត្ររបស់គាត់បាននិពន្ធកំណាព្យនេះដើម្បីកោតសរសើរគាត់។ វគ្គនេះប្រាប់ថា វត្ថុគ្រប់រូបសុទ្ធតែមានហន: យល់ឃើញថា ចូង សានហ្ស៊ូ ជាគតិបណ្ឌិតមួយរូប ដូច្នេះបានទទួលសេចក្ដីគោរពស្រឡាញ់ពីប្រជាជន ហើយជួយស្ដេច សាន់រាំង គ្រប់គ្រងប្រទេសឱ្យរីកចម្រើន។ ក្នុងកំណាព្យ បានចង្អុលថា គុណធម៌ ជាលក្ខណៈដែលធម្មជាតិផ្ដល់ឱ្យមានតទ្វីពលអមត:។

---

[1]ស្ដេចសាន់រាំង ជាព្រះរាជបុត្ររបស់ស្ដេចលីរាំងនៅរដ្ឋកាលចូរ។

詩經
選譯

噫嘻
ប្ូងស្ូងទៅមេយ

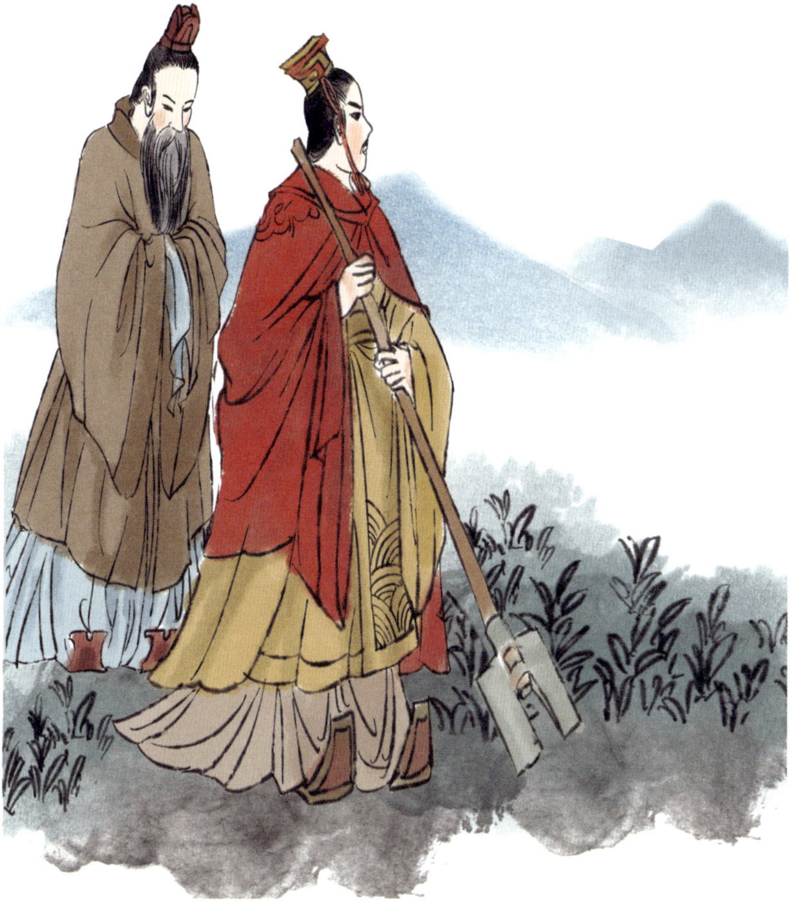

100. 噫嘻

【原文】

　　噫嘻成王,既昭假尔。率时农夫,播厥百谷。骏发尔私,终三十里。亦服尔耕,十千维耦。

《诗经·周颂·噫嘻》首章

【释文】

　　成王轻声地祈祷,他向天神表达虔诚的敬意。他带领农夫一起到地里耕耘,安排农夫播种百谷。他要求百姓抓紧时间耕种官田和私田,这三十里的耕田要尽快完成。田官也要参与耕作,万民一起共同劳作。

១០០. ប៉ូងសួងទៅមេឃ

[សេចក្ដីពន្យល់]

ស្ដេចនឹងរាំង[1]ប៉ូងសួងដោយថ្វាក់ថូម សម្ដែងការគោរពចំពោះទេវតា លើមេឃ។ ស្ដេចនាំកសិករទៅរាស់ស្រែជាមួយគ្នា រៀបចំកសិករសាបព្រោះ ចញ្ចាំជាតិ។ ព្រះអង្គស្ដីឱ្យប្រជាជនប្រញាប់ធ្វើស្រែរដូវនិងស្រែកដន ស្រែ ប្រវែងពាលី[2] ទាំងនេះត្រូវតែសម្រេចក្បួរឱ្យបានឆាប់។ មន្ត្រីស្រុកត្រូវតែចូលរួម ធ្វើស្រែ រួមគ្នាធ្វើពលកម្មជានឹងប្រជាជនទាំងអស់។

វត្តុដំប៉ូងនៃ *ប៉ូងសួងទៅមេឃ ចូរសុង តម្លីរកំណាញ់*

---

[1]ស្ដេចនឹងរាំង ជាស្ដេចទី២នៅរាជកាលស៊ីច្រៅ។
[2]ពាលី គឺប្រវែងស្មើនឹង១៥គីឡូម៉ែត្រ។

【解析】

　　这是周成王春天祈谷的诗。诗共一章。周民族以农业立国,重视农业发展。作为国家最高统治者,天子必须在立春或立春后的吉日举行祭神祈谷之礼,然后带领官员象征性地到田里亲自耕作以劝勉百姓,宣告一年春耕的开始。农业生产,必得遵循春生、夏长、秋收、冬藏的自然规律,天子祈谷亲耕之举,是期待国泰民安,百姓在开春时辛勤劳作,才能春华秋实。周人文化影响中国后世极大,他们的这一文化传统也同样影响了中国后来的历代王朝。

[បំណកស្រាយ]

កំណាព្យនេះមាន១គត៌ បានបរិយាយស្ដេចនឹងរាំងប្ងងស្ងួងចញ្ញជាតិ[1]។ ជនជាតិចូវចាត់ទុកកសិកម្មជាមូលដ្ឋានរបស់ប្រទេស ផ្ដោតសំខាន់លើវិស័យកសិកម្ម។ ស្ដេចជាអ្នកគ្រប់គ្រងប្រទេស ត្រូវតែប្រារព្ធពិធីបួងស្ងួងចញ្ញជាតិនៅទិវាសីរីនារដូវផ្ការីកចាប់ផ្ដើម រួចដឹកនាំមន្ត្រីចូលស្រែច្រត់ព្រះនង្គ័ល ដើម្បីលើកទឹកចិត្តប្រជាជន ប្រកាសចាប់ផ្ដើមភ្ជួរស្រែក្នុងមួយឆ្នាំ។ ការធ្វើកសិកម្មត្រូវតែគោរពតាមរបបធម្មជាតិ គឺដាំដុះនៅរដូវផ្ការីក លូតលាស់នៅរដូវក្ដៅ ច្រូតកាត់នៅរដូវរំហើយ និងលាក់ទុកនៅរដូវរងា។ ស្ដេចបួងស្ងួងចញ្ញជាតិ គឺសង្ឃឹមថាប្រទេសនឹងបានរីកចម្រើនប្រជាជនបានសុខដុម ប្រជាជនចាប់ផ្ដើមព្យាយាមធ្វើស្រែនៅរដូវផ្ការីក ទើបអាចប្រមូលផលនៅរដូវរំហើយ។ វប្បធម៌របស់ជនជាតិចូវ បានចាក់ឫទ្ធិពលយ៉ាងជ្រៅដល់ជំនាន់ក្រោយ ហើយប្រពៃណីនេះក៏មានអនុភាពលើវប្បធម៌ចិននៅរដ្ឋកាលក្រោយៗទៀតជាបន្តបន្ទាប់។

---

[1]បួងស្ងួងចញ្ញជាតិ គឺការបួងស្ងួងនៅរដូវផ្ការីកឱ្យបានផលដំណាំក្នុងឆ្នាំនោះ។